형부와의 결혼생활

형부와의 결혼 생활 1
사랑은없다 N세대 연애 소설

초판 1쇄 찍은 날 § 2003년 12월 8일
초판 1쇄 펴낸 날 § 2003년 12월 18일

지은이 § 사랑은없다
펴낸이 § 서경석

편집장 § 문혜영
편집책임 § 이종민
마케팅 § 정필 · 강양원 · 이선구 · 김규진 · 홍현경

펴낸곳 § 도서출판 청어람
등록번호 § 제1081-1-89호
등록일자 § 1999. 5. 31
어람번호 § 제4-0033호

주소 § 경기도 부천시 원미구 심곡1동 350-1 남성B/D 3F (우) 420-011
전화 § 032-656-4452 팩스 § 032-656-4453
http://www.chungeoram.com
E-mail § eoram99@chollian.net

값 9,000원

ISBN 89-5505-909-4 (SET)
ISBN 89-5505-910-8 04810

형부와의 결혼생활 1
도서출판
청어람

목차

말도 말도 탈도 많았던 「형부와의 결혼 생활」이 드디어 책으로 나오게 되었습니다. 와~ 드디어 4개월간의 기다림의 결실이 이루어졌네요. 이 감격!!

힘든 고3 생활 동안 틈틈이 쓴 글이라서 그런지 정말 뿌듯하구요. 팬픽으로 시작된 제 글이 이렇게 다듬어져서 책으로 나오게 될 줄은 정말 상상도 못했습니다. 이 소설을 쓰는 동안 일본 관광지에 대해서 조사도 하고, 음식도 조사하고 정말 이번 기회에 일본에 대한 공부는 완벽하게 한 것 같습니다. 일본어는 빼구요. 하하하;; 앞으로도 서진이와 수아 많이 사랑해 주시구요. 「형부와의 결혼 생활」이라는 소설이 여러분 기억에 남는 소설이 되었으면 좋겠습니다.

그리고 제 소설이 책으로 나오는 동안 저에게 너무나 고마운 분들이 많습니다. 우선 언제나 저랑 함께해 주신 주님께 감사드리구요. 수험생이라서 더 공부해야 할 시기임에도 불구하고 소설 쓰는 저를 이해해 주신 저의 아빠께 정말 죄송하고, 또 언제나 조언해 주셔서 정말 감사합니다. 그리고 용진아, 누나 힘들 때 옆에서 힘이 되어줘서 고맙다!! 제 팬카페 운영과 함께 역시 소설 수정할 때 같이 밤새준 우리 향미 언니, 정말 고마워~ 그리고 제가 소설 수정할 때 정말 많이 도와주신 종민 언니에게 정말 고맙다는 말 전할게요. 부족한 제 소설 수정하시느라고 애쓰셨습니다. 항상 함께해 주시는

'사랑은없다'의 Love Story of 카페 가족 여러분께도 정말 감사합니다!! 3학년 4반 우리 반 애들한테도 고마워요. 철학자 애인 두신 지나송, 같이 고민해 줘서 고맙다~ 진주야, 다혜야, 우리 우정 영원하자!! 그리고 영원한 제 마음속의 왕자님 성모님과 우리 우상방 가족 여러분~ 감사합니다!! 고맙다는 말로는 부족하겠지만 정말 다시 한 번 모든 분들께 감사드립니다!!

언제나 좋은 이야기로 찾아뵙는 '사랑은없다'가 되도록 노력하겠습니다.

그럼 항상 행복하세요~!!

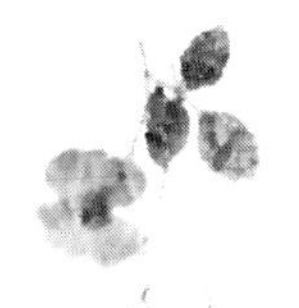

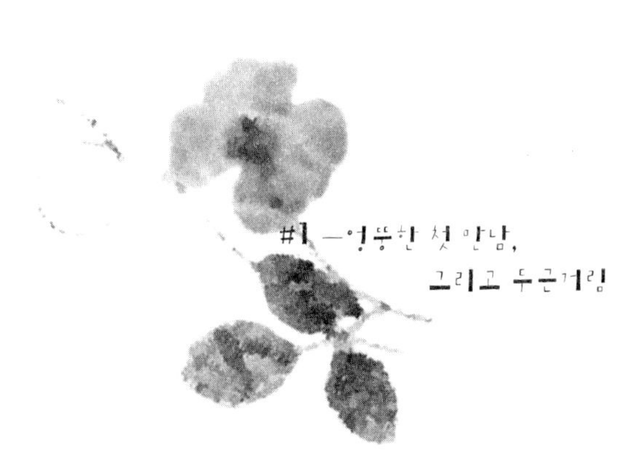

#1 — 엉뚱한 첫 만남,
그리고 두근거림

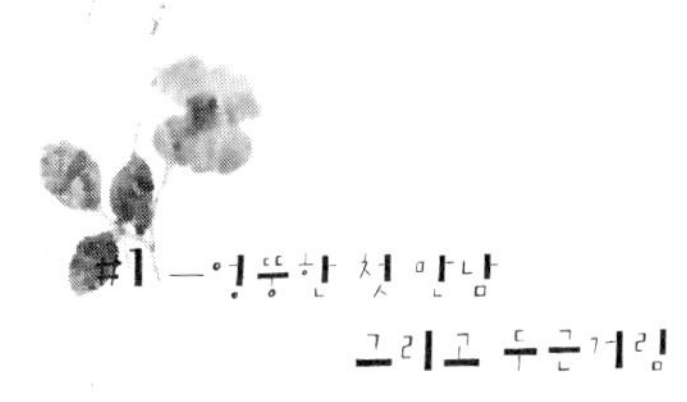

#1 엉뚱한 첫 만남 그리고 두근거림

"신랑 이서진 군은 신부 최예영 양을 아내로 맞이하여……."

지금 이 상황은 누가 봐도 행복한 결혼식을 하고 있는 것이다. 모두의 눈에 그렇게 보이는 행복한 결혼식. 화려한 조명과 자리를 가득 채운 하객들. 이곳저곳에서 터지는 카메라 불빛.

"신부 최예영 양은 이서진 군을 남편으로 맞이하겠습니까?"

신부의 서약에 대한 대답을 들을 차례인데, 신부가 아무런 대답이 없자 결혼식장 안은 하객들의 소리로 웅성대기 시작했다.

"저기 신부?"

"아… 네."

신부는 작은 목소리로 대답을 했다, 주례사만 들릴 정도로.

"신부가 잠시 다른 생각을 한 것 같습니다. 그럼 이것으로 두 사람은 부부가 되었음을 선언합니다."

하얀 장미로 장식된 길을 따라서 신랑과 신부가 퇴장을 한다. 신랑은 무엇이 그리 즐거운지 연신 웃고 있다. 그러나 겹겹이 된 하얀 면사포에 가려진 신부의 얼굴은 아무도 볼 수 없었다. 아무도…….

신혼 여행지에 와서도 신부는 아무 말이 없었다. 다만 고개를 푹 숙인 채 신랑의 얼굴을 바라보지 않았다. 어디 불편한 데라도 있냐며 걱정스런 표정으로 서진이 재차 물었지만, 예영은 그저 고개만 흔들 뿐이었다. 그런 예영이 조금 이상하다고 생각한 서진이었지만 모자를 푹 눌러쓴지라 표정이 안 보였기에 단지 피곤해서 그러는 거라고 생각하고 내버려 두었다. 그때까지만 해도 서진이는 예영과의 행복한 결혼 생활을 상상하면서 행복에 빠져 있었다. 호텔에 들어가서 예영과 자려고 하기 전까지는 말이다, 정확하게.

"까악!!"

서진이 방에 들어가서 예영에게 가까이 다가가 옷을 벗기려하자 예영이 갑자기 고함을 지르기 시작했다. 그 모습에 서진은 당황했다. 그런데 문득 이상하다는 생각에 예영의 모자를 벗겨냈다. 그러자 그 안에서 긴 검은 머리카락이 흘러내렸다. 젠장!! 예영이는 단발머리였다. 그런데 지금 내 눈앞에 있는 여자는 긴 머리다. 누구지? 이 여자는 결혼식장에서 내내 말이 없어서 걱정하게 만든 서진의 신부. 비행기 안에서 아무리 얼굴을 보여달라고 해도 보여주지 않던 고집 센 자신의 신부가, 자신이 사랑하고 있는 최예영이 아니라 다른 여자임을 안 서진은 경악했다.

"제기랄!! 너 누구야?!"

"저… 그러니까 저는 말이에요, 저는……."

"최예영은 어디 있어!!"

"그러니까… 저기… 그게……."

"너 누구야!!"

"전 김수아라고 하는데요."

"김수아? 혹시 예영이 친척? 니가 왜 여기 있어, 예영이는 어디 있구?!"

"그게… 사실은 언니가……."

수아는 자신이 왜 언니를 대신해서 결혼식장에 섰는지 이렇게 할 수밖에 없었던 이유를 서진에게 설명했다. 그러나 누가 이와 같은 어이없는 상황에서 그와 같은 변명을 납득하겠는가! 신부가 바뀐 이 상황에서!!

수아가 말을 마치자 서진은 어이가 없다는 표정으로 그녀를 바라봤다.

"그게 말이 된다고 생각하냐?"

"무, 물론 말이 안 되죠. 그런데 언니가……."

"씨발!! 최예영은 지금이라도 찾아낼 수 있어!"

서진은 테이블 위에 놓인 전화기를 들고 누군가에게 전화를 걸었다.

"이서진입니다. 네! 최예영이라고 하는 여자……."

그러나 서진은 말을 이을 수 없었다. 그가 받고 있던 수화기를 수아가 뺏어서 끊어버렸기 때문이다. 그런 그녀의 행동에 서진은 화가 났지만 꾹 참고 수아를 바라보았다.

"잠깐만요! 언니가 딱 1년만 기다려 달래요!! 딱… 1년만."

"훗, 1년이라? 그럼 그동안 너와 이 어이없는 결혼 생활을 하고 있으라 이 얘기인가?"

"그게… 웃긴 이야기지만 맞아요."

"오호라, 그래? 그럼 그 말인즉 밤에 부부가 하는 일 역시 포함된다는 말로 이해해도 되는 거지?"

"아니요!! 그건 아니에요!! 절대!!"

"훗, 순진하기는. 나도 싫어. 너같이 천방지축 어린애는 싫다고. …근데 정말 많이 닮았네."

서진은 지금 자신의 눈앞에 있는 김수아라는 여자를 순간 예영으로 착각했다. 그 정도로 그녀는 예영과 많이 닮아 있었다. 하지만 눈동자 색깔만은 달랐다. 예영은 너무도 감미로운 갈색 빛의 눈동자를 가졌지만, 수아는 바라보고 있노라면 빠져들 듯한 칠흑같이 검은 눈동자를 가지고 있었다. 서진은 갑자기 흥미가 생겼다. 자신의 말에 두 볼이 빨개진 순진한 아가씨에게 흥미가 생겼다. 서진과의 결혼 생활을 내팽개치고 달아난 신부를 찾아내서 데려올 생각보다도 이 여자와 함께할 1년 동안의 결혼 생활에 더 흥미가 생겼다.

"좋아. 1년이라고 했지? 1년간 잘 부탁해. 근데 나에 대해서 뭐 알긴 아는 거야?"

"음, 대충은요."

수아는 서진이 내민 손을 반갑게 맞잡으면서 그의 질문에 대답했다.

"아!! 내가 혼혈아라는 건 알지?"

"네?? 호, 혼혈아요? 그렇게 안 보이는데? 이름도 한국 이름이고, 한국말도 잘하고……."

"그렇게 안 보이는 게 당연해. 일본 이름은 미즈라 리즈키야. 난 일본인인 아버지와 한국인인 어머니 사이에서 태어났어. 그리고 한국어는 어렸을 때부터 어머니께 배웠고. 더 궁금한 거 없어? 아, 그리고 예영이가 말 안 했을 거 같아서 하는 말인데 신혼여행을 마치면 일본으로 가서 살게 될 거야."

"일본에서 산다구요?! 그런 말은 없었는데……."

수아는 혼잣말로 중얼거리면서 고개를 숙였다. 사실 막막하기만 했다. 외삼촌을 속여가면서 언니와 짠 계획이었지만 언니와의 약속을 어길 수는 없는 일이었다.

"좋아. 1년 동안 잘해보자구. 참고로 널 건드리지 않겠다는 맹세는 할 수 없다는 것만 알아둬."

"네?? 어린애는 건드리지 않는다면서요?"

"그거야 나도 모르지."

오, 이런 남자의 어디를 믿고 1년을 산단 말인가! 휴.

"뭐라고?! 언니 미쳤어?!"

"제발~ 제발 이렇게 부탁할게, 수아야."

"언니, 그건 오버야!! 말도 되지 않는 이야기라구!!"

나의 친척 언니 최예영 양, 부모님이 돌아가시고 나를 돌봐준 외삼촌의 외동딸이었다. 외동딸들은 다 이기적이라 성격도 나쁠 거라고만 생각했던 내 고정관념을 철저하게 무너뜨릴 만큼 예영 언니는 착했다. 그런데 일주일 후면 결혼을 하는 그녀가 지금 내게 부탁이라는 것을 하고 있다. 물론 나를 친동생처럼 돌봐준 언니의 부탁이기에 들어줘야 마땅하겠지만 부탁의 내용을 들은 후… 난 절대 들어줄 수 없다고 소리치고 있었다. 천 번을 죽어서 다시 태어난다고 하더라도!!

"제발, 수아야. 너와 난 많이 닮았으니까 사람들이 잘 모를 거야."

"언니 그건 정말……."

"언니 죽는 거 보고 싶어?!"

"하, 나보고 어떻게 하라구……."

"그러니까 1년만! 딱 1년만 결혼 생활을 하는 거야. 그 후에는 꼭 돌아올게."

"안 돼!! 절대 싫어!! 언니, 내가 다른 부탁은 다 들어줄게. 응?"

부탁도 부탁 나름이지, 결혼을 대신하라니… 이 철없는 언니 같으니라구.

"이게 얼마나 좋은 기회인지 너도 알잖아. 내가 세계적인 스타가 될 수 있는 기회라구."

"언니, 정신 차려!! 일주일 후면 언니는 결혼을 해야 할 몸이야!!"

"그러니까 이렇게 부탁하는 거잖아. 응?"

"그 사람한테 결혼을 연기해 달라고 해. 1년만 기다려 달라고 하라구."

"절대 안 돼!! 그 사람은 절대 날 보내줄 사람이 아니라구."

"이건 사기야!!"

정말 말도 안 되는 부탁이다. 허락은커녕 이해조차 안 되는걸.

"그럼 파혼해. 안 한다고 하라구."

"안 돼! 그 사람은 세계적으로 유명한 사람이라서 파혼당하면 끝이야."

"헉! 그럼 결혼해!! 그렇게 생각하면서 왜 결혼을 안 해!! 그냥 결혼해!!"

"그래, 할 거야. 그 사람이랑 같이 살 거라구. 그러니까 1년간만 네가 나 대신 살아줘. 응?"

"싫어!! 난 절대 싫다고 했어!!"

나는 언니의 말을 매정하게 끊어버리고는 방으로 들어왔다. 정말 아무리 생각해도 너무 어이가 없는 부탁이었다. 어떻게 그런 부탁을 들어줄 수 있다는 말인가!! 아무리 친언니와 다를 바 없는 예영 언니의 부탁이지만 나는 들어줄 수가 없었다. 언니의 꿈도 중요하지만, 언니와 결혼할 그 사람을 생각하면 이래서는 안 되는 거야!!

나에게 부탁한 다음날 언니는 나에게 편지 한 장 만을 남긴 채 떠나 버렸다. 자신의 꿈을 이루기 위해서 나에게 모든 걸 떠넘기고 미국으로 가버린 것이다! 맙소사, 정말 대책없는 인간이다!!

내가 편지를 움켜쥐고 어찌할 바를 몰라 손톱까지 물어뜯으며 초조해하고 있는데 외숙모가 들어오셨다.

"수아야, 네가 1년간만 도와주렴."

"외숙모, 이건 말이 안 되는 거예요. 아시잖아요!! 외삼촌이 아시면……."

"그러니까 내가 예영이 대신해서 1년만 그렇게 해주렴."

"다른 사람은 몰라도 신랑이 알면……."

"걱정하지 마. 이해해 줄 테니까. 서진이도 파혼당하는 것보다는 이게 더 나을 거야."

나는 언니보다 한술 더 뜬 외숙모의 말씀에 할 말을 잃었다. 오, 신이시여, 정녕 저를 버리시는 것입니까!!

일주일 후 나는 언니를 대신해 그 결혼식장에 서 있었다. 그렇게 없는 신 있는 신에게 빌었건만 나는 오늘 김수아가 아닌 최예영으로 그 사람과 결혼을 한다. 들킬지도 모른다는 조바심에 걸음조차 제대로 걸을 수가 없었다. 정말 무서웠다. 이러다가 사기죄로 감옥에 들어가는 건 아닌지 몰라. 떨리는 마음으로 외삼촌의 손을 잡고 식장으로 들어갔다.

"예영아… 잘살아야 한다."

이렇게 말하면서 서진이라는 남자에게 넘기는 외삼촌.

'삼촌, 죄송해요. 전 예영 언니가 아니에요!! 용서하세요. 1년만, 딱 1년만 속일게요!!'

난 고개를 들어 면사포 너머로 남자의 얼굴을 보았다. 순간 심장이 멎는 줄 알았다. 내 눈에는 오로지 그 사람밖에 보이지 않았다. 하얗지 못해 투명하기까지 한 피부, 짙은 눈썹과 검은 눈동자, 곧은 콧날과 살짝 미소를 짓고 있는 입술. 정말 완벽했다!! 이런 남자를 버리고 미국으로 간 언니가 이해되지 않을 정도였다.

그렇게 우리, 아니, 나와 형부와의 어이없는 결혼 생활이 시작되었다.

다음날, 잠에서 깨어났을 때 난 정말 심장이 내려앉는 줄 알았다. 잘생긴 면상이 내 눈에 비쳤기에. 어젯밤에 분명 소파에서 쭈그리고 잤는데 왜 침대 위에서 셔츠를 풀어헤친 남자가 날 꼬옥 껴안고 있고 있냐구, 왜 이 남자가 날 껴안고 있는 거냐구!! 내가 몸을 돌려 일어나려고 하자 더욱더 세게 끌어안는 이 남자. 두근댄다, 심장이 미친 듯이 뛴단 말이야!!

"저기요… 이봐요!!"

"음~ 난 사람이 옆에 있어야 잠이 와. 가만히 있어."

"좀 놓아주세요!! 저 화장실 갈 거예요!!"

"쿡."

짧게 웃으면서 날 풀어주는 이 남자. 젠장!! 그렇게 웃지 마라. 코피 터진다. 사실 조금 좋기는 했다. 따뜻했다. 그리고 손에 닿는 그 남자의 가슴이 쓰읍… 아무래도 난 변녀인가 보다. 이런 게 좋다니…….

화장실 안에서 이것저것 생각에 복잡해하고 있는데,

똑똑—

"야!! 언제까지 그러고 있을 거야? 나 씻어야 돼."

"아, 알았어요! 잠깐만요!!"

난 슬그머니 문을 열고 나가다가 화장실 문턱에 걸려서 쿵하고 넘어졌다. 그런데 땅바닥이 무지 푹신하다. 역시 비싼 호텔이라서 뭐가 달라도 확실히 달라. 근데 푹신은 둘째 치고 이렇게 말랑말랑하기까지…….

"야, 무거워. 절로 꺼져!!"

까악!! 바닥이 푹신했던 이유, 내가 이 남자를 깔고 넘어진 것이다!! 그런데 지금 포즈가 무지 요상스럽다. 이유인즉, 그 남자와 나의 입술이 채 1㎝도 안 되는 거리였던 것이다.

"죄, 죄송해요!!"

벌떡 일어나야 했다. 빨개진 얼굴을 감추기 위해 혼자 무안해서 고개를 숙이고 있는데 귓가에 따뜻한 입김이 불어 들어온다.

"껴안고 자는 것에 대해 오해하지 마. 난 치마만 두르면 다 껴안고 자. 절대 네가 매력있기에 반해서가 아냐. 그러니 꼭 껴안지도 말라고."

이렇게 말하곤 욕실로 휙 들어가 버린다. 쿵쿵쿵쿵!! 지금 내 심장이 미친 듯이 뛰어댄다. 그런데 조금 기분이 나쁘다. 그 말인즉 내가 매력이 없다구? 자기는 뭐 매력있는 줄… 아, 그렇지, 너무 철철 넘쳐서 홍수지.

난 커튼을 걷어냈다. 갑자기 비춰지는 햇빛에 눈이 부셨다. 까오, 눈이 너무 부시다!! 갑자기 너무 많은 양의 햇빛이 내 눈을 비추니 어지럽다. 빙글빙글 눈이 돌아간다.

"야, 그렇게 갑자기 커튼을 치니까 그러잖아."

그놈이 언제 씻고 나왔는지 머리에 물을 떨어뜨리면서 나에게 다가오고 있었다. 그렇다!! 난 이제 칭호를 놈으로 바꾸었다.

"쳇."

"야, 배고프다. 뭐 먹으러 가자."

"근데 왜 반말이에요?"

"훗~ 그럼 내가 너한테 존댓말하리? 그리고 넌 나한테 지은 죄가 있잖아."

"무, 무슨 죄요?!"

"사기 결혼죄. 즉 사기! 이대로 너 감옥으로 직행하는 수가 있어."

헉! 저놈은 정말 날 사기죄로 넣으려고 하나 보다!! 그럴 순 없다!! 내가 왜!! 난 정말 죄가 없다. 외숙모와 언니가 시키는 대로 한 것뿐이다!!

"바, 밥이나 먹으러 가요."

"그래, 너무 많이 먹지는 마라. 아까 네 밑에 깔렸을 때 진짜 죽는 줄 알았으니까."

이놈의 자슥이 정말!! 그러나 나는 화를 낼 수 없었다. 내가 내 몸을 너무 잘 알기에. 이 불쌍한 신세여.

호텔 로비로 내려가자 여기저기서 카메라가 터지기 시작한다. 나와 이놈의 얼굴을 찍으려는 것 같다. 갑자기 놈의 손 하나가 내 어깨에 턱하니 올려진다. 뭐 하는 짓인가!! 내가 어정쩡한 상태에서 놈을 보자 나의 귓가에 무엇인가를 속삭이는 이놈.

"이래야 부부 같지. 안 그래?"

갑자기 욕이 나오려고 한다. 저 가식적인 웃음, 재수없어. 그런데 신혼여행까지 기자들이 쫓아올 정도로 유명한가? 그렇게 유명하면 내가 알아야 하는 거 아닌가.

식당에 들어가 테이블을 잡고 앉은 나와 이놈. 한 여종업원이 놈을 보곤 얼굴이 빨개지며 모닝 커피를 가져왔다. 내가 물었다.

"저기, 근데 직업이 뭐예요?"

"캑!! 뭐라구?"

우아하게 커피를 한 모금 마시던 놈이 나의 질문에 먹던 커피를 갑자기 내뿜었다. 아, 더럽게시리. 내가 뭐 잘못한 건가? 저 멀리서 웨이터로 보이는 듯한 남자가 우리 테이블로 뛰어온다.

"무슨 잘못된 거라도……."

"아니!! 됐어!! 음식에는 문제없으니까 내가 부를 때까지 오지 마."

싸가지없는 그놈의 말 한마디에 돌아서서 가는 불쌍한 웨이터. 쯧쯧쯧. 그런데 웨이터를 쳐다보고 있는 내 얼굴이 무척이나 따갑다. 그 이유는… 그놈이 날 째리고 있었다.

"왜, 왜요?"

"정말… 나 몰라?"

"네."

"너 뉴스 안 보지?"

"세상물정엔 관심이 없습니다. 세상과 저는 따로 존재합니다."

나는 국가를 부정하는 무정부주의 사람의 일원이 되어버렸다. 무정부주의가 뭐냐고요? 아, 그거 있잖아요. 고등학교 윤리 교과서에 등장하는… 뭐더라, 그게. 그게… 아, 나도 몰라요!!

아무튼 나의 말에 놈은 쿡쿡거리면서 웃기 시작했다.

"쿡. 그럼 신문은 보냐?"

"아, 당연히 보죠!! 스포츠 연예 부분만."

"하하하! 그럼 너 진짜 무식하겠구나."

빠직. 놈의 말에 내 이마에서 힘줄이 솟아오름을 느꼈다. 무, 무식?! 그래!! 나 뉴스도 안 보고, 신문도 만화랑 연예 부문만 본다!! 그래도 세상 사는 데 문제는 없더라!! 사는 데 문제만 없으면 되는 거지!!

"그러니까 날 모르지."

"쳇!! 얼마나 대단한 사람인데 그래요?!"

"이 호텔도 내 거고, 일본에도 이렇게 비슷한 거 10개 정도 있고, 한국에도 물론 그 정도 있어. 어때? 이만하면 대단한 거 아냐?"

헉!! 거짓말!! 그렇게 부자란 말인가? 정말 당신 부자인 거야!!

"그럼… 언니가 세계적으로 유명하다는 이야기가 부자라서?"

"훗!! 꼭 그 이유 말고 내 자랑 같아서 하고 싶지 않지만 최연소 하버드, 동경 MBA 과정 수료자이자 또 최연소 경영자이지. 이만하면 유명할 만하지 않아?"

자기 자랑 같아서 안 하고 싶다면서 지 자랑만 계속하네. 그래도 존경스럽기도 하고, 부럽기도 하다. 갑자기 놈의 얼굴에서 광채가 나기 시작하는 것 같다. 번쩍번쩍!!

"빨리 밥이나 먹어. 하루지만 신혼여행은 즐기고 가야지."

아침 식사를 하고 호텔 방으로 올라갈 때도 펑펑 터지는 카메라 불빛!! 정말 부담스럽다.

이젠 나의 손을 잡고 올라가는 이놈. 그래, 어차피 연극을 하려면 잘해야지 하는 생각에 나는 놈을 향해서 웃어주었다. 그 순간 놈이 어색하게 웃으면서 나에게 조용히 했던 말… 정말 무서웠다!

"하하, 다시 한 번 웃으면 정말 감옥에 처넣는다."

정말 무서웠다. 정말 다시는 웃지 않을 것이다, 아무리 웃긴 일이 있어도. 저놈은 나를 감옥에 충분히 처넣고도 남을 놈이기 때문이다!!

한참을 툴툴거리면서 걷고 있는데 놈이 갑자기 내 손을 세게 '퍽' 하고 놓는다. 헉!! 순간 당황했다.

"아씨!! 너 손에 땀 진짜 많아!! 짜증나."

땀?? 아무리 살펴도 내 손엔 땀은 고사하고… 물 한 방울도 없었다. 트집을 잡으려고 별짓을 다 하는구만!! 나도 니가 맘에 무지 안 든다구!! 1년만 참아주마, 딱 1년만!!

"자, 이제 뭐 하고 즐길까?"

"글쎄~ 바다에 왔으니까 바다에 놀러가요."

"그래, 가자."

놈은 툭 하니 무언가를 내 앞으로 던진다. 아무 조그마한 비닐백이었다. 이게 뭘까?

"이게 뭐예요?"

"입어. 바닷가에 왔으니까 수영복을 입어야지. 예영이 거야. 근데 너한테 맞을지 모르겠다."

"무슨 의미예요?"

"그야~ 아래는 맞을지도 모르는데 위에는 영……."

나를 아래위로 훑어보던 놈은 그렇게 말하면서 방 밖으로 나갔다. 저런 싸가지. 그래, 나 가슴 작다. 그래서 니가 보태준 거 있냐!! 근데 왜 수영복에 아래랑 위가 있지?? 설마 이거……. 난 서둘러서 비닐백을 뜯었다. 헉! 그 안에는 긴치마 같은 것과 하얀 비키니가 들어 있었다. 이거 완전히 속옷이잖아. 이런 걸 어떻게 입어!! 그렇게 생각하면서 한참을 한 손에 비키니를 든 채 앉아 있었지만 결론은… 아니야, 김수아!! 니가 이럴 때 아님 언제 입어보겠어. 결심했어!! 입어 보는 거야!!

난 혹시 놈이 훔쳐볼지도 모른다는 생각에 욕실로 들어가서 문을 잠갔다. 그리고 조심스럽게 그 하얀 비키니라는 것을 입었다. 엇!! 그런데 딱 맞는다!! 으하하하! 올~ 나도 한몸매 하는걸. 이렇게 혼자만의 상상에 빠져 있는데 갑자기 욕실 문이 열렸다. 헉!! 꼭꼭 잠가놨는데?

"야, 왜 이렇게……."

놈은 나의 모습을 보더니 말을 잇지 못했다. 훗!! 역시 너도 내 몸매에 반한 게로구나!!

"…야."

"왜요?"

나는 나를 멍하게 바라보는 놈의 얼굴에 어깨를 으쓱거리면서 거만하게 대답했다. 그러자 놈은 자신의 양팔을 교차한 채 거만하게 서서 말을 이어갔다.

"비키니가 가슴 쪽이 조금 헐렁하다. 너 진짜 가슴 작다."

"나가요!!"

난 화끈거리는 얼굴을 감싸 안았다. 어떻게 그런 말을 서슴없이 할 수 있는지. 그래도 명색이 처제인데. 정말 싫다!!

"야!! 대충하고 빨리 나오라구!!"

"나가요!!"

그렇지만 아무리 보아도 비키니는 딱 맞았다. 그런 마음을 스스로 굳게 믿으며 옷을 걸치고 밖으로 나갔다. 로비로 나가니 아까 그랬던 것처럼 어깨에 손을 올리는 이놈!! 가식 덩어리!! 내가 이 1년간의 생활을 청산하면 신문사에 너의 가식을 알리겠다!

아까와 마찬가지로 해변은 정말 눈부시게 아름다웠다. 난 처음에 마음 졸여서 구경 못한 몫까지 구경했다. 내가 보았던 우리 나라의 누런 모래와 이곳의 하얀 모래는 천지 차이였다. 그렇다고 우리 나라 모래가 나쁘다는 건 아니다. 찜질용으로는 우리 나라 모래가 최고다!! 조금씩 바다로 다가가 발을 담갔다. 물도 투명하니 정말 좋구나. 그래, 모르겠다. 난 위에 걸친 옷을 내려놓고 바다로 뛰어들어 갔다. 까아~ 정말 시원하고 좋다!!

그렇게 한참을 놀고 있는데 갑자기 등 뒤가 따뜻해진다. 그리고 고개를 돌린 순간 내 입술에 무언가 뜨뜻한 것이 닿았다. 뭐, 뭐지!! 눈을 뜨고 내 입술에 닿은 것을 확인했다. 그건 형부라는 놈의 입술이었다! 까악! 내가 고함을 지르려고 입을 연 순간 놈의 혀가 들어왔다. 뭐야… 이런 게 바로 키, 키스라는 건가? 그동안 키스란 건 더럽다고만 생각했었는데 오히려 좋다고 느끼다니. 너무 황홀하다고 해야 하나. 이윽고 놈이 나에게서 떨어졌다. 쩝. 조금은 아쉽다. 아니야!! 김수아, 정신 차려!! 지금 무슨 상상을 하는 거야!! 나는 정신을 추스르고 놈에서 소리쳤다.

"헉헉!! 뭐 하는 짓이에요!!"

"착각하지 마!! 난 저 기자들한테 사진 찍을 거리를 만들어준 것뿐이니까."

이러면서 점점 나에게서 멀어져 간다. 그리고 놈의 뒷모습 사이로 사진을 찍고 있는 기자들이 보였다. 너무 비참하다. 날 그냥 그렇게 생각하는 놈과의 키스에서 흥분하고 가슴을 떨다니… 난 물속에서 나와 호텔로 걸어 들어갔다. 몸이 차가워짐을 느꼈다. 그리고 눈물이 흘렀다. 내가 왜 이런 하찮은 존재가 되어야 하는지 정말 모르겠다.

욕실에서 샤워를 하고 침대에 누웠다. 그리고 문이 열리는 소리가 들리고 놈이 들어왔다.

"바다 바다 하면서 그렇게 신나하더니 왜 벌써 들어왔냐?"

"피곤해서요. 잘래요."

"그래, 마음대로 해. 내일 일찍 떠나야 하니까."

그래, 내일이면 일본에서 살게 되는 거야. 1년 동안, 딱 1년만 이렇게 참고 살자!! 서럽다고 이런 일을 하나둘씩 따지게 되면 끝도 없을 테니까. 그리고 이까짓 일 때문에 사기죄로 감옥에 들어갈 수는 없잖아.

다음날 역시 눈이 번뜩 떠졌다. 그 이유인즉 놈이 나의 허리를 감싸 안고, 몸을 더듬고 있었기에. 나는 놈에게서 떨어지려고 발버둥쳤지만 그럴수록 나를 더욱더 세게 껴안는 이 변태 자식. 나는 놈이 자는 사이에 때려줄까라는 생각에 몸을 돌려 놈과 마주 누웠다. 그런데 때릴 수가 없었다, 때릴 수가…….

"예영아… 돌아… 와. 제발……."

이렇게 잠꼬대를 하고 있는 이 불쌍한 남자를 어떻게 때리겠는가. 눈이 조금은 촉촉하게 젖어드는 거 같았다. 그래, 이 남자도 피해자다. 언니에게 당한, 대책없는 언니의 행동에 상처받은 남자다. 그래, 내가 봐줬다. 난 그렇게 생각하면서 또 잠을 청했다. 그렇게 잘 자고 있는데… 퍽! 무언가가 내 머리에 부딪혔다. 그 아픔에 눈을 떠보니 벌써 해는 높은 하늘에 떴고, 내 머리를 강타한 것은 쿠션이었다.

"우씽!! 왜 그래요!!"

"왜 그래요?! 지금이 몇 시인 줄 알아!! 빨리 일어나. 일본 가야 해."

놈은 사악한 미소를 지으며 다른 한 손에 쿠션을 들고 던질 기세로 서 있었다. 어느새 준비를 했는지 놈의 차림은 깔끔한 정장 차림이었다.

"알았어요!! 스톱!! 스톱!! 일어난다구요!!"

좀 예쁘게 좀 깨우지. 이럴 줄 알았으면 어젯 밤에 그냥 세게 때리는 건데. 역시 봐줘서는 안 되는 거였다!

난 욕실에 들어가서 비몽사몽으로 씻었다. 그런데 난 분명히 씻고 있었는데 분명히 화장실에서 씻고 있었는데… 왜 내가 눈을 뜬 곳은 비행기 안인지 모르겠다. 이상하다, 정말. 하하하;;;

"저기… 여기가 어디예요?"

"야!! 넌 화장실에서 씻다가, 그것도 이 닦다가 잠이 오냐!"

"헉!! 내가 잤어요? 정말?"

"그래!! 그래서 내가 얼마나 고생했는지 알아!! 너 살 빼!! 더럽게 무거웠다."

나의 특기가 또 나와 버렸다. 화장실에서 이 닦다가 자는 버릇. 그래서 늘 고등학교 다닐 때 지각을 했다지. 역시 안에서 새는 바가지 바깥에서도 샌다더니. 이런.

"미안해요. 다음부터는 안 졸게요."

"됐어. 내려서 엄청 바쁘게 생겼다. 짜증나."

"근데 왜 바빠요? 바로 회사로 가요?"

"아니."

"그럼?"

"예영이가 아무 이야기도 안 했냐?"

"네. 일본 가서 산다는 이야기도 안 했는걸요?"

놈의 얼굴이 심하게 구겨진다. 또 왜 그러지?

"우리 일본 가서 결혼식 또 해야 돼."

"아, 결혼식… 네?! 뭐, 뭘 또 한다구요?!"

"결혼식한다구."

"한국에서 했잖아요?"

"그건 그거구. 아무튼 우리 집은 워낙 보수적이라서 일본식으로 한 번 더 해야 돼."

"꼭 해야 하는 거예요?"

"당연하지!! 누군 하고 싶어서 이 짓 하는 줄 알아?"

놈은 이마에 핏대를 세우면서 나에게 윽박 질렀다. 무섭다. 왜 이 사람은 얼굴이 다른 거야.

그런데 결혼식을 또 하라고? 설마 예영 언니는 이런 의식들과 시선들이 싫어서 꿈이라는 핑계를 대고 나에게 모든 걸 떠넘긴 건 아닐까? 에이, 설마 그럴 리가…… 아니야, 나한테 아무 말도 해주지 않고 훌쩍 떠난 언니의 성격을 보면 그럴 가능성이 크다. 에구~ 내 팔자야.

"야, 내리자. 다 왔어."

비행기에서 내려 여러 개의 문을 거쳐 나가자 난 내 눈을 의심했다. 내리는 사람이 우리밖에 없었다!! 그 이유는… 우리가 탄 비행기가 이놈의 개인 비행기였다. 헉스, 이놈이 그렇게 부자인가. 그리고 내가 더 놀란 건 새까맣게 모인 기자들!! 카메라 불빛에 눈이 다 부시

*[ ] 안에 들은 말은 모두 일본어입니다.

다. 이러다 나 눈 머는 건 아닌지 모르겠다.

[어서 오십시오. 회장님께서 많이 기다리고 계십니다.]

[죄송하게 됐습니다. 오는 데 문제가 생겨서.]

내가 알 수 없는 일본말로 무언가를 주고받는 저 두 사람. 정말 여기가 일본이구나~ 이런 생각을 하자 '킁킁' 낯선 공기가 내 코로 들어오는 것 같다.

"코 그만 벌렁거려. 사진 찍혀서 인터넷에 올려지고 싶냐."

언제 내 모습을 봤는지 나에게 충고 아닌 경고를 하는 저놈. 안 된다. 이런 모습이 인터넷에 올려지는 건 싫다. 더욱이 나의 이런 모습을 다른 사람들이 보는 건 더욱 싫다!! 나는 놈의 말에 얼른 나의 얼굴을 손바닥으로 가렸다. 그러자 쿡쿡대면서 웃는 놈의 표정이란 정말 이럴 때는 그 잘생긴 면상을 딱 한 대만 때리고 싶다. 무지 세게!!

그런 욕망을 억누르면서 출구를 향해서 걸어가는데 저 멀리서 늘씬하고 가슴을 훤히 드러낸 옷을 입은 여자가 뛰어온다. 또 저 여자는 뭐야!

[리즈키 짱!]

일본어로 리즈키 짱? 이러고는 그놈을 껴안는다. 그 모습을 보자니 울컥하는 게 조금… 아니, 솔직히 아주 많이 기분이 나빴다!!

[이러지 마!! 난 이미 결혼했어, 히나.]

[흥!! 저런 여자 인정 못해!! 다시 널 빼앗아올 거야!]

도대체 무슨 말을 하는 건지 누가 통역 좀 해줘. 그렇지만 확실한 건 저 여자가 날 무시무시한 눈으로 째리고 있다는 사실! 왜 난 이 나라 사람들에서 환영을 받지 못하는 존재인 걸까.

[훗!! 반가워요. 최예영이라고 했죠?]

무슨 말을 하는 건지. 내가 정확하게 알아들은 건 최예영이라는 이름뿐. 도대체 무슨 말을 하는 거야. 누가 좀 말해 줘요!

[뭐야? 이 여자 일본어 못 알아들어?]

[그래, 예영이는 일본어 몰라. 그러니까 인사 따위 하지 마.]

[훗, 왜 그래~ 그래도 난 너의 약혼녀였잖아.]

[지금은 아니잖아. 비켜, 나하고 예영이 늦었거든.]

갑자기 놈이 내 손을 잡고 공항을 나서기 시작한다. 뒤에서 아까 그 섹시하고 가슴 큰 여자가 고함을 지르기 시작했다. 흥, 메롱이다!!

"정신없지?"

"솔직히 정신이 하나도 없어요."

"어쩌지~ 더 정신없을 텐데. 큭."

묘한 웃음을 지으면서 나를 기다란 벤츠에 태우는 이놈. 그렇게 웃으면 정말 무섭다. 근데 차 한번 좋네. 내가 고개를 바삐 돌리면서 차를 구경하자 놈이 피식 웃었다. 그런 놈을 째려보고 있을 때 난 차의 안락함을 누릴 기회도 없이 나의 옷이 벗겨졌다. 무지막지한 손길에 의해서.

"까악! 무슨 짓이에요!!"

나의 고함소리는 들리지도 않는지 어느 순간 차에 올라탄 여자들이 내 옷을 벗기고 있었다. 내가 이 순간 정말 화가 나는 건 아무 말 없이 나의 반대 편에 앉아서 나를 보고 있는 놈의 표정!!

"이게 무슨 짓이냐구요!!"

"그냥 그 여자들이 하는 대로 조용히 있는 게 덜 다치고 좋을 거야."

뭐? 다친다구? 왜 내가 다쳐야 하지? 설마 이 여자들… 날 홀딱 벗겨놓고 패려구?! 혹시 아까 그 가슴 큰 여자가 시켜서?!

"싫어!! 싫다구!"

이렇게 발악하는 사이에도 내 옷은 하나씩 벗겨지고 속옷도 벗겨졌다. 아, 놈의 시선은 어떻게 처리했냐구? 알아서 나와 놈의 사이에 있던 커튼을 치더라구. 불행 중 다행이라고 해야 하나? 그런데 이 무지막지한 여자들은 가방에서 무언가를 꺼내서 날 이리 돌리고 저리 돌린다. 큰 천 여러 장을 꺼내서 내 팔에 끼우고 돌리고~ 돌린다. 에구에구, 어지럽다. 세상이 돈다, 돌아. 그리고 허리를 동여맸는데 무언가가 달려 있다. 이건 뭐야?? 무지 답답하다. 너무 꽉 조인다. 어무이, 나 죽어요!! 숨이… 숨이…….

내 얼굴 여기저기에 이거 찍어 바르고, 저거 눌러바르며 그렇게 내 정신을 쏙 빼놓았다. 가까스로 정신을 차려보니 어느새 그 여자들은 차에서 내리고 없었다. 그리고 나는 빨간 꽃이 수놓아진 하얀 비단옷을 입고 있었다. 이상한 나막신도 신고 있었다. 불편하다. 내 앞에는 이상한 검정색 옷을 입은 놈이 있었다. 그럼 그렇지, 자기도 옷 갈아입으려고 커튼을 친 거였군.

"이게 무슨 짓이에요?!"

"결혼식할 때 입을 옷 갈아입은 거야. 기모노는 혼자서 못 입어.

그래서 사람 부른 건데 불만있어?"

"그럼 말을 해줬어야죠."

"내가 말했잖아, 정신이 더 없을 거라구."

그게 말해 준 거냐! 부부는 닮는다고 했던가. 이놈도 언니와 마찬가지로 대책이 없다. 어떻게 이 낯선 일본에서 살아갈지 정말 걱정이다! 이로서 난 확실히 알 수 있었다. 언니는 이 모든 걸 나한테 떠넘기기 위해 미국으로 떠났다는 것을.

"저기요, 우리 어디 가요?"

"말했잖아, 결혼식장 가는 거라구."

"아, 그랬었죠……."

아무 말도 없이 그냥 창밖만 내다봤다. 경치는 참 좋구려. 햇빛도 따뜻하니…….

"야!! 일어나!!"

"조금만… 더 자구……."

"야, 일어나라구!!"

헉! 또… 또 자버렸다. 정말 난 바보인가 보다.

"또 자냐!! 그렇게 퍼질러 자놓구선 또 자?!"

"미, 미안해요."

"늦었어!! 빨리 나와!!"

차에서 내려서 나는 놈을 따라서 아주아주 큰 집 안으로 들어갔다. 그곳에는 이미 사람들이 많이 와 있었다. 난 아직 잠이 덜 깬 상태라 비몽사몽으로 놈의 옷자락을 붙잡고 들어갔다. 그게 화근이었다. 놈의 옷이 그렇게 쉽게 벗겨질 줄 누가 알았겠는가!!

[꺄악!!]

[저게 무슨?!]

이곳저곳에서 비명 소리가 들리기 시작했다. 그리고 날 째려보는 놈의 눈빛을 난 느낄 수 있었다. 다행히 놈이 민첩하게 어깨까지 흘러내린 옷을 잡고 있었다.

"너 조금 있다가 보자."

헉! 무섭다. 어떡하면 좋단 말인가. 살다 보면 사람이 실수도 할 수 있는 거지. 그렇게 거의 울기 직전 상태로 놈의 뒤를 따라가고 있는데 기모노를 입은 중년 남자가 우리 쪽으로 다가왔다.

[리즈키, 이 아이가 예영이냐?]

[네, 아버지.]

그리고 당황하고 있는 나의 앞으로 그 중년의 아저씨가 다가와서 이리저리 살피기 시작했다. 기분 나쁘다. 왜 저런 눈으로 보는 거지?

"너무 기분 나쁘게 생각하지 말아요."

앗, 이 아리따운 목소리는? 한국말을 하다니 너무 반가웠다. 역시 그래도 하늘은 날 그냥 죽게 내버려 두지 않았다.

"반가워요, 예영 양. 저는 서진이의 엄마예요."

"아, 처음 뵙겠습니다."

"처음이라서 조금 당황됐죠? 조금만 참아요, 예식은 금방 끝날 테니까."

이렇게 말하면서 나에게서 점점 멀어지시는 시어머님. 참 좋으신

분이구나. 언니가 돌아와도 걱정없겠군. 그런데 조금만 있으면 끝난다는 결혼식은 무지 길었다. 나는 이 옷 외에도 여러 번 옷을 갈아입어야 했다. 몸이 무지 피곤했다. 도대체 옷을 왜 이리도 많이 갈아입는 건지. 일본에 와서는 정신이 너무도 없다.

[피로연도 할 게냐?]

[아니요. 이미 한국에서 했습니다. 오늘은 그냥 가족끼리 한 걸로 됐습니다.]

[그래, 난 너를 믿고 이 결혼을 시킨 게다. 그럼 들어가라.]

엄숙한 분위기를 내뿜으시는 아버님과 자상하게 나를 향해서 웃어주시는 어머님은 우리를 남겨둔 채 고급스러운 차를 타고 가셨다. 그리고 거실을 가득 채웠던 사람들은 어느새 다 가버렸다. 썰렁하네.

"이제 끝난 거예요?"

"아니, 안 끝났어."

"헉! 더 이상은 못해요!! 이것만 해도 정말 힘들었다구요."

"훗, 의식 말고 우리 둘이 해결해야 할 문제 말야."

이렇게 말하면서 놈은 나를 이 집의 이층으로 끌고 갔다. 와, 정말 좋은 집이다. 이렇게나 넓다니. 감탄하면서 집을 둘러보고 있는 내 등 뒤로 오싹한 시선이 느껴졌다. 뭐지?? 하지만 뒤돌아볼 수 없었다. 왜냐하면 놈이… 놈이 나를 뒤에서 껴안고 있었기 때문이다. 그리고 알싸한 알코올 냄새가 났다. 술 처먹었나 보다. 어느새 또 혼자서 먹은 거야? 나랑 같이 좀 마시지. 꼭 맛난 거는 혼자서 다 처먹어. 근데 이 자식 나랑 뭐 하자는 거야!

"하하하, 여긴 무지 덥네. 저기… 좀 놔줄래요?"

나의 말에 놈은 더욱더 나의 몸을 꼬옥 껴안기만 했다. 진짜!! 이거 뭐 하자는 거야. 설마 조금 있다가 보자고 한 게 이것?? 나는 혹시나 하는 마음에 놈에게 물었다.

"저기, 혹시 우리 둘이 해결해야 할 문제가……."

"그래, 니 머리 속에 있는 생각이 맞을 거야."

"저기요, 착각하지 마세요. 난 말이에요, 언니 대신으로……."

"그래, 넌 언니 대신으로 나에게 잠시 온 거야. 그러니까 넌 지금 예영이야."

"뭐, 뭐라구요!!"

이 남자 보시게나. 어디서 그런 대책없는 소리를 하는 거야!! 나는 나를 감싼 놈의 손을 겨우 풀고 뒤돌아서 놈의 얼굴을 똑바로 보았다. 그런데 놈은 나의 시선을 피하지 않았다. 왠지 이상한 기분에 나는 슬며시 뒷걸음질쳤다. 하지만 점점 뒷걸음치는 나를 향해서 싸늘한 웃음을 지으면서 다가오는 이놈.

"아까 내 기모노가 왜 그리 쉽게 벗어졌는지 이야기해 줄까?"

도대체 왜 이러는 거야!! 난 예영 언니가 아닌 김수아라고 말하고 싶었지만 놈의 표정에 온몸이 굳어져서 입을 열 수가 없었다.

"그건 바로 이것 때문이지."

이렇게 말하면서 내 기모노 끈을 풀어버리는 놈. 그런데 정말 놀랍게도 내 기모노는 끈 하나 푼 것밖에 없는데 어깨부터 스르르 흘러내리기 시작했다. 난 놀라서 옷자락을 붙잡았다. 아까 그 여자들이 내 속옷까지 벗겨냈는데 안 돼! 안 돼!!

"기모노는 이런 게 매력이지, 한 번에 벗겨지는 게. 그리고 여자를 참 아름답게 만들어주지. 지금의 너처럼."

"다, 다가오지 말아요!! 나, 난 김수아라구요!! 최예영이 아니에요!"

"김수아든 최예영이든!! 지금 내 눈에 있는 건 내 아내라는 사실뿐이야."

나에게 다가와서 내가 잡고 있는 기모노를 빼내려는 이 늑대 같은 놈!! 정말 남자들은 다 똑같다더니!! 이 나쁜… 나쁜 놈!! 정말 꽉 잡고 있었지만 옷자락은 나에게서 멀어지고 난 놈의 품에 안겨 있었다. 싫다. 정말 이런 거 싫다. 저항을 해봐도 더 이상 먹히지 않았다. 아무리 놈을 밀어내도 밀리지가 않았다. 너무 무서웠다. 내 몸 위로 올라오는 이 사람이 정말…….

"흑, 제발… 제발 이러지 말아요. 난 김수아라구요, 김수아… 난 최예영이 아니에요."

너무도 무서운 마음에 눈물이 났다. 삼 일 동안 보아왔던 장난스럽고 짓궂은 소년 같은 모습이 없었기에 너무 무서웠다. 나는 두 손으로 얼굴을 가리고 펑펑 울어버렸다. 그러자 나의 울음소리 때문인지 놈은 모든 행동을 멈춘 채 나의 머리를 쓰다듬었다.

"미안… 미안. 잘못했어. 내가 미안해. 다시는 손대지 않을게. 울지 마. 정말 미안해."

그 일이 있은 후, 난 놈을 피해 다녔다. 또 그런 일이 일어나지 않을 거라는 보장이 없기에 철저하게 대비해야 했다. 결혼식이 치러졌던 그 큰 집은 그놈과 나의 보금자리가 될 집이었다. 이토록이나 큰 집에 그놈이랑 단둘이 살아야 한다니……. 그렇게 집 이곳저곳에 대해서 구경하는 사이에 일주일이 후딱 지나가 버렸다.

[예영이는 어디 있습니까?]

[사모님은 이층 거실에 계십니다, 사장님.]

[네, 그럼 쉬세요.]

서진은 벌써 며칠째 수아가 자신을 피하고 있다는 것을 느꼈다. 오늘도 회사의 직원 회의를 미루어 두고 집으로 돌아왔다. 왠지 모르게 그날 그녀의 눈이 머리 속에서 잊혀지지가 않았다. 늘 그의 마음을 쥐고 놓아주지 않았다.

"김수아!! 김수아, 그 방에 있다는 거 다 알아!! 어서 나와 보라구!!"

"난… 할 이야기 없어요!!"

나는 지금 문짝 하나를 사이에 두고 놈과 신경전 중이다. 이 문을 여느냐 마느냐에 나의 목숨이 달렸다고 생각하고 끝까지 문고리를 놓지 않았다. 그 순간!! 쾅 하고 난 문에서 떨어져서 내동댕이쳐졌다. 방문이 열리고 내 눈에 비친 건 여유로운 표정으로 손에 방문키를 들고 서 있는 놈의 모습이었다.

"씨!! 누가 이렇게 함부로 들어오래요!!"

"여긴 내 집인데 내가 허락받고 들어와야 해?"

"그런 건 아니지만… 몰라요!! 나가요!! 보기 싫으니까!!"

"그래… 그래, 다 좋은데 말야, 날 짐승처럼은 보지 말았으면 좋겠거든. 내가 말했잖아, 그때는 술에 취해서 그랬다구!!"

정말 어이가 없었다. 술에 취해서 그랬다? 너라는 인간은 술에 취하면 여자를 그렇게 대하니? 그런 거냐? 내가 그 순간에 얼마나 무서웠는지 알기나 아냐!!

"술에 취하면 다 그렇게 되는 건가요? 네?"

"젠장! 미안하다고 했잖아!!"

"…정말 당신이라는 사람한테 실망이네요."

"알았어. 내가 잘못했어. 정말 잘못했어. 다시는 건드리지 않을게."

"…됐어요. 나가주세요."

"언제까지 이럴 건데! 이제 겨우 일주일 지났다고! 언제까지 이럴 거야?!"

헉!! 맞다, 난 이 인간이랑 아직도 11개월하고도 24일을 더 살아야 한다. 그러니 언제까지 이 남자를 피할 수는 없는 노릇이었다. 맘이 흔들린다. 그래, 언제까지 이럴 수는 없잖아. 그리고 나는 돈 한푼도 없구. 또… 또 사실상 이놈 아니면 놀 사람도 없잖아.

나는 살며시 놈에게 물었다.

"정말 나 건드리지 않을 거죠?"

"그래. 난 약속은 지키니까 걱정하지 마. 니 옆에 가지도 않을게."

"좋아요. 그럼 화해해요."

나는 놈에게 손을 내밀었다. 일종의 화해의 악수라고나 할까? 그런데 내가 내민 손이 무안해지기 시작했다. 그 이유는 내 손을 쳐다보기만 할 뿐 잡을 생각을 하지 않는 이놈의 태도 때문이었다.

"저기… 제 손이 무안해하고 있거든요."

"건드리지 않겠다고 약속했잖아."

"하… 괜찮아요, 이 정도는."

그래, 이놈아, 그 약속 꼭 지켜라! 이렇게 쓸데없을 때만 지키지 말구!! 난 어색한 웃음을 지으면서 또다시 손을 내밀었다. 그제야 내 손을 잡고 웃는 이 남자. 도무지 마음을 알 수 없는 이 남자. 제발 이 남자와의 동거를 무사히 끝나고 하루 빨리 한국으로 돌아가길.

"우리 화해의 기념으로 밥 먹으러 갈까?"

"밥이요? 하하, 좋아요. 나가요."

나는 놈의 차를 타고 밥을 먹기 위해 일주일 만에 집 밖으로 나왔다. 늘 창밖으로만 보던 거리의 풍경은 생각보다 멋있었다. 주황색 불빛의 가로등은 비가 온 후라서 더욱더 환한 빛을 내뿜고 있었다.

"뭐 먹을래?"

"역시 일본 하면 회가 아닐까요?"

"그럼 결국 회 먹으러 가자는 이야기네. 그래, 가자."

한참을 달려서 우리가 도착한 곳은 무지 큰 횟집이었다. 솔직히 횟집이라고 하기엔 너무 고급스러웠다. 늘 외삼촌과 같이 다녔던 횟집과는 뭔가 레벨이 다른 곳이었다.

"어때? 괜찮아?"

"네, 좋아요, 굉장히."

"다행이네."

우리는 횟집의 한구석에 있는 방 안으로 들어갔다. 바닥이 내가 살고 있는 집과 마찬가지로 나무 돗자리가 깔려 있었다. 난 이 바닥이 싫다. 왜냐구? 사람은 모름지기 뜨뜻한 온돌방이 몸에 최고로 좋거든.

"오셨습니까, 사장님?"

"늘 먹던 대로 해주세요."

헉!! 하, 한국말을 한다! 요즘 들어 난 한국말이 너무 그립다. 그래서 그런지 한국말을 하는 사람을 보면 왜 이렇게 반가운 건지. 나의 마음을 알았는지 나를 향해서 씽긋 웃어주는 이놈. 그 사람이 나가자 나는 놈을 향해서 궁금함을 다 풀어놓았다.

"어떻게 한국말을 할 줄 알아요?"

"한국인이거든."

"아~ 근데 이렇게 큰 식당을… 와~ 돈 정말 많이 벌었나 보네요."

"그런 셈이지. 어때? 좋아?"

"네, 너무너무요. 다음에 또 와요."

"훗, 그래."

어느새 놈에게 쌓여 있던 불만들이 봄에 눈 녹듯이 사라져 버렸다. 그리고 난 또 변덕쟁이가 되었다. 어떻게 보면 이 사람, 좋은 사람일지도 모른다는… 겨우 한국인이 하는 횟집에 데려와 줬다고 마음을 바꿔 버리는 지조없는 나였다.

음식은 한국과 별반 다를 것 없이 나왔다. 오호~ 이 자식은 늘 이렇게 먹는가 보다. 역시 내가 제일 좋아하는 건 광어회를 먹고 난 후 그 머리로 끓이는 매운탕이 제일이다!! 이 집 주방장은 한국인이라서 맛을 하는 사람인가 보다. 정말 기가 막힌다. 여기에 소주 한 잔만 있으면 환상인데. 쩝.

"야, 그렇게 맛있냐?"

"네, 한국에서 먹던 맛 그대로인 거 같아요."

"훗, 좋아해서 다행이다."

아무 말 없이 정종을 잔에 따라 마시는 이놈. 집에 어떻게 가려고 이러는 건지. 술 먹고 운전하면 안 되는데.

"술 마시면 집에 어떻게 가요?"

"걱정 마, 가는 방법이 있으니까."

"왜 그래요? 안 좋은 일 있어요?"

아무 말도 없다. 그냥 고개를 푹 숙인 채 술잔만 매만지고 있었다. 무슨 일이 있는 걸까?

"응. 죽고 싶을 만큼 괴로워."

"왜요? 무슨 일인데 그렇게 죽고 싶을 만큼 괴로운 거예요?"

"예영이한테는 나보다… 나란 인간보다 연극하는 게 더 좋았던 걸까?"

결국 이 인간의 고민은 예영 언니였다. 죽고 싶을 만큼 괴롭다? 정말 이 남자는 언니를 사랑하나 보다. 안 그러고선 어떻게 죽고 싶은 마음까지 들까?

"아니에요. 언니가 미국 갈 때도 그쪽, 아니, 형부 걱정 많이 했는걸요."

"형부라… 형부. 그렇게 되냐, 너하고 내 관계가?"

"뭐, 그런 셈이죠. 친척 언니니까."

"정말 예영이가 날 사랑하기는 한 걸까? 나랑 있는 것보다 연극하는 게 더 행복했나 봐. 나와 결혼하는 것까지 미룰 정도였으면… 그렇지?"

"아니에요. 언니는 정말… 사랑해요, 형부를요."

"그래, 그럴까? 과연 그럴까? 그런데 말야, 내가 고민하는 건 그게 아냐, 그게… 아니라구……."

쿵하는 소리와 함께 놈은 테이블에 머리를 처박았다. 그렇게 많이 마신 것 같지도 않은데 이상했다. 술이 무지 약한 것 같다. 그나저나 집에는 어떻게 가지.

"사모님, 기사가 왔습니다."

어떻게 알았는지 그 한국인 주방장은 우리 집 기사를 불러왔다. 와~ 역시 우리 한국인은 착한 사람밖에 없다니까. 그렇다, 놈이 말한 대로 난 정말 무식한지도 모르겠다. 이렇게 나에게 도움을 주는 사람은 무조건 착하다고 단정해 버리니까.

[자, 가시죠.]

흑. 일본어는 정말 싫다!! 무슨 말인지 하나도 모르겠다. 가자는 의미겠지 뭐. 난 이놈을 어깨에 턱 걸치고 방에서 나왔다. 기사 아저씨와 주방장 아저씨가 나를 놀라운 듯이 바라보았다. 하긴 내가 한힘 한다. 이렇게 큰 놈을 번쩍번쩍 드니 다들 놀랄 만도 하겠지.

나는 놈을 질질 끌면서 밖으로 나갔다. 그런데 무식하면 힘만 세다고 했는데 내가 정말 무식한 걸까?

[제, 제가 부축하겠습니다.]

"아, 무슨 말인지 못 알아들어요!! 빨리 차 문이나 열고 기다려요!!"

나의 말을 알아들은 건지, 내 고함소리에 놀라서 도망 간 건지 기사 아저씨는 밖으로 허둥지둥 나갔다. 난 조심스럽게 놈을 벽에다 세우고 주방장 아저씨께 인사했다.

"아저씨, 오늘 정말 맛있게 잘 먹었어요. 또 올게요."

"아, 네, 안녕히 가십시오."

난 아저씨의 인사를 받고 놈을 다시 부축하면서 차가 있는 곳으로 갔다. 그곳엔 기사 아저씨가 아직도 병병한 표정을 지은 채 문을 열어놓고 있었다. 나는 놈을 뒷좌석에 밀어 넣고 차에 올라탔다.

[출발할까요?]

나에게 기사 아저씨가 묻는다. 아마도 출발해도 되냐고 묻는 거 같다. 이젠 눈치로 일본어를 알아맞추다니. 오우~ 김수아, 일주일 만에 일본어 경지에 올랐구나! 그런데 눈치로 때려 맞추면 뭐 하냐고. 말을 못하는데. 미치겠다, 대답은 일본말로 해야 하겠지? 이씨, 한마디도 못하는데. 에라, 모르겠다!

"가, 가요!!"

신기하게 내 말을 알아들었는지 차는 움직이기 시작했고 우린 집에 무사히 도착할 수 있었다. 놈을 부축하겠다는 듯한 행동을 보이는 기사 아저씨를 뒤로하고 놈을 질질 끌고 안으로 들어갔다. 집에 들어와서는 또다시 낑낑대면서 이층에 있는 방으로 놈을 끌고 올라갔다.

풀썩!!

난 있는 힘껏 놈을 침대에 냅다 던지고 방에서 나가려고 했다. 그런데 내 손목을 붙잡고 놓아주지 않는 이놈 때문에 바닥을 휙 하고 날고서는 방바닥에 쿵하고 엉덩이를 찧었다.

"애고, 아파라."

놈에게 잡히지 않은 다른 손으로 엉덩이를 문지르면서 놈을 째려주고 있는데 놈이 날 끌어당겨 안았다. 이러면… 이러면 약속 어긴 거야! 너 이 자식, 안 일어나! 너 자는 척하는 거지!! 이 자식이 죽으려고!! 속으로 이렇게 외치면서 놈에게서 떨어지려는 순간 난 심장이 내려앉는 느낌을 받았다, 놈의 한마디에.

"사랑해… 사랑해… 정말 사랑해. 그리고 예영아……."

난 살며시 놈에게서 떨어졌다. 그리고 내 방으로 돌아왔다. 심장이 미친 듯이 떨려왔다. 꼭 내 몸의 일부가 아닌 것같이 너무 아파왔다. 내가 저놈을 사랑하게 된 건가? 겨우 며칠 같이 지낸 것뿐인데? 말도 안 돼. 저 사람은 내 형부인데… 언니의 남자인데.

정말 두근거렸다, 나를 안았을 때. 하지만 싫었다, 사랑한다는 말 끝에 언니의 이름이 나온 게. 김수아 미쳤구나. 니가 미쳤어. 저 사람은 내 형부야. 언니의 남자야. 언니를 사랑해서 바보가 되어버린 남자야. 이서진이라는 남자는 절대 내 남자가 될 수 없는 사람이야. 정신 차려, 김수아!

#2 —놈과 나의 좌충우돌 결혼 생활

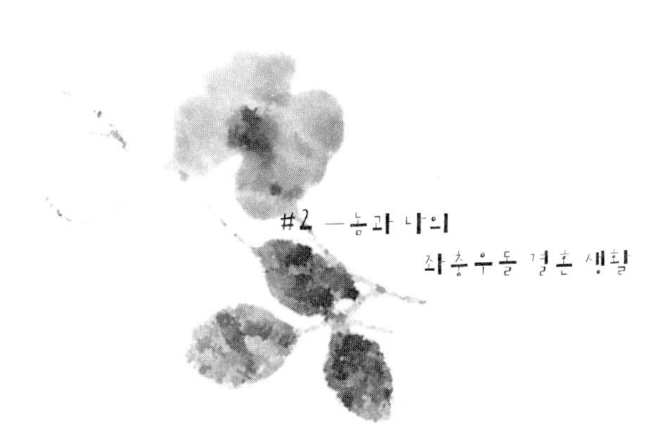

#2 —놈과 나의 좌충우돌 결혼 생활

난 아침에 등에 무언가 푹신함을 느낄 수 있었다. 이 익숙한 푹신함. 헉! 그것은 첫날밤과 마찬가지로 어느샌가 내 방에 들어와서 날 꼬옥 껴안고 있는 놈의 품 안이었다! 이런 나쁜 놈!! 날 건드리지 않겠다는 약속을 어제 해놓고선!! 정말 기분…… 좋다. 인정하기 싫지만 따뜻하다. 왠지 모를 포근함. 아, 이럴 때가 아니라 깨워야 해!!

"저기요, 저 일어났거든요. 언제까지 이러고 있을 거에요?"

"조금만 더… 조금만."

조금만 더라고 웅얼대는 놈의 얼굴은 천사 같다!! 아침 햇살에 하얀 피부는 더욱더 투명하고, 자존심 상하지만 나보다 더 긴 속눈썹을 가진 눈꺼풀. 그리고 살짝 열린 빨간 입술. 쓰읍. 먹어버리고 싶다~

역시 난 변녀였어!! 이런 게 좋고, 멋있다고 생각하다니. 정신을 놓아선 안 돼!! 김수아, 안 돼!!

한참을 놈의 면상을 감상하고 있는데 '번쩍!!' 시, 심장이 떨어지는 줄 알았다. 이쁘게 감겨 있던 놈의 눈이 나와 정면으로 마주쳤다. 갖지 않은 애까지 떨어질 정도로 놀랐다.

"뭐, 뭐예요!"

"쿡. 너 지금 내 얼굴 보고 잘생겼다고 생각했지?"

"무, 무, 무슨!! 자다가 봉창 두드리는 소리예요!"

"괜찮아. 그렇게 당황할 거 없어. 이미 나한테는 그런 시선이 익숙하니까. 나도 내 얼굴 보고 부담스럽기도 하거든."

아침부터 구역질이 나오려고 한다.

"우웩!!"

"뭐야. 난 아직 너 건드리지도 않았는데 애 생긴 거야?"

헉! 황당!! 역시 난 이놈한테 당해낼 수 없다. 벙찐 표정의 내 얼굴이 웃겼는지 크게 한번 웃고 욕실로 들어가 버렸다. 정말 재수없다. 그래, 너 잘났다!!

"오늘은 늦을 거야. 먼저 자."

나는 지금 내 가짜 남편이자 형부를 배웅하고 있는 중이다. 여느 신혼부부 모습으로. 그런데 왜 점점 느끼해지면서 나에게 다가오는 거냐구! 사람도 많은데!! 그렇다, 이미 우리 집 주위에는 카메라를 가진 기자들이 우리를 찍어대고 있었다. 젠장, 저것들은 기자가 아니라 스토커다.

"왜, 왜 이렇게 가까이 와요?"

물론 놈과 나만이 들을 수 있을 정도로 작은 목소리로 말했다. 내 소리에 놈은 싱끗 웃어버리더니 내 귀에 대고 속삭인다. 앗, 간지럽다. 놈의 입김 때문에 귀가 간지러워서 나도 모르게 웃음이 나왔다.

"그래, 그거야. 그렇게 사람들 앞에서 행복한 웃음을 지어."

"뭐, 뭐라구요?"

"그렇게 찡그리면 안 돼. 우린 지금 행복한 신혼부부라구. 그럼 다녀올게."

쪽 하는 소리와 함께 내 볼에 놈의 입술이 닿았다. 그 촉촉한 감촉이 아직도 내 볼에 남아 있다. 난 멍해진 얼굴로 놈이 차에 타는 것을 지켜보았다. 심장이 또 미친 듯이 뛰어댄다. 이러면 정말 위험한데… 정말 위험하단 말이다.

[사모님, 안으로 들어가세요.]

혼자서 버둥대고 있는 내가 안쓰러웠는지 일본어로 아줌마가 나한테 말을 건다. 아줌마, 나 일본어 몰라요.

난 힘없이 이층으로 올라갔다. 유학이라고 생각하면서 일본에 왔건만 내가 일본에 와서 간 곳은 세 곳. 공항 ☞ 집☞ 횟집이 고작이었다. 이렇게 따분한 걸 줄 알았다면 그냥… 그냥 나도 도망쳐 버리는 건데. 방 안 침대에서 뒹굴거리고 있는데 문득 거실에 있었던 컴퓨터가 생각났다. 그래, 그거야. 오늘은 채팅이나 하면서 노는 거야.

웡~

컴퓨터가 켜지고 난 한국 사람들의 필수코스인 다음으로 접속했다. 물론 컴퓨터는 신기하게도 한글 자판이었다. 그렇지만 화면에 일본어들이 떠서 많이 당황도 했다. 그러나 내가 누구인가!! 의지의 한국인 김수아 아닌가.

아무튼 1시간 동안 컴퓨터와 실랑이를 벌인 후 난 메일을 확인할 수 있었다. 112통!! 정말 이게 나한테 온 멜이란 말입니까? 단 8일이 지났을 뿐인데 이렇게 많이… 역시 난 친구가 … 없었다. 이 불쌍한 인생이여. 무슨 인포 메일하고 광고 메일만 있노. 하나하나씩 삭제하고 있는데 내 눈에 띈 이름 최예영. 난 떨리는 마음으로 멜을 클릭했다.

『하이루!! 방가방가!! 수아야, 결혼식은 잘했지? 언니가 그냥 도망 와서 너 화 많이 났겠구나? 미안, 정말 미안해. 알잖아, 내가 행복한 때는 연극할 때랑 서진이 만날 때밖에 없다는 거. 우리 수아는 착하니까 언니를 이해해 줄 거라고 믿어. 넌 내 하나밖에 없는 동생이니까. 언니는 지금 미국에서 조그마한 공연을 준비하고 있어. 아직은 조연이지만 1년 안에 꼭 주연 자리를 차지하고 말 거야. 꼭 1년 안에 돌아갈게. 그때까지만 우리 서진이 잘 부탁해. 외로움을 많이 타는 애니까 니가 처제로서 잘해줘. 알지, 내가 가족 외에 사랑하는 사람은 서진뿐이라는 거? 너만 믿을게. 참, 수아야, 미처 못해 준 말이 있는데 서진이는 혼혈인이야. 일본인과 한국인의… 아, 이젠 알았겠구나. 하하. 미안하다. 아!! 그리고 또 한 가지 말해 주면 서진이 21살이야. 친구처럼 잘해줘. 안녕~ 1년 동안 열심히 해.』

에휴, 이 대책없는 언니야. 언니가 지금 메일로 보내준 내용들은 이미 다 알고 있어. 결혼식이 힘든 것두, 그 자식이 21 살이라는 것 그런 건 이미 알고 있다고. 그 자식이 21살…… 뭐, 뭐라구! 그럼 언니보다 4살 연하?! 그리고 나보다는 1살 연하!! 이런, 젠장! 그럼 내가 지금 나보다 어린놈한테 존댓말을 하고 있었단 말야? 기, 기분 다운. 죽었어. 이 자식이 감히 나이를 속여?! 오늘 이 누나가 이뻐해 주마!! 기대하라구, 이서진!!

난 혼자 광분해서 놈이 오늘 늦게 들어온다는 말을 까맣게 잊어버린 채 놈을 기다리다가 소파에 파묻혀 잠이 들고 말았다. 그리고 익숙한 포근함이 날 껴안았다. 잠을 자는 동안이었지만 참 좋았다. 익숙한 향기가 코에 닿았고 또 알 수 없는 행복감에 더욱 깊이 잠이 들었다. 하지만 난 새벽에 눈이 번쩍 뜰 수밖에 없었다. 이유는 또 놈이 껴안아서 그랬냐구요? No~ 추워서 그랬어요. 헤헤, 누군가가 창문을 열어놓고 갔더라구요. 에구~ 추워라.

근데 난 소파에서 자고 있었는데 왜 방에 있지? 주변을 둘러보니 검정색 정장 자켓이 있었다. 아침에 놈이 입고 나간 것이었다. 그리고 욕실에서 물소리가 났다. 아무래도 나를 안아다가 침대에 옮긴 모양이었다. 조금은 감동이다, 정말 쪼금!! 짜식, 나 화난 것 알고 미리 선수친 거 아냐!! 흥!! 그래도 안 넘어갈 거야. 이런 생각으로 머리를 베개에 기댔을 뿐인데 난 또다시 깊고 달콤한 수면에 빠졌다.

"야, 일어나!!"

누군가가 날 깨우기 시작했다. 정말 짜증나네. 난 자고 있을 때 깨우는 걸 제일 싫어하는지라 그저 못 들은 척 계속 자고 있었는데 놈이 나를 번쩍 안아 들어 자신의 얼굴 앞까지 바짝 당겼다. 헉!! 아침부터 피 볼 뻔했다. 너무 잘생겼다.

"이, 일어날게."

"뭐? 일어날게?"

놈은 내 반말에 조금은 기분이 상했는지 나를 째려보기 시작한다. 그렇게 째려봤자 니 눈이 찢어지지 내가 찢어지냐? 너 나보다 나이도 어리잖아.

"왜?"

"오호라~ 이젠 말 까려구?"

"그, 그래. 너 나보다 어리잖아. 너 21살이라며? 난 22살이야."

"그래서?"

헉! 놈의 그 당당한 태도에 난 당황할 수밖에 없었다. 어떻게 미안한 기색도 없고, 당황한 기색도 없을 수가 있냐구!! 그럼 넌 이미 알았냐!! 그럼 알고도 내 존댓말을 다 처먹은 거냐, 나쁜 놈!

"나보다 어리니까 나 너한테 반말할 거야."

"훗, 맘대로 해. 근데 말야, 웬만하면 반말하지 마."

"뭐, 뭐라구? 난 너보다 누……."

"누나라는 소리 할 거면 집어쳐. 그런 말은 듣기 싫으니까."

"뭐?"

"그런데 내 나이 어떻게 안 거야? 혹시 예영이한테 연락 왔냐?"

금세 전세는 역전되었다. 놈의 그 말 한마디에 난 땀을 삐질삐질

흘려야 했다. 이놈이 언니의 연락처를 알면 당장 끌고 오겠지. 그러면 언니는 꿈을 이루지 못하겠지. 난 열심히 도리질만 했다.

"아, 아니, 안 왔어요! 언니한테 무슨 연락이 왔다는 거예요? 하하하."

"훗, 그래, 그렇다고 해줄게. 그냥 그런데 말야."

"아무튼 난 반말할 거야!! 알았어?!"

"그래, 반말을 하든 말든 마음대로 해. 근데 억울해하지 않아도 되지 않나? 난 니 형부니까 존댓말을 들어도 된다고 생각하는데."

그놈의 입에서 나온 형부라는 말이 왜 이렇게 내 마음을 아프게 하는지 모르겠다. 찡하고 순간적인 아픔이 밀려왔다. 그래, 넌 우리 언니 남자였지. 형부였지… 우린 부부가 아니지. 맞아, 그랬지. 그냥 겉모습만 그럴 뿐이었지.

"아… 내가 존댓말해야 하는 거 맞구나. 그렇구나."

"내키지 않으면 사람들 앞에서만 존댓말 써."

나에게 말을 하면서 수건으로 머리를 말리는 서진이의 모습을 그냥 바라보았다. 그리고 나 자신도 모르게 내뱉은 말.

"언니를 정말 사랑하나 보네."

"응, 사랑해. 처음 봤던 그 순간부터 사랑했어. 그런 거 같아."

언니를 사랑한다… 당연한 이야기인데 왜 그의 입술에서 언니를 사랑한다는 말이 나오자 심장이 미친 듯이 뛰는지 모르겠다. 아프다. 많이 아프다. 놈은 나에게 어색한 웃음을 지어주고는 방에서 나가 버렸다. 그런데 왜 이렇게 심장이 두근대는 걸까? 그러나 난 이내 그런 고민을 뒤로한 채 잠이 들어버렸다. 역시 단순한 나.

다른 날과 마찬가지로 아침이 되었을 때 나는 쉽게 일어나지 못했다. 그 이유는 뭐가 있겠는가. 나의 허리가 지 허리인 양 꽉 껴안고 자고 있는 이 녀석 때문이지. 놈의 손을 풀려고 아무리 노력했지만 헛수고였다. 오, 신이시여.

"좀 놔봐요!!"

"싫어. 더 자."

"이씨."

결국 나는 포기하고 녀석과 함께 그대로 침대에 누워 있었다. 그런데 정말 뽀샤시하구나. 아침에는 얼굴에 기름이 잔뜩 지는 내 얼굴과는 질적으로 다르구나. 오~ 눈부셔라. 그대는 진정한 꽃돌이. 그렇게 생각하면서 한참 놈의 얼굴을 살피고 있는데 갑자기 피식하고 웃음소리가 났다.

"뭐, 뭐예요!!"

"아, 피곤해서 잠을 못 자겠네. 자려고 하니까 누가 자꾸 내 얼굴을 쳐다봐서 말야. 이래서 잘생긴 것도 피곤해."

허… 허… 허걱!! 뒤로 넘어가고 싶다. 정말 이 뼛속부터 왕자인 자식. 내가 어이없이 바라보자 놈은 몸을 일으키면서 말했다.

"왜 몰랐다는 듯이 그런 표정을 지어? 사실이잖아."

그러면서 방에서 나가는 녀석. 나는 베개를 문을 향해서 힘껏 던졌다. 정말 재수없는 놈. 잘생기기는 무슨…… 하긴, 넌 너무 잘생겨서 탈이지. 가끔씩 내가 놀랄 정도니까. 재수없기는 하지만 인정할 수밖에 없는 이 어이없는 상황이라니. 그렇게 한숨을 푹푹 내쉬면서 침대에 앉아 있는데 다시 문이 열리면서 놈이 들어왔다.

"오늘 저녁에 차 보낼 테니까 나와."

"왜, 왜요?"

"저녁 7시에 파티가 있어. 나도 나가기 싫은데 어쩔 수 없이 나가는 거야. 옷은 비서를 통해서 보낼 테니까 그걸로 갈아입고 나와."

그렇게 말한 녀석은 씨익 웃고 다시 밖으로 나갔다. 그런데 파티라니? 그런 데는 한 번도 가본 적이 없는데. 어휴, 이럴 줄 알았으면 친구들이랑 술 마시러 다니지 말구 외삼촌이 하는 가든파티에 한 번이라도 다녀보는 건데. 그러나 뒤늦은 후회를 하면 뭐 하겠는가!! 김수아!! 할 수 있어!! 너라면… 할 수 있기는 뭘 할 수 있어.

서진이가 회사에 나가고 나는 청소하는 아줌마를 따라다니면서 구경했다. 왜 구경만 했냐고 뭐라고 하는 사람들도 있겠지만, 나도 심심하기 때문에 도와주려고 했다. 하지만 아줌마 일본어로 뭐라고 하면서 자꾸 밀어내는 통에 걸레를 잡아볼 수도, 아니, 가까이 갈 수도 없었다.

결국 청소하는 아줌마 곁에서도 쫓겨난 나는 이곳저곳을 돌아다니다가 집구석에 있는 방으로 들어갔다. 문을 여는 순간 나는 탄성을 쏟을 수밖에 없었다. 한쪽 벽이 전부 유리로 된 곳에서 햇빛이 눈부시게 쏟아져 들어오고 있었기 때문이다. 뿐만 아니라 또 다른 벽은 책으로 가득한 책장으로 되어 있고, 그 중앙에는 엄청난 크기의 책상과 최신형 컴퓨터가 놓여 있었다. 모든 것이 다 처음 보는 것이었다.

"이… 이게 다 뭐야?"

나는 신기한 마음에 방문을 닫고 안으로 들어갔다. 그중에서도 컴맹인 나도 딱 알아볼 것 같은 최신형 컴퓨터는 거실에 있는 것과 차원이 달랐다. 아마도 이곳은 놈의 서재인 듯싶었다. 무엇보다도 나의 눈에 들어온 것은 큰 창문이었다. 어쩜 전망도 이렇게 좋냐. 창문 밖으로 보이는 풍경들은 이곳이 정말 일본일까 하는 의문이 생길 정도로 이국적이었다.

"이서진, 이렇게 좋은 방을 한 번도 구경을 안 시켜줬단 말이지."

나는 놈 원망하는 소리를 중얼거리면서 책장의 낯선 책들을 꺼냈다 넣었다를 반복했다. 그러던 나의 손에 무엇인가가 들어왔으니, 그것은 예영 언니가 좋아하는 책인 'Herold and Maude(헤럴드와 모드)' 라는 책이었다. 예전에 내가 그렇게 빌려달라고 할 때 언니가 누군가에게 선물할 거라며 보여주지 않았던 책. 그 책이 여기 있었다. 정말 치사빤스인 예영 양. 이서진 이 자식 때문에 내 부탁을 거절했단 말이지. 좋아! 여기서 보면 되지!!

나는 그 책을 꺼내 그 옆에 있는 호화로운 소파에 앉아 책장을 넘겼다. 그 순간 스르르 하면서 책 사이에서 무언가가 떨어졌다.

"뭐지?"

나는 허리를 숙여 떨어진 것을 주었다. 그런데 내 심장이 또다시 뛰기 시작했다. 사진이었다, 놈과 언니가 찍은 사진. 사진의 배경은 아마 이 방인 것 같았다. 그리고 사진 아래에 조그마하게 써 있는 글씨.

『나만의 모드 예영과 함께.』

나는 금방 그 문구가 의미하는 것을 알았다. 아마 지금 내 손에 쥐어진 책과 관련된 거겠지. 그래, 이 책의 내용이 61살 나이 차를 가진 연상녀와 연하남의 이야기이니까. 그 연상녀의 이름은 모드. 그 연하남의 이름은 헤롤드. 짜식~ 머리 썼네. 킥!! 나만의 모드라. 순간 한숨이 새어 나왔다. 김수아, 왜 그래? 너 왜 그래. 당연한 거잖아. 정신 차려, 정신!!

그렇게 내 허벅지를 책으로 북북 찌르면서 앉아 있는데 아줌마가 들어오셨다. 아줌마는 나의 행동에 놀란 듯이 쳐다보셨고 나는 어색한 웃음을 지으면서 책을 꽂아놓고 뒷걸음질쳐 그 방을 빠져나왔다.

"애고, 놀라라."

가슴을 쓸어 내리면서 일층으로 가는 계단으로 향했다. 한 계단씩 내려오는 내 눈에 정장을 차려입은 여자가 집 안으로 들어오고 있는 모습이 보였다. 헉! 누구지? 요즘엔 여자도 도선생이라는 직업을 하나. 나는 떨리는 마음으로 천천히 계단을 내려갔다. 물론 혹시나 하는 마음에서 방망이 비슷한 것을 들고. 하하, 당신들도 이렇게 큰 집에서 살아봐. 늘 불안하다니까. 방망이를 뒤로 숨기고 천천히 여자에게 다가갔다. 하지만 갑자기 돌아선 여자 때문에 놀라서 바닥에 쿵하고 엉덩방아를 찧었다.

"아… 아파라. 이러다가 엉덩이뼈에 금 가겠다."

"어머, 괜찮으세요?"

"네. 어!! 한국말?"

"아, 제 소개가 늦었죠? 전 리즈키 사장님이 보내서 온 사람이에요."

"아, 그럼 서진이 비서요?"

"서진이? 아, 사장님의 한국 이름을 말하시는 거죠? 네."

나는 그 여자의 손을 붙잡고 자리에서 일어났다. 나를 일으켜 세운 서진이의 비서는 내 옆에 떨어진 방망이를 보고 살짝 웃음을 지었다. 차, 창피하다. 젠장. 얼른 숨겨야지!!

"하하, 이게 뭐냐면요? 이게……."

"아, 이해해요. 저 같아도 이렇게 불쑥 사람이 들어왔는데 방어는 할 겁니다."

그렇게 말하면서 나를 향해서 싱긋 윙크해 주는 여자. 와~ 성격 무지 좋은 여자구나. 착한 것 같기도 하구. 나는 그렇게 해석하기로 했다. 왜냐구? 한국말 하잖아. 하하하.

"그런데 무슨 일로?"

"어머? 사장님께 이야기 못 들으셨어요? 드레스 가져왔어요. 사모님 취향을 몰라서 제 취향으로 골랐는데 마음에 드실지 모르겠네요."

그러면서 그 비서라는 여자는 테이블 위에 커다란 상자를 올려놓고 드레스를 꺼냈다. 그러자 좌르르륵 소리를 내며 무언가가 펼쳐지자 그것을 본 내 눈은 점점 커졌다. 크림 빛 나는 흰색의 원통형 이브닝 드레스였다. 너무 예뻤다. 하지만 내가 놀란 이유는 그게 아니었다. 사실 나 드레스 처음 봤다. 아, 아니구나. 결혼식 때 입어봤으니까 두 번째다. 그런데 드레스의 가슴 부위가 왜 저리 파였어? 그런 나의 모습에 여비서는 자꾸 웃었다. 혹 그 웃음은… 비웃음? 흠, 내 기분 탓인가. 하긴 한국말 하는 여자가 나쁜 사람일 리가 없지!!

"마음에 드세요?"

"네? 아, 네. 예쁘네요."

"이 드레스를 입고 준비하고 계세요. 5시에 차가 올 겁니다."

"아, 네. 감사합니다."

"아닙니다. 그럼 이따 뵙겠습니다."

내게 꾸벅 인사를 한 후 가는 여비서. 인사성이 참 밝구려. 이쁘기도 하구. 에구구, 그러나 여비서를 보내고 나니 내 걱정이 늘어났다. 가뜩이나 파티라고 해서 걱정되는 이 판국에 저런 드레스가 나한테 어울리기나 하겠냐구! 나는 드레스를 질질 끌고 방 안으로 들어갔다. 우선 입어보기라도 해야지 않겠수. 나는 조심스럽게 내 몸을 그 드레스에 쑤셔 넣기 시작했다. 혹시나 찢어질까 걱정도 되었지만 나는 무작정 입었다. 잠시 후 내 모습에 나는 놀라고 말았다. 마치 다른 사람 같았다. 그 비서는 요정, 나는 신데렐라. 그렇게 멍하니 있는데 문이 열리고 아줌마가 들어오셨다. 아줌마는 나를 이리 살피고 저리 살피시더니 내가 알아들을 수 없는 일본어를 하셨다.

[와~ 사모님, 정말 아름다우시네요.]

설마 욕은 아니겠지. 나는 웃어 보이면서 아줌마에게 감사하다고 말했다. 그런데 욕이면 어쩌지. 설마 웃으면서 욕을 하겠어. 드레스를 입은 나는 살짝, 아주 살짝 화장이라는 것을 했다. 그랬더니 사람이 조금 달라 보이더라. 좀 꾸미고 살아야겠군.

그렇게 혼자서 뿌듯해하면서 나는 5시가 되기를 기다렸다. 5시가 되어 문밖으로 나가자 검은색 차가 기다리고 있었다. 그런데 정말 이놈의 스토커 기자들이 또 있다. 이번 역시 사진을 찍어대느라 바쁜 스토커 기자들. 그래, 찍어라. 이젠 짜증 내기도 지쳤다.

난 기자들을 뒤로한 채 차에 올라탔다. 그렇게 한참을 안락한 의자에 기대어 하늘을 보고 있는데… 분명히 그랬는데… 눈을 떠보니 왜 또 녀석의 가슴팍이 보이는 건지. 휴.

"여긴 웬일이야?"

"웬일은 무슨!! 또 퍼질러 자냐!! 하여간 넌 어디든, 뭐든 머리만 닿으면 자냐?!"

"아, 내가 또 잤구나. 미안해."

"내려. 늦었어. 벌써 7시 30분이야."

"헉. 어떡해!! 그러면 깨우지!!"

"니가 깨운다고 일어나는 인간이냐. 니가 스스로 일어나야지."

그 말만 내게 픽 던지고 차에서 내려 버리는 녀석. 정말 사람이 살다 보면 잠을 잘 수도 있는 거지, 그런 거 가지고 화를 내냐?! 생각해 보면 내가 조금 심하기도 하지만.

"김수아, 빨리 안 내려?!"

"아… 내려, 내려!"

허둥지둥 내리는 바람에 나는 그만 드레스 자락을 밟고 말았다.

오, 마이 갓! 그럼 이제 앞으로 쓰러지겠네 하고 질끈 눈을 감은 순간 풀썩 하는 소리와 함께 나는 쓰러지지 않았다. 감은 눈을 떠보니 서진이 나를 한심하다는 듯이 내려다보고 있었다.

"너 바보냐? 넘어질 것 같으면 균형을 잡아야지, 이렇게 눈만 감으면 끝이냐?"

"하하, 미안."

"미안하다는 소리 그만 하고 들어가자."

차가운 자식, 고맙다고 말하려 했는데 안 하길 잘했다!! 그리고선 혓바닥을 녀석을 향해서 내밀었는데 갑자기 뒤돌아보는 바람에 나는 혀를 깨물었다. 아프다. 씽.

"뭐 해? 빨리 와!"

"어, 가이 가!"

"그런데 너 발음이 왜 그러냐?"

"아, 아냐!! 가, 가자."

왜 그러긴 혀 깨물었으니까 그러지. 아픔 때문에 눈물이 나오려는 것을 참고 파티장 안으로 들어갔다. 파티장은 이미 사람들로 넘쳐 나고 있었다.

[어서 오십시오.]

문 앞에서 한 여자가 우리에게 인사를 했다. 반사적으로 나도 고개가 숙여졌다. 인사를 하는데 나도 인사를 하는 게 인지상정 아닌가. 그런데 내 그런 모습을 큭큭대면서 웃어대는 녀석.

"왜, 왜 웃어?"

"어, 아니야. 큭. 가자."

놈은 그렇게 나의 말은 넘기면서 나에게 붉은빛이 나는 잔을 쥐어 주었다. 냄새를 살짝 맡아보니 약간 시큼한 향이 났다.

"이게 뭐야?"

"포도 주스. 절대 술은 안 돼. 니 술버릇을 모르니까."

"나 술 잘 마시는데."

"그냥 그거나 먹고 식사나 하고 가자."

"그런데 무슨 모임이야?"

"그냥 사장들끼리 모이는 모임. 따분해, 이런 데는."

정말로 녀석의 표정을 지루하다는 표정이 풀풀 풍겼다. 나는 포도 주스를 홀짝홀짝 마시면서 녀석 뒤를 졸졸 쫓아다녔다. 그런 나를 돌아보고 놈은 피식 웃으면서 나의 손을 잡아주었다. 두근두근. 또 심장이 뛴다. 뭐야, 이건 술이 아닌데 나 왜 이래.

[오, 리즈키 군, 아니, 이제는 리즈키 사장이라고 해야 하나?]

[아, 안녕하십니까?]

[오늘 파티는 안 올 줄 알았는데.]

[아버지께서 오늘 못 나오셔서 제가 대신 나왔습니다.]

검은색 정장을 말쑥하게 차려입은 중년의 아저씨가 일본말로 뭐라고 하신다. 알아들을 수 없다. 아무래도 일어를 하루 빨리 배워야겠다.

[아, 이번에 결혼했다던데 안사람인가?]

[네.]

[상당히 미인이구먼. 그럼 다음번 회의에서 보지.]

서진이는 그 사람이 사라지자 나를 질질 끌고 구석 테이블로 갔다. 이 자식이 갑자기 왜 이러는 거야.

"아, 아파!"

"여기서 먹자."

"뭘?"

"밥 안 먹어?"

"밥? 먹어야지. 뭐 먹을 건데?"

"여기서 기다려."

놈은 나에게 기다리라고 하곤 쟁반을 가지고 왔다 갔다 하는 웨이터를 하나 잡아 뭐라고 말을 했다. 이런 데서는 뭐가 나올지 기대된다. 사실 파티라고 해서 점심도 대충 먹었는데. 아니, 사실 드레스가 터질 것 같아서 먹지 못했다. 이 서러운 신세여.

"조금 있으면 음식……."

녀석이 말을 꺼내려고 할 때 누군가가 우리에게 뛰어왔다. 그리고는 서진이의 귀에 뭐라고 속닥거리자 녀석은 알았다는 듯이 고개를 끄떡이고는 자리에서 일어났다. 도대체 뭐라고 한 거야.

"미안. 여기서 음식이 나오면 먹고 있어."

그리고 파티장 출입구로 사라졌다. 무슨 일이기에 저러지? 그런데 음식은 뭐가 나오려나? 한참을 테이블에 턱을 받치고 앉아 있었다. 그런데 무척이나 낯익은 한 여자가 무지하게 섹시한 드레스를 걸치고 내 눈앞에 서 있었다. 고개를 들어보니 낮에 보았던 그 여비서였다. 그런데 착한 여비서가 왜 그 가슴 큰 여자와 겹쳐 보이는 거지.

"어? 안녕하세요?"

"네. 드레스가 의외로 잘 어울리네요."

"네?"

"아니요. 잘 어울린다구요."

그런데 나는 왜 그 말에 이렇게 기분이 나쁜 것일까. 이상한 생각에 여자를 쳐다보았다. 그러자 그 여비서의 표정이 정말 가관이었다. 너무 거만한 눈빛으로 나를 바라보고 있었다.

"리즈키 사장님하고 1년간 연애하고 결혼하신 거죠?"

"아… 네."

1년이 맞나? 에라, 모르겠다. 언니가 한창 연극 연습 할 때니까 얼추 맞겠지?

"우리 아가씨는 10년이에요."

"네?"

"어디서 튀어나와서 1년 만에 리즈키 군의 마음을 사로잡았는지 모르겠는데 그렇게 쉽게는 못 넘겨주지."

"무, 무슨 말씀 하시는 거예요?"

"훗, 뭐긴 뭐야, 너 같은 여자한테는 못 준다는 그 이야기지."

뭐야!! 이 여자는 착한 여자가 아니었어. 아, 아닐 거야. 분명히 내가 잘못 들은 걸 거야. 아깐 분명 처음 본 날 친절히 대해줄 만큼 착했다구!

"도대체 무슨 말을 하는 거예요?"

"우리 히나 아가씨가 너보다 몇천 배는 낫지. 지금부터 바짝 긴장해야 될 거예요. 아가씨가 순진해 보여서 미리 충고해 주는 거예요. 우리 아가씨는 한 번 마음먹은 건 꼭 이루고 말거든요. 그럼 이만."

너무 당황해서 그 여자에게 한마디도 해주지 못했다. 기가 막혀, 정말!! 여비서의 뒷모습을 열심히 째렸다. 그런데 그 여비서 옆에서 얄미운 미소를 보이면서 나에게 손을 흔드는 여자, 그 여자는… 공항에서 보았던 그 가슴 큰 여자였다. 그럼 뭐야? 서진이 비서가 저 가슴 큰 여자 몸종이야? 오, 신이시여. 나는 당장이라도 그 여자에게 달려가서 머리채를 휘어잡고 싶었다. 나의 신뢰를 배신한 여비서와 같이. 그러나 참아야 한다. 김수아, 참자, 참자.

난 너무 황당한 나머지 테이블 위에 있던 정체 불명의 액체를 쭉 들이켰다. 음, 맛있네. 이 자제하지 못하는 나의 식탐으로 인해서 몇 잔이 더 나의 입으로 들어갔다. 잠시 후 알 수 없는 어지러움을 인해 거의 테이블 위에 반 정도 누운 상태로 있는데 내 눈에 흐릿한 물체가 다가오는 게 보였다. 자세히 보니 말쑥하게 차려입은 남자였다. 그 남자는 나에게 일본어로 뭐라고 물었다. 이씨, 하나도 못 알아듣겠네. 그 정신이 없는 와중에도 나는 일어서야 한다는 생각으로 몸을 일으켰다. 그러자 나의 손을 잡고 놓아주지 않는 이 남자. 뭐야? 어지러움으로 인해 비틀대고 있는 날 살포시 붙잡아주던 이 남자가 점점 벽 쪽으로 밀기 시작했다. 정말 뭐냐고요. 가뜩이나 머리 아파 죽겠는데. 그런데 이 남자에게도 나한테서 나는 냄새가 풍겨져 나오고 있었다. 아무래도 내가 먹은 게 술인가 봐. 우리 둘이 붙어 있으니 냄새가 장난이 아니다.

"저, 저기요. 이것 좀 놔주세요."

하지만 한국어로 말을 건넨 탓인지 이 남자는 아무 대꾸도 없이 나의 얼굴로 다가오는 남자의 얼굴. 진짜 미치겠네. 김수아 22년 인생 동안에 모르는 남자한테서 키스를 받는 것이 지금의 운명이라는 말인가. 그런데 서서히 이 남자의 얼굴에 서진 군의 얼굴이 겹쳐졌다. 저절로 눈이 질끈 감겼다. 그 순간 퍽 하고 무언인가가 와장창 깨지는 소리가 들렸다. 눈을 떴을 때 나의 눈에 회색의 정장을 입은 한 남자의 등이 보였다.

[야, 이 새끼야!! 술에 취했으면 얌전히 집에나 갈 것이지, 왜 남의 여자를 건드려!! 너 입술 안 댄 것 다행으로 여겨!! 안 그랬으면 니 입술 뭉개 버렸을 테니까!!]

일본어로 길게 무엇인가를 중얼거린 그 남자는 나의 손을 잡아끌고 파티장에서 나왔다. 서진이다!! 심장이 미친 듯이 뛰기 시작했다. 오늘따라 이놈의 등이 왜 이리 넓게 보이는 건지.

"김수아, 내가 술 먹지 말랬지?!"

"응?"

"그리고 너 남자 꼬시는 재주가 보통이 아니다?"

빠직! 이건 또 뭔 귀신 씨나락 까먹는 소리야.

"무, 무슨 소리야?"

"아주 장난 아니던데? 남자가 가까이 다가오는데도 나 잡아먹으라는 식으로 피하지도 않더라."

"이서진, 너 지금……."

"김수아, 네가 뭘 착각하나 본데 넌 전에도 말했듯이 최예영이야. 김수아가 아니라구. 앞으로 이런 행동은 삼가해 줬으면 좋겠어."

그러면서 놈은 차에 타버렸다. 그놈의 말에 나는 정신이 또렷해졌다. 기가 막혔다. 도대체 날 뭘로 보고 하는 소리야. 하하하… 너무 기가 막혀서 웃음만 나왔다. 그리고 눈가가 뜨거워졌다. 안 돼. 김수아, 울지 마. 울면 인정하는 거야. 니가 스스로 인정하는 거라구. 나는 입술을 꼭 깨물고 차에 탔다. 집으로 가는 내내 나와 녀석은 한마디도 하지 않았다. 나쁜 놈!! 뭐? 남자 꼬시는 재주가 보통이 아니라구? 정말 웃겨!!

집에 도착 후 난 차에서 내릴 때 일부러 차 문을 세게 닫고 내렸다.

[사모님, 잘 다녀오셨어요?]

현관에서 인사를 하는 아줌마께 나는 살짝 목례를 하고 손님방으로 들어갔다. 그리고 바로 드레스를 벗었다. 신데렐라는 무슨. 아니, 정말 신데렐라지. 하룻밤의 꿈. 그렇게 침대 위에서 쓰러지듯이 누워 눈을 감았다. 그 다음… 잤지 뭐. 나의 버릇이 어디 가겠어. 하하하.

다음날 오후 늦게야 일어난 난 누군가가 망치로 머리를 때리는 것 같은 아픔을 느꼈다. 아무래도 내가 어제 멋모르고 먹었던 것이 술이라는 액체였나 보다. 너무 오랜만에 먹어서 그런가. 이렇게 술에 약한 내가 이닌데.

나는 쓰린 속을 부여잡고 밖으로 기어나왔다. 그러자 내 코끝에 스치는 북어국 냄새. 나는 계단을 성큼성큼 내려가 부엌으로 들어갔다.

내 눈에 들어온 것은 김이 모락모락 나는 북어국과 함께 하얀 쌀밥이었다.

"아줌마, 감사합니다! 잘 먹을게요!"

[어제 술 드셨다고 사장님이 끓이라고 해서요.]

감사하긴 한데 무슨 말인지는 모르겠네. 죄송해요. 나는 그냥 웃어 넘기고 맛있게 밥 한 공기를 비웠다. 밥을 먹고 나니 밖은 다시금 깜깜해져 있었다. 역시 늦게 일어나니 하루가 무진장 짧구나. 거기까지는 정말 좋았는데 사건은 새벽에 터지고 말았다.

잠을 한참 잘 자고 있던 나는 누군가가 방에 들어온 것을 알고 살며시 눈을 떴다. 그러자 스탠드 근처에서 한 손에 무언가를 들고 놈이 서 있었다. 뭐냐. 공포영화 찍냐. 그냥 무시한 채 이불을 뒤집어쓰고 자려는데 녀석이 나의 손을 잡아끌었다.

"왜 그래, 졸린데."

"너 어제 내 서재에 들어갔었냐?"

"창문이 크게 난 방 말이야? 응. 왜?"

"너… 이 책 꺼내봤어?"

놈이 내민 책은 'Herold and Maude(헤럴드와 모드)' 였다. 나는 말없이 고개를 끄덕였다. 그러자 녀석이 피식 웃더니 책을 방문 쪽으로 던졌다. 요란한 소리를 내면서 책이 문과 부딪쳤고 나는 싸늘한 서진이의 눈을 볼 수 있었다.

"내 물건에 손대지 마."

"뭐……?"

"유일하게 예영이를 느낄 수 있는 공간이야. 앞으로 서재에 들어오지 마."

그렇게 놈은 싸늘하게 말하곤 방문 쪽으로 걸어가 문 손잡이를 잡았다. 순간 왜 그랬을까. 나도 모르게 놈에게 물었다.

"이서진, 네가 화난 이유가 그거야? 내가 언니와 니 공간을 들어가서… 그런 거야?"

"그래."

서진이가 세게 닫고 나간 문소리와 함께 내 심장도 덜컥 내려앉았다. 가슴이 아프다. 놈이… 서진이가… 나에게 남기고 간 마지막 말에 왜 이렇게 가슴이 아픈 거지. 찢어지게 아파. 창문으로는 아침을 알리는 해가 떠오르기 시작했다. 그리고 내 눈에선 눈물이 흐르고 있었다. 바보처럼… 바보처럼 사랑하기 시작했다. 언니의 남자를 사랑해 버리기 시작했다. 평생 나한테 마음을 줄 수 없는 남자를 순간적인 행복감으로 난 내 신분을 망각하고 말았다. 바보처럼…….

그날 이후 난 또다시 놈을 피하기 시작했다. 놈을 볼 때마다 두근대는 마음의 정체를 알아버린 지금 난 그놈의 얼굴을 볼 수가 없었다. 얼굴을 보게 되면… 그렇게 되면 눈물을 흘려버릴지도 모르니까. 비참해지는 건 싫다. 우는 내 모습을 보고 왜 우느냐고 묻는다면… 너 때문에… 너 때문이라고 할 수 없잖아.

"이야기 좀 하자."

"하, 할 이야기 없어요."

내가 자신을 피한다는 걸 알았는지 저녁에 이야기 좀 하자며 말을 건네왔다. 하지만 난 딱딱하게 존댓말을 쓰면서 놈을 대했다. 그래야만 조금이라도 마음이 편하니까. 너를 마주 볼 수 없어. 마주 볼 수가 없다구. 놈과 눈도 마주치지 않은 채 난 방으로 들어가려고 했지만 들어갈 수 없었다. 서진이 내 어깨를 잡고 놔주지 않았다. 또 심장이 미친 듯이 뛴다. 머리는 반응하지 말라고 항상 외치지만 가슴은 반응해 버리고 만다, 이 녀석 앞에서만은.

"미안해. 그때는 내가… 나도 모르게 화가 나서 그랬어. 다시는 그런 일 없을 거야. 미안하다."

"괜찮아… 요. 잊어버렸어… 요. 나 원래 단순하잖아… 요."

어색한 나의 존댓말. 왜 이렇게 자연스럽지 못하지. 서진의 손에 이끌려 그의 얼굴을 보게 된 난 최대한 웃으려고 노력했다. 하지만 그런 나의 얼굴을 본 놈은 표정이 굳어져서 나의 어깨를 잡은 손에 힘을 더 줄 뿐이었다.

"불만이 있으면 말해!! 사람 미치게 하지 말구!!"

"없어. 나한테… 불만이야, 나한테. 나 들어갈래."

난 내 어깨를 잡고 있는 놈의 손을 밀어냈다. 미치게 하지 말라구? 누가 할 소린데!! 내가 누구 때문에 이렇게 미쳐 가고 있는데!! 누구 때문에 이렇게 아파하고 있는데!! 그런 말 하지 마. 그럼 나 기대하게 되잖아, 너한테…….

그때 난 놈을 피해 있어야겠다는 결심을 했다. 안 보이면 조금은 내 마음을 잊어버릴 수 있다고 생각해서 놈의 곁에서 조금 멀어지기로 했다.

다음날 아침, 난 놈의 서재실 문을 두드렸다.

"무슨 일이야?"

은테 안경 너머로 놈의 차가운 눈빛이 보인다. 하얗고 기다란 손가락으로 신문을 넘기고 있는 모습. 이젠 너무 익숙한데, 그리고 여전히 변하지 않은 눈. 지독하게 차가움이 배어 나오는 눈빛. 가슴이 너무 아프다. 따뜻함이라고는 볼 수 없는 눈. 언니한테는 그러지 않겠지?

"들어오면 안 된다는 거 아는데… 그래도 할 말이 있어서… 나… 나 말이야."

"그래, 말해 봐."

"한국에 갈래."

"뭐라구?"

놈은 내 목소리를 듣지 못한 건지, 아니면 당황해서 그런 건지 되려 물었다. 정말 하기 싫었던 그 말을 다시 한 번 하기 위해 심호흡까지 한 후 입을 열었다.

"한국에……."

"안 돼!!"

안 된다구 그랬다. 왜… 왜 안 되는 건데? 가야 하는데… 난 가야 한다구!! 그래야 너에 대한 내 마음을 털어버릴 수 있다구!!

"왜?"

"우리 결혼한 지 막 2주 넘었어. 근데 네가 한국에 가면 내 꼴이 엄청 우스워져. 그 기자 새끼들이 얼마나 떠들어댈지 안 봐도 눈에 보여!!"

"머리를 식히고 싶어서 그래. 그러니까 가게 해줘."

"굳이 한국에 가서 하지 않아도 되잖아. 내 별장 써. 내일 연락해 줄 테니까."

"그치만……."

"더 이상 말하면 여기서 너 덮쳐 버릴 거야. 나가."

아무 말도 못하고 나와 버렸다. 나가라기에 나온 게 아니었다. 그 놈의 눈빛이 정말 무서웠다. 정말 덮치려는 듯한 눈빛으로 나를 쏘아보고 있었다. 뭐, 나야 이제 상관은 없지만……. 헉!! 지금 내가 무슨 상상을!! 안 돼!! 안 돼—!!

놈이 말한 대로 다음날 아침이 되자마자 차가 왔다. 검정색 벤츠였다. 역시 부자군. 순간 계속 터지는 카메라 불빛!! 눈부시다!! 옆에 놈은 없는데 기자들 스토커로 신고해 버려야겠다. 어찌 된 게 사생활이 없어.

[다녀오세요.]

알아들을 수는 없지만 대충 다녀오라는 이야기겠지. 아무튼 난 아줌마의 배웅을 받으면서 놈의 별장으로 향했다. 그런데 가긴 가는데 어디로 가는 거야?

"저기, 어디로 가는 거죠?"

[지금 삿포로로 가는 비행기를 타러 공항에 가는 중입니다.]

뭐? 삿포로? 뭔 소리야? 아저씨, 난 한국 사람!! 나한테는 한국말로 해줘야죠! 아, 아저씨는 일본인이니까 일본어만 할 줄 알겠구나. 이런!

[그곳에서 지금 눈축제를 하고 있습니다. 세계적인 축제죠.]

난 그저 알아들었다는 듯이 고개를 끄덕이고 창문 밖으로 눈을 돌렸다. 하늘은 너무 맑았다. 나의 마음은 이토록이나 흐린데, 세상은 평화롭기만 한데 내 마음은 폭풍을 만난 바다 같다. 그래, 이왕 일본에서 머리 식히기로 한 거 여기서 완벽하게 정리하자! 그리고 다시는 아파하지 않는 거야. 다시는 아프지 않을 거야. 금방 잊어버릴 수 있을 거야. 나는 잘 잊어버리니까 틀림없이 이번 역시 잊을 수 있을 거야.

젠장. 기사 아저씨, 정말 너무하시군요. 난 지금 삿포로로 가는 비행기 안에 있다. 내가 기사 아저씨를 욕하는 이유, 내 옆 자리에서 눈을 지그시 감은 채 잠든 이 녀석 때문이다! 도대체 그 바쁜 회사는 어디다가 내팽개치고 온 거냐구!! 젠장, 의자에 기대서 자려고 했던 내 계획은 수포로 돌아갔다. 도저히 신경이 쓰여서 잘 수가 없었다.

"왜 안 자? 평소에는 머리에 무언가를 대기만 하면 자더니."

"글쎄, 오늘은 잠이 안 오네. 하하."

어색한 나의 대답에 살며시 미소 짓곤 회사는 어찌하고 왔다는 한마디 설명 없이 다시금 잠을 자버리는 이놈. 나는 궁금했지만 피곤한 듯이 곤히 자는 녀석을 차마 깨울 수가 없었…… 지만 안 되겠다!! 도저히 궁금하고 신경 쓰여서!!

"저기… 자는데 미안한데 저기… 회사는 어떻게 하고 왔어?"

"그냥. 나도 쉬고 싶었거든. 그리고 우리 여행다운 거 제대로 못했잖아."

놈은 눈을 꼬옥 감은 채 말을 하고 다시 잠들어 버렸다. 아무 말도 할 수 없었다. 그렇게 말해 버리면… 안 돼, 그렇게 해버리면… 기대하게 되잖아. 착각하게 되잖아. 그렇게 말하면… 싫어. 싫다구, 그런 건.

"나중에 언니하고 같이 오지."

"지금이 아니면 볼 수 없는 거거든. 지금이 아니면 다시는 누릴 수 없거든."

놈은 미간 사이를 약간 찡그리며 그렇게 말했다. 하지만 그 말을 들은 난 무슨 말인지 이해할 수 없었다.

"하하, 날씨가 좋아야 할 텐데."

"그래."

삿포로에 도착해 비행기에서 내리는 동안 나는 가슴이 너무 두근거려서 아무 말도 할 수 없었다. 놈이 나의 손을 잡은 채 걸어가고 있었기 때문이다. 내 심장 뛰는 소리가 놈에게 들릴세라 최대한 몸을 웅크린 채 한 걸음 뒤에서 걸었다. 설마… 설마 이놈도 나를……?

출구를 통해 나온 우리들을 또다시 열심히 찍어대는 기자들. 그랬어, 이놈은 우리를 열심히 쫓아다니는 기자들에게 이런 모습을 보여주기 위해서 그런 거였어. 다 알고 있으면서… 난 왜 이렇게 바보 같은 생각에 빠지는 걸까.

"별장에 도착하면 온천에서 몸 풀고 한숨 자. 내일은 삿포로 눈축제에 가자."

"응."

"어디 불편해?"

"아니. 근데 조금 피곤하네."

서진아, 그거 아니? 지금의 너의 모습이 처음에 우리가 신혼 여행 가던 그 차에서 본 네 얼굴이랑 겹치는 거? 넌 나를 언니로 생각하는 거지? 그래서 그런 표정, 그런 다정한 말들을 나에게 해줄 수 있는 거지? 그런 거지?

난 차 창문에 내 머리를 기댔다. 그리고 흐르는 눈물을 참으려 애썼다. 왠지 모를 서글픔이 한꺼번에 빌려왔다. 그 순간 창문에 기댄 내 머리를 자신의 어깨에 기대게 하는 이놈. 그리고 내 이마에 살짝 키스를 한다. 두근두근. 머리는 반응하지 말라는데 이놈의 심장은 또 다시 반응해 버리고 만다. 그만 하자… 이제 그만 해.

"야, 일어나."

"으흠… 다 왔어?"

"그래, 내려. 넌 이런 순간에 잠이 오냐?"

"…응."

"잠충이."

그렇게 말을 한 그놈이 나를 향해 환하게 웃어주었다. 안 돼!! 김수아, 정신 차려!! 너 정리하려고 왔잖아! 니 맘 정리하려고 왔잖아!! 언니의 남자야!! 형부라구, 형부……!!

[어서 오세요. 기다리고 있었습니다.]

기모노 비슷한 옷을 입은 여자가 우리를 향해서 꾸벅 인사를 했다. 무척이나 친절하게 생겼다. 다만 일본어를 한다는 게 나에게 벽을 만들었다. 아쉽습니다, 아주머니. 친하게 지내고 싶지만. 흑.

"들어가자, 쉬고 싶다며?"

"아."

근데 난 아직까지도 잊고 있었다. 이곳에서는 각방을 쓸 수가 없다! 바보처럼 지금 알았다니!

난 노천탕에서 나의 이 무지함을 자학하고 있었다. 그러다 그놈의 품에 안겨 있는 내 모습을 상상하자 얼굴이 빨개졌다. 오늘 밤 아마도 난 잠을 잘 수가 없을 것만 같다. 그놈 때문에 가슴이 터질 듯한 전율을 느끼게 될 테니까. 열심히 이것저것을 생각하고 있는데 갑자기 출입문이 열린다. 헉! 누구지? 이곳으로 들어올 수 있는 사람은 두 사람뿐인데. 나하고 그놈! 어떡하지? 뿌연 김 사이로 놈의 다리가 보이기 시작한다. 난 최대한 몸을 낮춰서 바위에 몸을 바짝 붙였다.

"거기 있는 거 다 알아."

"아, 알면 나가!"

"옷 갖다 주려고 왔어. 이거 입고 나와."

놈은 내가 목욕 후에 닦으려고 했던 수건 옆에 옷을 놔두고 나갔다. 아무런 감각도 없는 목소리였다. 아무리 보이지 않는 상황이라 해도 난 분명히 벗은 몸이었다. 그런데 놈은 아무렇지 않게 대했다. 그래… 날 여자로 생각하지 않는 거다.

"하하하하……."

갑자기 웃음이 나왔다. 김수아, 너 도대체 무슨 생각을 한 거야. 처음 그때처럼 덮쳐 주기를 바란 거였어? 도대체 너 뭘 바란 거니? 응? 뭘! 김수아, 정말 한심하다. 흑. 정말 한심해 죽겠다구!! 흑. 태어나서 처음으로 언니가 미웠다. 모든 것을 나에게 떠넘겨 버리고 떠난 언니가 너무 미웠다. 언니만 아니었다면 난 이렇게 아파하지 않아도 되었을 텐데… 너무 아프다. 너무… 아프다… 가슴이.

온천에서 나와 옷을 갈아입었다. 아까 그 아주머니가 입었던 옷과 조금 비슷하게 생긴 옷이었다. 예쁘네. 난 어느새 옷 하나에 이렇게 헤벌쭉 하고 웃고 있었다. 정말 단순해.

방 안으로 들어가자 나하고 똑같은 옷을 입은 놈이 방 안에 앉아 있다. 무슨 생각을 하는지 멍하니 나를 바라보고 있었다. 난 그냥 살짝 웃어주었다. 정말 살짝 웃어줄 뿐이었는데 놈이 벌떡 일어선다. 아!! 웃지 말라고 했지. 웃으면 정말 감옥에 넣어버린다고 했는데. 어, 어쩌지? 도망갈까? 그래, 도망가는 거야!

난 돌아서서 미닫이를 열었다. 그러나 어느새 나는 놈에 의해서 몸이 돌려졌다. 무, 무섭다.

"미, 미안해!! 다시는 안……."

내 말이 끊어졌다. 나를 짓누르고 있는 놈의 입술로 인해. 그리고 내 입 안으로 놈의 혀가 칩입해 왔다. 술냄새가 나는 걸 보니 또 술을 먹었나 보다. 이 자식은 술만 먹으면 왜 이러는 거냐구!! 놈은 잠시 후 내 입술에서 입을 떼더니 거친 숨을 몰아 내쉬었다. 이 분위기는 설마……? 놈이 내 옷자락을 잡아 내리기 시작한다. 안 돼! 난 그러면서 속으로는 좋아하고 있었다. 그런데 문득 머리 속에 스치는 한 사람… 예영 언니였다. 혹시 또 날 예영 언니로 착각하고 있는 건 아닌지… 그런 생각이 내 입을 열게 했다.

"왜… 왜 이래? 장난 그만 해."

"장난 아냐."

"너 지금 취했잖아. 이러지 마. 말했지, 난 김수아야. 최예영이 아니라구!!"

난 마음속에 있는 말을 했다. 그럼 놈이 그만둘 줄 알았다. 그런데 나를 자기의 품 안에 끌어안는 이상한 놈.

"알아… 안다구. 넌 김수아야. 내 눈에도 그렇게 보여."

"그럼 이러지 마. 난 네 부인이 아니니까."

"후회하고 있어, 너랑 같이 일본에 온 것을……."

"그래, 나도 후회해! 이럴 줄 알았다면 안 왔을 거야. 언니 대신으로 결혼식장에도 안 들어갔을 거라구!"

난 더 이상 놈의 얼굴을 보고 있을 수가 없었다. 일어났다. 더 이상은… 같이 있으면 위험하니까. 놈에게 나를 더욱더 세게 껴안아 달라고 말하고 싶어질까 봐.

"나 다른 방 줘. 너랑 같이 못 자. 넌 나한테 손 안 대기로 한 약속을 두 번이나 어겼어."

"…사랑해."

순간 내 걸음이 멈춰졌다. 설마 나를…… 아니야, 아닐 거야. 아닐 거야. 김수아, 바보처럼 흔들리지 마. 분명히 장난일 테니까. 그런 걸 거야. 난 방문 쪽으로 걸음을 다시 옮겼다.

"사랑한다구, 김수아! 젠장. 사랑해… 지금 내 앞에 있는 너를……."

순간 내 귀를 의심했다. 저 남자가 사랑한다고 말한 여자가 나 맞나? 나한테 사랑한다고 말하는 건가? 그런 거야? 그런데 하나도 기쁘지가 않다. 오히려 두려움만 몰려왔다. 더욱더 두려움만 몰려왔다.

"…사랑해."

"하하, 술 많이 마셨네요. 하하."

"아니, 멀쩡해, 나."

어색하면 존댓말이 바로 나오는 습관. 지금 이 상황이 난 무지 어색하다. 그렇지만 놈과 눈이 마주쳤을 때 난 알 수 없는 힘에 이끌려 놈에게 다가갔다. 그리고 천천히 놈의 얼굴을 바라보았다. 슬픈 눈으로 나를 바라보는 이 남자의 눈을 감싸주고 싶었다. 하룻밤의 꿈일지도 모르는 이 순간을 놓칠 수가 없었다. 아무 말 없이 나를 껴안아주는 놈의 품 안이 너무 그리웠다. 놈이 내 귓가에 대고 달콤한 유혹을 하기 시작했다.

"사랑해… 김수아, 사랑해."

나의 몸은 놈의 손길에 의해서 이불 위에 눕혀졌다. 그의 손길은 천천히 나의 옷을 벗겼다. 그리고 놈의 손이 목으로… 가슴으로… 허리로… 허벅지로 내려가고 그에 따라 그의 입술도 손을 따라서 내려갔다. 나의 온몸을 훑어내리기 시작했다. 놈의 입술이 지나갈 때마다 온몸이 뜨거웠다. 알 수 없는 황홀감이 내 몸을 감쌌다. 그 순간 문득 언니의 얼굴이 떠올랐다. 이래선 안 된다는 생각이 내 머리 속을 울려댔다. 이성을 잃으면 안 된다!! 단순히 하룻밤이지만 안 돼!! 이래서는!!

"그, 그만!! 그만 해!! 이러지 말아요!!"

"절대 못 빠져나가. 오늘은 너하고 나만 생각해, 너하고 나만. 다른 사람은 생각하지 마."

놈은 어떻게 내 생각을 알았을까. 내가 예영 언니 생각을 하고 있는지 어떻게 알았을까? 난 참 나쁜애인 것 같다. 그놈의 말 한마디에 언니에 대한 죄책감은 사라지고 없었다. 그렇지만 너무 위험했다. 지금 이 순간은 너무도. 안 돼!! 언니를 배신할 수는 없어!! 우리 외삼촌이랑 숙모는? 안 돼, 이래선 안 돼! 나 때문에 모두가 불행해져서는 안 돼… 안 돼!

"잠깐! 잠깐만!"

"왜?"

"싫어!! 이런 거 나 싫다구!! 넌 언니의 남편이자 형부라구!"

나의 말에 실망했는지 놈은 고개를 푹 숙인 채 큭큭 웃어대기 시작했다. 왜, 왜 이러는 거야?

"에이~ 안 속네. 처제는 눈치가 너무 빨라."

"……??"

"훗, 이래서 정말 재밌다니까. 너무 잘 속잖아!!"

"그럼… 나 놀린 거야?"

"응, 하하하. 잠이나 자자. 재미없어졌다. 넌 눈치가 너무 빨라."

이러면서 이불을 뒤집어쓰고 자버리는 놈. 헉! 제, 젠장!! 허탈하다. 뭐 이런 놈이 다 있어! 난 혼자서 또 광분하고 있는데… 나의 이 버릇이 또 어디 가겠나. 머리에 다른 것도 아닌 베개를 가져가 댔으니… 그냥 자버렸지 뭐. 하하하.

한참을 잘 자고 있는데 누군가가 날 응시하고 있는 느낌에 눈이 번쩍 떠졌다. 그런데 민망하게도 놈과 눈이 정면으로 마주쳐 버렸다. 그럼 날 응시하고 있다 느낀 이유가 설마 이놈의 시선 때문에?!

"잘 잤어?"

"웅, 무지 잘 잤어. 나 원래 잘 자잖아."

"그래? 난 어제 심장 떨려서 잘 못 잤는데."

나에게 다정히 말을 건네는 놈의 목소리에 난 또다시 가슴이 떨려왔다. 바보 김수아!! 또 놀리는 거라구!! 저놈이 날 또 놀리는 거야!! 그런데 왜 민망하게 놈의 시선이 자꾸 아래로 가는 건… 헉! 옷 사이로 살짝 내 가슴이 보일 듯 말 듯했다. 이런 변태 자식!! 난 서둘러서 이불로 내 몸을 가렸다. 어제 미처 옷을 여미지 못하고 그냥 자는 바람에 옷이 벌어져 있었나 보다. 김수아, 바보 멍청이!! 넌 왜 이렇게 경계심이 없는 거야!!

"하하하, 뭐 어때? 어젯밤, 그리고 결혼식 때 다 본 사이에."

헉!! 놈의 민망한 말에 내 얼굴은 붉어졌다. 어떻게 저런 말을 툭 내뱉을 수 있는 거야!

"그래도 보지 마!"

"와~ 너도 이렇게 보니까 진짜 섹시하다."

"더 이상은 내 주먹이 가만히 있지 않을 것 같거든요."

"하하, 알았어!! 항복항복!!"

난 왜 매일 저 녀석에게 당하는 걸까? 왜 당하고만 살아야 하는 거냐구! 언니, 빨리 돌아와! 그래야 내가 더 이상 이놈에게 빠져드는 걸 막을 수 있어. 제발!

그렇게 한바탕 난리를 친 후에 나와 서진이는 옷을 갈아입고, 따뜻한 된장국과 쌀밥에 생선구이까지 곁들인 아침을 먹고 나서 눈축제를 보기 위해 삿포로 오도리 공원으로 가기로 했다. 나는 지금 차를 가지러 간 놈을 기다리고 있다. 그런데 왜 이놈의 자식이 안 오는 거야, 추워 죽겠는데! 춥다, 삿포로가 이렇게 추운 도시였다니. 너무 춥잖아. 보이는 거라고는 하얀 눈밖에 없다. 허연 눈! 떨떨 떨고 있는 나에게로 차 한 대가 다가온다.

"춥지? 빨리 타."

난 대답 대신 환하게 웃어주었다. 그랬더니 놈이 내 팔을 차 안으로 끌어당겨서 후딱 태운다. 그 바람에 내 머리가 차 문에 세게 부딪쳤다.

쾅!!

"아야!! 아프잖아!! 왜 잡아당겨? 타라고 하면 내가 알아서 탈 텐데."

"그렇게 웃지 마. 다른 사람 앞에서는 웃지 말고 내 앞에서만 그렇게 웃어."

아무래도 저놈은 나를 놀리는 게 재미있나 보다. 내 시뻘게진 얼굴을 보고 킥킥대면서 웃기 시작한다. 젠장!! 정말 형부만 아니면 당장 잡아먹어도 먹었을 텐데. 쓰읍.

"어디 가는 거야?"

"눈축제 간다고 했잖아. 정말 멋있어."

잡지에 세계적인 축제라고 소개글이 편집되어 있던 것을 읽은 적이 있는 것 같다. 잡지 한 페이지를 장식하고 있던 커다란 눈 조각들과 그 주변에 있던 수많은 사람들이 찍힌 사진, 짤막한 설명들. 사실 그 설명이 기억나는 건 아니지만 그 사진을 보는 순간 한 번쯤은 와 보고 싶다는 생각을 했었다. 그런데 오늘 이렇게 가게 되다니.

눈이 내린 후여서 미끄러운 도로를 조심스럽게 달려 우리는 오도리 공원에 도착했다. 이미 오도리 공원은 눈축제를 보러 많은 사람들이 와 있었다. 노란색, 흰색, 검정색 등등의 머리색을 가진 사람들이 왔다 갔다 했다. 그곳은 내가 세상에 태어나 이렇게 많은 사람을 본 적이 없을 정도로 붐볐다.

"와~"

"어때? 저거 멋있지?"

난 눈으로도 이렇게 훌륭한 조각상이 나올 수 있다는 사실을 오늘에야 알았다. 하얀 등불과 함께 비춰지니 눈 조각은 얼음과 같은 느낌을 뿜어냈다. 난 무의식적으로 그 조각상 앞으로 다가가 넋을 잃고 바라보는데 익숙한 느낌이 날 뒤에서 껴안았다. 따뜻했다.

"멋있지?"

"응, 너무 예뻐. 이런 걸 볼 수 있게 해줘서 고마워. 정말이야."

근데 이놈이 내게서 떨어질 생각을 하지 않는 걸 보니 이 근처에 기자들이 있는 게 분명하다. 그게 아니라면 어떻게 이런 느끼한 포즈를 계속하겠는가!!

우리는 이곳저곳을 둘러보았다. 눈 조각을 볼 때마다 난 탄성을 질렀고, 놈은 그게 재밌는지 나를 향해서 조용히 웃었다. 그런데 왜 이렇게 눈이 핑 돌지? 어지럽다.

"왜 그래, 수, 아니, 예영아… 왜 그래!!"

그래, 난 지금 예영이지. 최예영. 아파할 필요 없어. 수아야, 아파하지 마. 알잖아, 저놈은 언니를 사랑하는 거. 정신 차려. 마음 정리하러 왔잖아. 정신 차려! 그저 언니 대신이기에 잘해주는 것뿐이야. 착각하지 말자, 김수아… 제발.

"괘, 괜찮아. 나 조금 쉬고 싶어."

"그래, 저쪽으로 가자."

나를 벤치에 앉히고는 조금만 기다리라면서 놈은 뛰어간다. 놈의 뒷모습이 멀어질수록 내 눈이 뿌해지는 것을 느꼈다. 웃음이 났다. 저놈 머리 속엔 언니뿐인데 정말 바보처럼… 김수아, 정신 차려!! 그렇게 서진이가 오기만을 벤츠에 앉아서 사람들을 구경하면서 기다렸다.

[저기요, 괜찮으세요?]

헉!! 일본어!! 어쩌지? 난 일본어 못하는데. 에, 에라!! 모르겠다. 우리 말로 밀고 나가야겠다.

"하하, 전 일본어 할 줄 모르는데요. 죄송합니다."

난 꾸벅 인사를 한 후 일어섰다. 그렇지만 아직도 머리가 핑 돈다.

"앗!! 조심하세요!!"

"어? 한국어를?"

"아, 저 한국인이에요."

한국인… 한국인, 한국인이라는 말이 내 가슴에 와 닿았다. 벅찬 기분!!

"정말로 한국인이에요? 와~ 이런 곳에서 한국인을 만날 줄은 몰랐어요."

"하하, 저도 조금 놀랐어요. 근데 몸은 괜찮으세요?"

"네?"

이 소리와 함께 나는 푹 하고 쓰러져 버렸다. 그리고 내 코끝에는 익숙지 않은 향기가 스쳤다. 무슨 향기인지 잘 알지 못했지만 틀림없이 좋은 향이었다. 뭐랄까. 사람의 머리를 상쾌하게 만드는 민트향? 그래, 민트향이 너무 진하게 배어나고 있었다, 이 남자에게서. 그런데 아무래도 내가 이 남자한테 쓰러진 것 같은데. 어떡하지? 일어나야 하는데 몸을 가눌 수가 없어. 힘이 하나도 없어.

"저기, 괜찮으세요? 이봐요!"

"소리 그만 질려요. 머리가 너무 울……."

난 말을 끝내기도 전에 그 남자의 품에서 떨어졌다. 그 이유는 놈이 나의 어깨를 잡고 돌아 세웠기 때문이다. 난 더 어지러워졌다. 대체 몇 바퀴를 돈 건지, 원.

[너 뭐야!!]

[오해는 마십시오. 여자 분이 힘들어하시는 거 같아서…….]

[손대지 마.]

무슨 말인지 하나도 알아들을 수 없는 일본어를 주고받는 두 남자 내 어깨를 안은 놈의 손에 더 힘이 들어갔다. 아프다.

"돌아가자."

난 그냥 고개만 끄덕였다. 너무 어지러워서 아무 말도 할 수가 없었다. 그 순간 나의 착각이었을까? 그 남자의 한쪽 눈이 살짝 깜빡이는 거 같았다. 뭐지, 저건? 아무래도 내가 저 사람한테 찍힌 건가? 그렇게 어리둥절하게 있는 사이에 어느새 서진이는 나를 안아 들어 차에 태웠다. 그러고는 놈은 무지 빠른 속력으로 차를 운전하기 시작했다. 난 죽지 않으려고 안전벨트를 꼭 쥐고 놈의 눈치를 살피면서 불안에 떨어야 했다. 무섭다. 난 아직 죽고 싶지 않은데. 그런데 갑자기 무서운 속도로 가던 차가 급정거를 했다.

끼익—!!

그와 더불어 난 쿵하고 머리를 창문에 또다시 찧었다. 아, 아프다.

"왜 갑자기 차를 세우고 그래! 안 그래도 머리 아픈데."

"너 솔직히 말해 봐. 일부러 그 남자 품으로 쓰러진 거지?"

"뭐, 뭐라구?! 너 전부터 왜 자꾸 날 이상한 여자 취급 하니?!"

"너 변녀잖아. 맞지?"

"씨! 내가 왜 변녀야! 아니라니까!!"

"다시는 그러지 마."

장난식으로 말하던 놈의 목소리가 갑자기 무거워졌다. 쫄았다. 내가 그러고 싶어서 그랬냐! 내 몸이 쓰러지는 걸 잡아준 것뿐이라니까! 그럼 네가 잡아주지 그랬냐! 잠깐만 기다리라고 하면서 사라진 게 누군데 이것이!

그렇게 말해 주고 싶었으나 나는 말하지 못했다. 왜냐하면 놈의 외투 주머니에 든 약봉지를 보았기 때문에. 나는 말하지 못했다. 이서진, 그러지 마. 네가 자꾸 그러면 기대하게 되잖아. 그러지 마.

나는 창문으로 시선을 고정시키고 별장까지 갔다. 별장에 도착한 나는 뜨거운 온천물에 몸을 씻고 나서 방으로 들어갔다. 이제 좀 살 것 같다.

"김수아, 몸 괜찮냐?"

칸막이 너머로 놈의 목소리가 들렸다.

"응."

"다행이다."

더 이상 아무 말도 없었다. 뭐냐, 싱겁게. 나는 머리까지 온천물에 담갔다. 숨이 찼지만 참았다. 그런데 물이 이렇게 뜨거웠나. 좋긴 한데… 좋긴 한데 졸립네.

"김수아!! 너 미쳤냐!!"

결국 나는 몸에 수건을 걸친 채 서진이에게 안겨서 나왔다. 에구, 정신이 하나도 없다. 몸이 왜 이렇게 뜨겁지.

"정말 내가 미쳐!! 넌 거기서 어떻게 졸 생각을 하냐!! 안 죽은 걸 다행으로 여겨라. 으이구!! 이 원수 덩어리야!!"

몸이 붕붕 난다. 기분이 좋다. 놈은 친절하게도 나를 방에 눕히고 이불을 덮어주었다.

"자라, 그럼."

놈은 그렇게 말하고 내 방과 마주 보이는 방 안으로 들어갔다. 정신이 없는 그사이에도 나는 왠지 모르는 섭섭함이 느껴졌다. 에잇!! 김수아, 왜 저놈 얼굴만 보면 정신을 못 차리는 거야!! 정신 좀 차려!! 그렇게 내 머리를 두세 번 친 나는 더 이상 기억하지 못했다. 아마도 여러분이 생각하시는 게 맞을 게요. 하하하;;; 자고 일어나면 늘 생각하는 것이지만 아무래도 난 정말 단순한가 보다. 조금만 고민하다가도 머리에 뭐만 대면 왜 자냐구요!! 그렇지만 내가 아침에 일어나 언제나 제일 먼저 보는 건 놈의 얼굴이었다. 휴, 또 언제 들어온 거야.

"일어나. 일어나 봐!! 무거워!!"

"조용히 해. 기자들 떴어."

아, 기자들. 어느새 별장까지 쫓아왔는지 이곳저곳에서 웅성거린다. 이놈은 왜 이렇게 눈치가 빠른 거야. 잔머리도 잘 돌아가구.

"오늘은 어디 갈 거야?"

"글쎄, 그냥 온천에서 놀자."

"그래. 나도 사실 피곤해."

"근데 우리 같이 해야 하는 건 알지?"

"뭐라구? 싫어, 싫어! 절대!"

"쿡. 농담이야. 내가 그렇게 속지 말라니까 매번 속는구나."

칫!! 제길 이놈은 나 놀리는 걸 무슨 광적으로 이렇게 좋아하냐. 재수없어. 웃을 때는 멋진 얼굴이지만 난 지금 저놈의 면상을 뭉개주고 싶다.

"그럼 북해도 대학 갈래?"

"대학을 왜 가? 재미없게."

"그렇게 학교 싫은 티를 내야겠냐? 거기 갈래, 아니면 나랑 같이 목욕할래?"

"갈게!! 갈게!!"

"큭. 역시 재미있단 말야."

기자들의 카메라 세례를 받으면서 녀석과 함께 차를 타고 북해도 대학으로 향했다. 대학을 무슨 재미로 가는 건지 이놈의 생각은 알 수가 없다. 가서 뭐 하지? 책 보면 또 자고 싶을 텐데. 쓰읍.

"겨울이라서 목장은 닫았을 거야. 그냥 식물원이나 가자."

"식물원? 대학에 왜 식물원이 있어?"

"진짜 무식하네. 가보면 알아!"

운전하면서 나를 계속 타박하는 이놈. 쳇! 그래, 나 무식하다! 네가 뭐 보태준 거 있냐!

헉! 식물원이라는 데를 들어간 순간 그 규모에 눈이 핑글핑글 돌아갔다. 뭐가 이렇게 큰 거야? 식물원의 크기는 정말 컸다. 그리고 어마어마한 길이의 나무들. 꼭 열대 밀림에 온 기분이었다.

[어서 오십시오. 영광입니다. 저희의 식물원에 와주시다니.]

[아닙니다. 1시간 동안 사람들이라곤 저하고 이 사람뿐이어야 한다는 거 아시죠?]

[아, 여부가 있겠습니까?]

머리가 허연 할아버지가 그놈하고 일본어로 뭐라고 중얼거린다. 일본어는 진짜 싫다! 못 알아들으니까 답답하잖아. 그 할아버지가 나가고 놈이 나에게 척척 걸어오기 시작한다.

"가자."

"나도 일본어 배울래!"

"훗, 갑자기 왜?"

"답답하잖아, 너만 중얼거리고."

"그래, 돌아가서 선생 하나 붙여줄게."

그래, 여기서 확실히 일본어라도 배우고 가는 거야. 실실거리면서 놈의 뒤를 따라가고 있는데 퍽! 아이고, 코야!! 갑자기 놈이 서버리는 바람에 난 놈의 등에 코를 박았다.

"왜 그래? 갑자기 왜 서?"

"누군가가 있는 거 같아서."

"그럼 누가 있어야지. 식물원에 사람 있는 게 당연한 거 아냐?"

"내가 아무도 못 들어오게 했는데. [거기 누구야!!]"

놈의 외침과 함께 저쪽 근처에서 여자가 모자를 푹 눌러쓴 채 나오기 시작한다. 그 여자가 모자를 벗고 우리 쪽으로 막 달려오기 시작했다. Oh, my god! 그 여자는 그때 공항과 파티장에서 봤던 가슴 큰 여자였다. 왜 저 여자가 여기에 또 있는 거지?

[리즈키 짱!!]

[히나? 네가 여긴 어떻게?]

[리즈키 짱이 여기로 여행 왔다는 말 듣고 따라왔어. 나 보고 싶었지?]

[돌아가. 난 지금 내 아내와 여기 온 거야.]

[싫어, 우리가 얼마 만에 만난 건데! 저런 여자한테 빼앗길 수는 없어!!]

날 쏘아보면서 말을 하는 그 여자. 또 내 욕 하고 있구만. 진짜. 내가 일본어는 모른다 한들 이래 봬도 눈치는 100단이라고. 두고 보자, 가슴만 큰 여자!!

[그만둬. 당장 돌아가!! 사람들 시켜서 끌어내기 전에!!]

[흑!! 정말 너무해!!]

그 가슴 큰 여자는 비련의 여주인공처럼 눈물을 흘리는 척하더니 획 돌아서서 다시 우리 쪽으로 뛰어왔다. 놈이 그녀를 제지하려는 순간 그 가슴 큰 여자의 손에서 무언가가 날아와 나의 가슴팍에 퍽 하고 터졌다. 고개를 숙여 확인한 순간 난 저 여자의 단순함에 웃음이 나오고 말았다. 겨우 던진 것이 달걀이라니. 내가 서태지냐!

[히나!! 너 이게 무슨 짓이야!!]

[저 여자는 리즈키에게 어울리지 않아!! 꼭 내가 찾아오고 말 거야!!]

그러면서 나에게 혀를 내보이고 다시 뛰어나가는 여자. 하, 저 키에, 저 덩치에, 저런 예쁜 얼굴을 가지고도 이런 짓을 하는구나. 나는 웃음이 나왔다. 하지만 내 가슴팍에서 터진 달걀을 보며 두려움을 느끼기도 했다. 저 집념으로 인해 나중에는 더한 것을 던질까 봐. 아무래도 언니가 여기로 왔다면 아마 바로 기절했겠지. 쿡!! 다행히 나라도 되니까 버티는 거다.

"하, 미안. 이걸로 닦아. 어떻게 알고 온 건지."

"아니, 나한테 미안할 건 없지. 가자, 구경해야지."

당장이라도 여비서의 정체에 대해서 말해 주고 싶었지만 그래도 이런 일 때문에 직장을 잃게 만들고 싶지 않아 그만두기로 했다. 나는 서진이가 준 손수건으로 대충 계란을 닦아내곤 서서히 속도를 내어서 놈을 앞질러 이것저것을 보기 시작했다. 좋군. 나무와 꽃들이 울창하게 숲을 이루고 있어서 정말 숲속에 온 것 같았다. 근데 온실이라서 그런지 더웠다. 점점 놈을 앞지르던 걸음은 느려졌고, 어느새 놈이 내 옆에 있었다. 난 안 되겠다 싶어서 셔츠 단추를 하나 풀었다.

"왜? 더워?"

"응. 조금 덥네."

그 순간 놈의 얼굴을 나 말고 다른 사람도 봤어야 한다. 얼굴이 빨개져서는 흠흠거리고 있는 당황한 놈의 표정이라니. 쿡쿡. 그럼 내가 놈에게 한 방 먹인 건가? 왜 이렇게 고소할까? 크크크.

"야, 내가 지금 너한테 무슨 짓을 해도 그건 니 잘못이야."

"뭐?"

무슨 의미인지 모르는 말을 해석하고 있는 사이 놈의 얼굴이 나에게 숙여졌다. 계란 냄새 날 텐데. 헉!! 이게 지금 무슨 짓이야! 내가 지금 놀란 이유는 녀석의 입술이 내 목에 닿았기 때문이다.

"너… 너 이게 무슨 짓이야!"

"니 잘못이야, 니 잘못. 나가자."

목이 아직도 뜨거웠다. 놈은 내 손을 척 잡더니 식물원 밖으로 나왔다. 그리고 식물원 밖으로 나온 순간 나와 이놈에게 쏟아지는 눈길들, 정말 끈적끈적했다. 하긴 누가 봐도 오해할 상황이었다. 놈의 넥타이는 느슨하게 풀어져 있었고 얼굴은 땀에 젖은 상태였으며 나 역시 셔츠 단추가 하나 풀어진 상태에 몸은 온통 땀에 절어 있었다.

"사람들이 오해하잖아… 요."

"상관없어. 우린 부부인데 뭐."

어색한 존댓말로 난 놈의 옆구리를 푹푹 찌르고 있는데 그 가슴 큰 여자가 어디선가 또 나타났다. 그리고 나를 째려보았다. 그래, 봐라!! 봐!! 그렇다고 닳는 것도 아닌데 봐라!! 봐!! 그렇게 무덤덤하게 그 여자의 시선을 처리하고 있는데 일본어로 뭐라고 하는 것이 아닌가. 또 내 욕을 하는 건가.

[리즈키!! 너 어떻게 나한테……!!]

[뭐 어때? 내 부인하고 내가 무얼 하든 네가 무슨 상관이야!]

또 내가 알 수 없는 말을 주고받고 있었다. 아무리 귀를 쫑긋 세우고 들어도 도저히 알아들을 수가 없었다. 알아들을 수 없는 이 서러움이여~

"가자."

또 나의 손목을 끌고 차에 억지로 쑤셔 넣은 이 난폭한 놈. 쿵!! 난 차 문에 또 한 번 머리를 박아야 했다. 아프다. 좀 부드럽게 태우면 안 되는 거냐! 나 아무래도 뇌진탕 걸려서 죽을 거 같다구! 내가 쉴

새 없이 쫑알대자 놈은 그런 내 모습에 또 킥킥대기 시작한다. 정말 뭐가 그렇게 웃긴 건지 모르겠네.

"너 왜 그렇게 웃는 거야?"

"네가 웃기잖아."

"씨. 그만 웃어!!"

갑자기 놈의 웃음이 딱 끊겨 버렸다. 또 무슨 일인 거야. 난 놈의 시선을 따라갔다. 그 종착지는 내 목이었다. 까악! 이놈의 변태짓거리가 또 시작됐어!!

"야!! 너 어딜 봐!!"

"지금 안 더우면 잠가. 네가 아무리 매력이 없다지만 지금은 아니거든."

자식! 이제야 내 미모를 인정하는구나. 그런데… 그런데 난 백미러에 비친 내 목을 보고 경악을 했다.

"까악! 이, 이게 뭐야!"

"바보, 그것도 모르냐. 내 거라는 증거지."

그럼 그럼 사람들이 그렇게 이상한 눈빛을 계속 보였던 이유가 이거야? 젠장. 천하의 요조숙녀… 죄송합니다. 정정하겠습니다. 말광량이 김수아가 이게 무슨 꼴이야.

"이거 때수건으로 밀면 지워져?"

"쿡. 뭐라구?"

"지워지냐구."

"놔둬. 자연스럽게 없어지니까."

그래도 창피한걸. 어쩐지 아까부터 목이 후끈거리더니 이것 때문이었어. 난 놈의 차를 뒤지기 시작했다.

"야, 뭐 해?"

"수건 없어? 손수건 같은 거라도."

"왜? 가리려구?"

"응."

"그냥 둬. 보기 좋은데 뭘."

"싫단 말야. 쪼, 쪽팔리다구!"

"그렇게 싫으냐?"

"그런 게 아니구……."

난 아무 말도 할 수 없었다. 놈의 표정이 얼음처럼 차갑게 굳어져 버렸기 때문이다. 이 상태가 되면 건드리지 말아야 한다. 싫은 건 아닌데… 아니, 오히려 좋았는데… 좋았는데…….

"좋았는데… 좋았……."

"뭐라구? 크게 말해 봐, 혼자서 중얼대지 말구."

"어? 아니야, 아냐. 하하."

미쳤구나, 김수아. 어떻게 이런 말이 입 밖으로 흘러나오도록 하는 거야!! 정신 차리라구!! 김수아, 제발!!

"내일은 도쿄로 다시 가야 할 것 같아. 회사에서 호출이 왔어."

"어? 그래, 그래, 가야지. 계속 여기 있을 수는 없잖아. 하하."

왜 이렇게 자꾸 어색한 웃음이 계속 나오는 건지 정말 당황스럽다. 제발 눈치 채지 말기를. 제발… 제발…….

"야, 뭐 해? 내려."

"어? 응."

난 후닥닥 차에서 내려 방 안으로 들어가 버렸다. 그리고 옷도 안 갈아입고 이불을 머리끝까지 뒤집어 써버렸다. 놈의 익숙한 발걸음 소리가 들리고 방문 열리는 소리가 들렸다.

"야!! 옷 안 갈아입고 자?"

"조, 졸려! 그냥 잘래."

"그래, 마음대로 해. 매일 하는 일이 잠이면서."

이렇게 말하면서 방문을 닫고 나가 버리는 녀석. 정말 이럴 때는 싸가지가 매력만큼이나 넘쳐흐르는구나. 언니는 저런 놈이 어디가 좋다구 그러는지… 가 아니라 저놈은 머리부터 발끝까지 매력 덩어리다. 처음 결혼식장에서 봤을 때부터 정말 멋있었지…… 이런저런 생각에 빠져 있는 사이 난 잠이 들었다. 내 버릇 알잖아요. 머리에 뭐든 기대기만 하면 자는 거. 하핫.

그렇게 한참을 잘 자고 있는데 내 얼굴로 차가운 무언가가 떨어진다. 앗, 차가워. 뭐지? 앗, 또 떨어지네? 뭐야, 대체. 난 살며시 눈을 떴다. 그런데 내 얼굴 위로 떨어진 것은 놈의 머리에게 떨어진 물이었다. 아무래도 목욕을 한 것 같다. 그래서 피부도 더 뽀샤시해 보이고, 입술도 더 붉게 보이고 또… 또… 그런데 왜 내 몸 위에 올라와 있는 거지? 그리고 왜 내 단추에 손을 대는 거냐! 이건… 이건!! 설마 이 자식?!

"너… 너 무슨 짓이야?! 이 변태!!"

"아… 그게……."

퍽!

인간 김수아!! 드디어 사고 내다!! 난 내 손에 잡히는 무언가로 놈을 세게 내려쳤는데 아무래도 너무 세게 내려친 것 같다.

"저기… 일어나 봐. 이봐요……."

흔들었는데 인기척이 없다. 어쩌지? 설마…….

「어떻게 형부를 죽일 수가 있죠?」

「김수아 씨, 어떻게 그럴 수 있죠?」

「수아야, 네가 어떻게 나의 서진이를…….」

「삼촌은 정말 실망했다. 사람을 죽이다니…….」

「김수아!! 무기징역!!」

나를 둘러싸고 있는 사람들이 나를 향해 질책하기 시작한다. 안 돼!! 안 돼… 안 돼—!!

"이봐요!! 일어나 봐요!! 제발!!"

"야, 너 나 죽일 작정이냐?"

헉!! 살아 있다! 야호, 살아 있다!! 다행이다, 정말 다행이다!! 이제 난 감옥 같은 데 가지 않아도 된다!! 야호!!

"괜찮아요?"

"빗맞아서 살았어. 아니면 나 오늘 저 세상 갈 뻔했잖아!! 너 미쳤냐!!"

"그러게… 누가 내 옷 벗기래!! 놀라서 그랬지!!"

"야, 내가 자고 있는 여자 덮칠 것 같냐? 답답해하는 것 같아서 단추 하나 풀어준 건데 그걸로 변태 취급을 해!!"

"하하, 그게… 미안해, 정말 미안해."

"오호~ 그럴 수야 없지. 너 오늘 나한테 죽었어!"

그날 밤 나는 놈을 그 좁은 방에서 피해 다니느라고 잘 수가 없었다. 질긴 놈. 놈은 정말 잠도 없는 놈이었다. 새벽이 되어서야 둘 다 지쳐서 휴전을 하고 우리는 그냥 잤다. 잠은 자야 하잖아. 여전히 날 꼬옥 안고 자는 놈이 조금은 부담스럽기는 했지만 그래도 익숙하니 편하다. 너무 편하다. 오래된 연인처럼…….

"야!! 일어나. 야!!"

"음. 알았어… 알았다구……."

"지금 안 일어나면 어젯저녁에 네가 나한테 한 짓 되갚아준다."

놈은 그러고도 충분했기 때문에 난 두려움으로 졸음에 아직도 허우적대고 있는 눈을 떴다. 역시나 놈은 내 얼굴을 보고 실실대고 있었다.

"그만 웃어. 내가 그렇게 웃겨?"

"응."

"재수다!!"

"일어나서 빨리 씻어. 늦었다."

난 힘에 부치는 몸을 일으켜 세웠다. 졸리다, 정말. 그 후에 아무런 기억도 없다. 나는 완전 백지상태에서 눈을 떴고 내가 지금 있는 곳은 당연히 비행기 안이었다. 하하, 또 양치하다가 자버리는 바람에 놈이 나를 들쳐 업고 비행기에 태웠다고 한다. 지금 옆에서 계속 투덜대고 있다.

"진짜 무거운 거 알지, 너?"

"그래, 알아."

"살 좀 빼. 남자는 허리가 생명인데."

"미안해. 살 빼면 되잖아."

"나 바로 회사로 들어갈 거니까 집에서 차 오면 타고 가."

"응."

정말 비행기에서 내리자마자 놈은 여러 명의 사람들을 데리고 사라져 버렸다. 나는 덩그러니 공항 입구에서 차가 오기를 기다리고 있었다. 심심하다. 사람들이 나를 보고 수군거린다. 도대체 뭐라고 하는 건지 알아들을 수가 있어야지. 일본어를 배우던가 해야겠다. 멀리서 익숙한 생김새의 차 한 대가 다가왔다.

[사모님, 타시죠.]

젠장. 아저씨, 일본어 하지 말라니까. 그렇게 해도 못 알아듣는다구요!! 난 투덜대면서 차에 오르려고 했다. 그 순간 누군가가 내 어깨를 붙잡는다. 누구지?

"어? 당신은……?"

"아, 기억하시네요? 안녕하세요."

그 남자였다. 눈축제에서 쓰러질 뻔한 나를 부축해 준 한국인 남

자. 그때는 너무 어지러워서 몰랐던 거지만 지금 보니 이 사람도 한 인물 하는구나. 여기서 사는 남자들은 다 잘생겼나 보네. 이햐. 쌍꺼풀이 없지만 얼굴에 비해 큰 눈, 긴 콧날. 와~ 당신을 꽃돌이로 임명합니다. 눈아, 눈아~ 너는 호강하는 거야. 네가 이런 데 아니면 이런 미남들을 어디서 보겠니?

"그때 많이 본 분 같아서 신문을 찾아봤더니 리즈키 씨 부인이더군요."

"아… 네."

"아쉽네요, 유부녀라니."

"네?"

"아, 아닙니다."

"그럼 저는 이만 가볼게요. 만나서 반가웠어요."

차에 타려는 순간 그 남자가 나의 귓가에 속삭였다. 누가 보면 우리가 깊은 연인 사이라고 오해할 만큼 가까이에 대고 말이다. 간지럽잖아.

"저는 독고준입니다. 꼭 기억해 주십시오, 꼭."

기억해 달라구? 기억해 달라구? 무슨 의미인지는 모르겠지만 그의 이름은 나의 머리 속에 박혔다, 환하게 웃는 얼굴까지 모든 것이. 그냥 같은 한국인이라서 반가운 마음에 웃어준 것뿐인데 이 일이 내 22살 평생의 실수가 될 줄은 몰랐다.

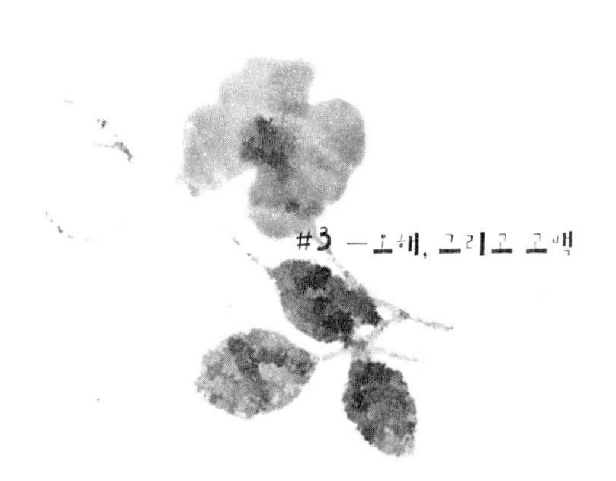

#3 —오해, 그리고 고백

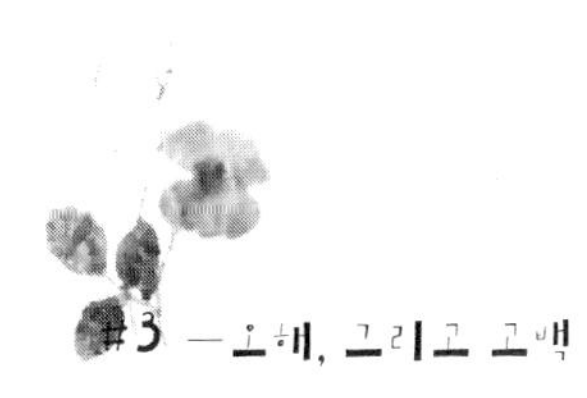

#3 — 오해, 그리고 고백

[전 일본 뉴스가 이 일을 가지고 난리를 치고 있습니다.]

[그렇습니다. 사장님 무슨 조치를 취해야…….]

[다들 나가시오!! 당장!]

서진은 자신의 책상에 올려진 신문 1면에 실린 스캔들을 보았다.

『21세기의 신데렐라 최예영&한국 성호그룹 아들 독고준. 무슨 관계?!』

『미즈라 리즈키, 부인과 결혼 2주 만에 파경!!』

『최예영에게 미즈라 리즈키&독고준 중 누가 진짜 남자??』

『독고준과 최예영, 그들은 연인?!』

"젠장!!"

서진은 자신의 책상에 올려진 신문들의 사진을 하나씩 보기 시작했다. 어떻게 찍었는지 어제 수아가 독고준에게 안겨 있는 사진과 공항에서 이야기하고 있는 사진이 찍힌 것이었다.

"김수아… 김수아!!"

쨍그랑!!

서진은 자신의 주먹으로 장식장에 있는 유리를 깨버렸다. 곧 이어서 그의 손에서 떨어지는 피. 그는 자신이 왜 이토록 분노하고 있는지 알지 못했다. 왜 이러는지…….

[사장님, 무슨 일이십니까!!]

[당장… 김수아를 불러와!!]

[네? 김수아라니?]

[내 부인!! 내 아내를 불러오라구!!]

[아… 네.]

나는 아무것도 모른 채 끌려갔다. 놈의 회사 사람들은 날 심각하게 바라보았다. 꼭 더러운 여자처럼 날 바라보았다. 왜 내가 그런 눈빛을 받아야 하는 거지, 왜? 특히 여비서는 날 보면서 승리에 찬 표정을 지어 보였다. 왜 그러지?

"아주 대단한 일을 하셨더군요. 우리 아가씨를 위해서."

"네?"

"들어가시죠. 사장님께서 기다리십니다."

[사장님, 모셔왔습니다.]

[나가 있어요. 아무도 사장실 근처에 오지 못하게 하도록.]

[네.]

도대체 왜 그렇게 차갑게 날 바라보는 거지? 왜 내가 너한테까지 이런 눈빛을 받아야 하는 거지?

"무, 무슨 일이야? 왜 날 부른 거야?"

놈은 나의 말에 아무런 대꾸도 없이 뚜벅뚜벅 걸어오기 시작했다. 그리고 지독하게 차가운 눈빛으로 날 내려다보았다. 너무나도 거친 키스. 나에게 상처 주기로 한 사람처럼 나에게 그렇게 입술을 부딪쳤다. 나는 있는 힘껏 서진이를 밀어냈고 그는 나에게서 힘없이 떨어졌다.

"까악! 왜 이래!! 무슨 짓이에요!!"

"왜 이러냐구?! 그놈한테도 이렇게 했어?!"

"무슨 소리야? 도대체 무슨 소리냐구?!"

잡아끌더니 탁자 위에 날 눕혔다. 무섭다. 정말 처음의 그날 같다. 아무런 감각도 없는 눈빛으로 날 내려다보고 있었다.

"왜… 왜 이래!! 이거 놔!! 놓으라구! 내 몸에 손대지 마!!"

"도대체 둘이 무슨 관계야!! 날 허수아비로 만들고 즐거웠어?!"

"…무슨 소린지 정말 하나도 모르겠어. 정말……."

놈은 내 몸에서 멀어지더니 자신의 책상에 놓인 신문을 내 얼굴에 뿌렸다. 도대체 이게 뭐야? 난 그 사람을 두 번 본 것뿐인데… 단지 한국인이라서 반가워했을 뿐인데 왜… 왜 이런 기사가……?

"나, 난 정말 모르는 일이에요."

"설마 그 남자를 사랑하는 거야?"

"무, 무슨 뜻이야?"

"만약 그런 거라면 예영이가 돌아온 후에나 해!! 잘 들어, 김수아! 넌 1년 동안은 예영이 대신이야!! 그러니까 넌 지금 김수아가 아니구!! 최예영이라구!! 내 아내 최예영!! 다시 한 번만 이런 짓 하면 그때는 정말 죽여 버리겠어. 명심해, 1년 동안은 넌 내 거라구!!"

혼란스럽다. 무슨 소리를 하는 건지… 도대체 왜 그렇게 화를 내는 건지… 언니 이름을 더럽히지 말라는 소리야? 그런 거야? 난 지금 김수아가 아닌 최예영. 그래, 난 최예영이지. 니 아내… 네가 사랑하는 여자 최예영. 넌 지금 김수아가 아닌 최예영을 소유하고 있는 거야.

"그럼 언니가 돌아온 후에는 그 남자를 사랑해도 된다는 소리야?"

"뭐라구?"

"좋아… 알았어. 사과할게. 니 이름과 언니 이름에 먹칠해서 미안해. 갈게."

그냥 돌아서서 나왔다. 난 아무 짓도 하지 않았는데… 그저 그냥 웃어준 것뿐인데… 나한테 잘못이 있다면 언니 대신 결혼식장에 들어가서 그렇게 너를 만나 사랑한 것뿐인데 내가 왜 이런 모욕까지 받아야 하는 거지? 내가 왜! 왜 이래야 하는 건데!! 왜! 내가 최예영 대신이어야 하는데!! 나는 머리속이 백지가 된 것 같았다. 그런 내가 회사 문을 나서자마자 기자들이 나를 향해서 몰려오기 시작했다. 몇몇의 경호원들이 내 주위로 몰려들었다. 난 아직까지도 이해가 되지 않았다. 내가 무슨 짓을 했길래 사람들이 이러는지.

[독고준 씨와는 무슨 관계죠?]

[결혼 전부터 사랑했던 사이라고 하던데 맞나요?]

[리즈키 씨와는 그럼 이혼하는 겁니까?]

난 일본어를 몰랐지만 지금의 이 말들은 다 알아들을 수 있었다. 왜 그런 짓을 했냐구, 무슨 관계냐구 묻고 있는 거겠지? 날 바람난 유부녀라고 생각하겠지. 그놈도 날 그리 대했으니.

차에 올라탔다. 기사 아저씨가 올라타고 있는 날 걱정스런 눈빛으로 쳐다봤다. 아저씨도 날 그렇게 생각하나요? 그 사람과 내가 사랑하는 사이라고? 내 눈빛을 느꼈는지 아저씨가 나에게 약간의 미소를 띠면서 말했다.

[전 사모님을 믿습니다. 아무래도 기자들이 오해를 한 것 같습니다. 제가 나설 수 없는 일이라서 죄송합니다.]

무슨 말일까? 하지만 나쁜 말은 아니겠지? 저렇게나 내가 걱정된다는 표정이잖아. 집으로 가는 동안 내내 흐르는 눈물을 참으려고 애썼다. 나를 울리는 것은 기자들도, 사람들의 시선도 아니었다. 나를 울리는 것은 서진이의 감각없는 눈이었다. 놈의 지독하게 차가웠던 눈. 집 대문 앞에 기자들이 몰려 있는 관계로 뒷문을 통해서 집으로 들어갔다. 집에서 날 기다리고 있는 건 서진의 부모님들과 그 가슴 큰 여자였다. 무슨 말을 하고 싶어서 오신 건가요? 나를 바람난 며느리라고 생각하고 싶으신 건가요?

[이 기사가 사실이냐?]

"새아가, 정말 사실인 거니?"

"아닙니다. 정말이에요. 그냥 한국인이라서 인사만 했을 뿐이라구요."

어머님이 나를 측은한 눈빛으로 바라보셨다. 난 고개를 떨구었다. 난 정말 죄진 것이 없는데… 없는데… 흑.

[아버님, 저 여자 우는 거 보세요. 분명히 사실이라니까요. 그러니까 이혼을…….]

[히나, 우리 집안에서 이혼이라는 것은 있을 수 없다!!]

어머님께서 그 가슴 큰 여자에게 뭐라고 큰 소리로 말하신다. 무슨 말인지는 모르지만 쌤통이다!! 메롱!! 아버님께서 무언가 어머님께 말을 하신다. 그러자 어머님은 고개를 끄덕이더니 나의 손을 잡으신다.

"당분간 한국에 가 있으렴. 이 스캔들이 조용해질 때까지 말이다."

"네?"

"미안하지만 이 일로 회사가 심하게 타격을 입을 수도 있단다. 걱정 말아라. 이혼은 절대 안 된다고 이야기해 볼게."

이, 이혼이라구요?! 나 때문에 언니가 이혼을 당한다구?! 그건… 그건 안 되는데. 절대 안 돼!!

"절대 이혼은 안 돼요. 절대 그이 없이는 살 수 없어요. 흑."

"그래, 아가, 나는 너를 믿는다. 그럼 빨리 짐을 싸렴."

"한국에 가면… 이혼 안 해도 되는 거죠?"

"그래, 걱정 말아라."

난 방에 들어가서 짐을 쌌다. 그 가슴 큰 여자는 나의 그런 모습을 보고 싱긋 웃더니 아버님을 따라서 아래층으로 내려갔다. 왜… 왜 떠나야 하는 건지 모르겠다. 왜 갑자기 그놈이 없으면 살 수 없다는 말이 나왔는지는 모르겠다. 그렇지만 한국으로 가 있으라는 어머님의 말씀에 난 심장이 내려앉았다. 아무래도 녀석에 대한 마음을 정리하지 못한 것 같다. 짐을 다 싸고 일층 거실로 내려가자 어머님께서 나를 꼬옥 안아주셨다.

"여기 일은 내가 어떻게든 해보마. 걱정 말고 다녀와라."

[아버님, 그러지 말고 이혼을…….]

[히나, 아직도 안 간 거니? 네가 우리 집안 문제에 왜 상관하니?]

"어머님, 그럼 이만……."

"그래, 걱정 말아라."

그렇게 나는 서진이와 살던 집에서 나와 비행기에 몸을 싣고 한국으로 떠났다. 비행기에 몸을 싣는 동안에도 내 머리 속은 온통 그 녀석뿐이었다. 나 아무래도 널 너무 사랑하게 됐나 봐. 언니, 미안해. 정말 미안. 다른 건 잘 잊어먹던 내가 너는 잊을 수가 없게 됐나 봐. 이서진이라는 남자는 잊을 수 없게 되어버렸나 봐.

한국에 돌아왔다. 거의 한 달 만에 나의 고향으로 돌아왔다. 공항에는 다행히 날 알아보는 사람은 없었다. 내 귀에서는 이젠 내가 알아들을 수 있는 말들이 왔다 갔다 했다. 이거 하나만은 좋았다.

"저기, 예영 씨."

이 목소리는? 난 목소리를 못 들은 척하고 공항 입구를 향해서 걸어나갔다. 점점 다가오는 발걸음 소리가 불안하다. 제발… 제발… 내 걸음은 점점 빨라졌고, 그에 따라 나를 쫓아오던 발걸음 소리도 빨라졌다.

"예영 씨!!"

그 사람은 내 어깨를 붙잡아 돌렸다. 젠장!! 정말 그 사람이었다.

"이, 이거 놓아주세요!! 전… 그쪽이 찾는 사람이 아니에요."

"정말 미안합니다. 그 일은 일부러 그런 게……."

"더 이상 하고 싶은 이야기 없습니다. 그럼……."

멋지게 돌아서서 가려고 했다. 그러나 갈 수가 없었다. 내 어깨를 붙잡은 손을 이 남자가 놓고 있지 않았기 때문에…….

"독고준 씨, 지금 난 당신 때문에 곤경에 처해 있어요. 나 때문에 언니가 이혼당하게 생겼다구요!!"

헉……!! 흥분하면 아무 소리나 막 나오는 이 성질. 설마 눈치 못 챘겠지? 그렇겠지? 다행히 사람들의 웅성거리는 소리 때문에 듣지 못한 것 같다.

"정말 미안합니다. 하지만……."

"전… 이혼당하고 싶지 않아요. 그럼 안녕히 가세요."

휴, 다행이다. 오늘은 사람들이 많은 걸 다행이라고 생각해야겠다.

난 삼촌이 집에서 보내준 차를 타고 성북동 집으로 갔다. 외숙모는 내가 예영 언니를 대신해서 결혼한 것을 알지만 외삼촌은 그렇지 않기 때문에 집 안은 아마 쑥대밭이 되었을 거다. 언니, 미안하우. 하지만 나한테 떠넘기고 간 죗값이라고 생각하시유.

"그래, 예영이는 뭐라고 하더냐?"

"하하. 기자들이 오해한 거예요. 정말이에요. 언니가 그럴 사람인가요?"

"맞아요, 여보. 그럴 거예요."

"그렇다면 다행이구나. 수아, 너도 피곤하겠구나. 쉬어라."

"네."

다행히 외삼촌은 더 이상 추궁하시지 않았다. 나의 방에 따라 들어온 외숙모는 난리가 나셨다. 당연히 나보고 미쳤냐는 소리도 하셨다.

"정말 아니라니까요! 제가 미쳤어요?"

"그래, 믿어. 그런데 이번 일로 이혼이라도 당하면……."

"아니에요!! 절대 아닐 거예요. 걱정 마세요!!"

"그럼 다행이구. 에휴. 하여간 예영이 이 가시나 때문에 내 속이 이렇게 상하게 한다니까. 쉬어라."

저도 언니 때문에 속이 타기는 마찬가지랍니다. 외숙모가 나가시고 나는 컴퓨터를 켜서 언니에게 메일을 보내야겠다고 생각했다.

윙~

컴퓨터가 환하게 켜지고 난 다음으로 접속한 다음 메일을 확인했다. 언니에게서 3통의 메일이 도착해 있었다. 하긴 언니도 알겠지? 내용의 요점은 단 하나였다. 내가 이혼을 당하게 되면 나한테 떠넘기고 간 죗값이라고 생각한다고 했다. 걱정 마, 언니. 이혼 안 당하게 해줄 테니까. 난 컴퓨터를 끄고 침대에 누웠다. 머리 속이 너무 복잡했다. 한꺼번에 너무 많은 일들이 터진 거 같다. 너무 많은… 그렇게 난 잠이 들어버렸다. 오늘도…….

벌써 한국에 온 지도 3일이 지났다. 오늘은 내 일생에서 딱 하나뿐인 친구 하나가 점심을 사준다고 해서 나가는 길이다.

"김수아, 여기야!"

"하나야, 진짜 오랜만이다!!"

"가시나, 일본에 유학을 가면 간다고 연락이라도 하고 가야지!! 내가 얼마나 걱정한 줄 알아?"

"미안, 미안."

"학교도 휴학하구 동혁 선배가 얼마나 니 걱정 많이 했는데."

"그, 그랬어? 하하, 근데 나 왔다는 거 비밀이다. 알았지?"

"헉! 어쩌지? 이미 말했는데. 미안, 여기로 온다고 했는데."

이런 눈치코치도 없는 년. 네가 내 친구냐!! 내가 동혁 선배를 얼마나 싫어하는지 알면서! 하동혁 선배로 말하자면 거의 스토커 수준이다. 죽자 사자 쫓아다니며 좋아하니 사귀자고 매달리는 것을 간신히 떼어놓았거늘 넌 왜 내 인생에 도움이 안 되냐!

"나 갈래."

"수아야, 동혁 선배 왔어."

제기랄. 출입문에 딸랑 소리가 나더니 동혁 선배가 눈에 들어왔다. 에휴. 선배의 그 사이코 성질만 버렸어도 내가 선배를 좋아했을 텐데. 그 바람기도 싫구. 선배는 안 돼요, 절대!!

"수아야, 오랜만이네?"

"도대체 무슨 생각이에요?"

"그냥 사주고 싶었어요. 왜요? 안 되는 건가요?"

"나 먼저 갈게, 수아야!!"

저, 저 가시나! 쓸데없는 눈치는 밝아가지고 또 도망가는 것 좀 봐!! 난 하나를 잡기 위해 뛰어가려 했다. 그러나 갈 수가 없었다. 독고준이라는 놈이 나를 돌려 세웠기 때문에.

"자, 이제 수아 씨, 아니, 예영 씨의 이야기를 듣고 싶은데요?"

"훗, 밥 한번 가지고 내 대답 듣기는 어려울걸요? 이거 놔요!"

난 내 어깨를 붙잡은 놈의 손을 쳐냈다. 정말 재수가 없으려니까 또 저런 놈이 꼬이네.

"최예영, 한영그룹의 외동딸. 그 밑에 정말 많이 닮은 김수아라는 사촌. 당신은 어느 쪽이지? 한영그룹 외동딸, 아님 사촌??"

"당신이 몰라도 되는 일이라고 생각되는데요?"

"아니, 난 필히 알아야겠어."

"당신은 그럴 권리가 없어요."

"있어. 처음 보는 순간부터… 내 것으로 만들고 싶은 게 생겼거든."

혹시 설마 이 남자가 지금 나를?? 그럼 그때 그 윙크가… 아니야, 아닐 거야. 그런데 어떻게 알고 있지? 언니의 사촌이 나라는 것을 어떻게… 어떻게! 나는 독고준을 바라보았다. 무엇인가를 알고 있는 눈초리 같았다.

'김수아, 도망쳐!!'

도망치라는 말이 내 머리 속에서 울렸다.

“하하, 그러세요? 그럼 도전해 보세요.”

이 말만 남기고 도망가려고 했는데 그 남자가 나를 다시 붙잡았다. 이 남자 힘이 너무 세다. 아프다. 점점 남자의 얼굴이 다가온다. 뭐, 뭐 하려는 거야!!

“내가 가지고 싶은 건 너야. 김수아 너라구.”

“뭐, 뭐 하는 짓이야!! 놔!! 놓으라구!!”

점점 다가오는 놈의 얼굴을 피해야겠다는 생각으로 고개를 돌렸다. 그 순간 퍽!

[한 번만 더 내 거 건드리면 가만히 있지 않겠어!]

[훗, 리즈키 씨, 오랜만이네요.]

[꺼져. 다시 한 번만 건드리면 가만히 있지 않겠어!!]

[어쩌죠? 난 이미 알아버렸는데, 그녀가 당신 부인이 아니라는 걸.]

퍽!!

또 한 번 무언가가 맞는 소리가 들리더니 독고준인지 하는 남자가 저 멀리 나가떨어져 있었다. 이 익숙한 목소리… 일본어… 왜 그렇게도 지긋지긋하게 들리던 일본어가 왜 이렇게 반가운 걸까? 서진이 그놈이었다. 그런데 왜 일본에 있어야 하는 놈이 여기 있는 거지? 왜?

“가자.”

내 손을 잡아끌어 자신의 차에 태우는 놈. 난 너무 당황해서 아무 말도 할 수가 없었다. 왜 여기 온 거지.

"저기… 여긴 무슨 일로……."

"찾으러 왔어."

"……??"

"보고 싶어서… 단 삼 일이었는데도 보고 싶어서 견딜 수가 없었어."

"에이~ 또 장난하는 것 봐!! 이젠 안 속아, 안 속아. 하하."

또 장난친다. 나쁜 놈!! 난 놈의 등을 팍팍 때렸다. 일부러 엄청 세게. 뭐, 출장이나 왔겠지. 에휴, 오랜만에 봐서 그런지 얼굴이 많이 상했네. 쯧쯧, 밥 좀 먹고 다니지.

"나 이젠 그런 장난 안 통해. 장난치지……."

"장난 아냐. 젠장."

"왜 그래? 무슨 일 있는 거야?"

"살 수가 없었어. 네가 없는 동안… 내가 아니었어."

"무, 무슨 소리야. 너… 읍!"

갑자기 놈의 입술이 나의 입술에 포개졌다. 뭐, 뭐지? 여긴 기자들도 없고 우리가 부부로 보여야 하는 이유는 없는데 왜 이러지?

한참 후 놈의 입술이 떨어지고 난 떨리는 목소리로 물었다.

"하… 여긴 기자들 없어. 왜 그래?"

"씨발… 나 말야… 나 말야……."

"그래, 왜?"

"널 사랑해 버린 것 같아. 너한테 중독되어 버린 거 같아… 사랑해, 수아야…….”

순간 내 가슴은 요동치기 시작했다. 날 사랑한다고 말하는 저 남자의 말… 사실일까? 정말 사실일까? 또 그때처럼 장난이라면서 웃어버리면 어떡하지? 좋아해야 하는 건가? 아님… 슬퍼해야 하는 건가? 혼란스럽다, 정말.

“왜… 그래? 장난하지 마. 나 니 장난 받아줄 힘 없어.”

“내가 장난하는 걸로 보여? 니 눈에는 그렇게 보여?”

“진심이라고 해도 네가 뭘 할 수 있는데!”

“뭐… 라구?”

“네가 뭘 할 수 있냐구!! 언니가 오면 나 버릴 거잖아!! 싫어!! 난 언니의 대용품이 아냐!!”

“수아야!! 김수아!!”

무작정 차 문을 열고 내려 버렸다. 도저히 그 녀석 얼굴을 보고 있을 수가 없었다. 그놈의 눈빛은 장난이라고 하기에 너무 진지했다. 왜 그런 눈빛으로 보는 거야. 힘들단 말야. 더 이상은 너에 대한 내 마음 숨길 수가 없단 말야… 이대로 가다간… 얼마 안 있다간… 내 심장은 폭발해 버릴 거라구! 난 뛰었다. 아무래도 언니보고 돌아오라고 해야 할 것만 같았다. 더 이상은 버틸 수 없으니 돌아오라구… 돌아오라구… 이젠 너무나 사랑해 버린… 저 녀석 옆에 있을 수가 없어, 이젠.

한참을 뛰었다. 무슨 생각을 하면서 뛰었는지조차 모르겠다. 다만 그 녀석의 말만 내 귀를 윙윙거린다.

"널 사랑해 버린 것 같아. 너한테 중독되어 버린 거 같아… 사랑해, 수아야……."

이게 다 무슨 소용인데? 넌… 넌 언니랑 결혼했는데. 그래, 이서진 넌 착각하고 있는 거야. 언니가 없어서 그 외로움을 나로 인해 대신 충족시키고 있는 거야. 날 사랑하는 게 아니라구.

터덜터덜 걷다 보니 어느새 집 앞이었다. 와, 이 놀라운 귀소본능. 난 방향치는 아닌 것 같다. 다행스…… 럽지 않구나. 걸음이 멈추어 버렸다. 차에 기대어 하늘을 바라보고 있는 서진이의 모습이 보였다. 놈을 발견하고 몸을 돌리려는 순간,

"기다렸어."

이 익숙한 목소리. 다 정리한 내 마음을 다시 엉망으로 만들어 버리는 사람. 더 이상은 위험해. 나 더 이상은 위험하다고. 다가오지 마.

"외삼촌이랑 외숙보한테… 인사하고 가. 들어가… 자 ."

"너 보러 왔어. 너… 보고 싶어서……."

"그만 해. 이 정도면 충분히 됐어. 내 마음 그만 흔들어놓으라구!"

"김수아, 나 말야. 나… 장난이었어."

응? 나는 놀라서 고개를 들었다. 그러자 조금 전의 진지한 얼굴은 사라지고 다시 장난스러운 서진이었다. 내가 멍하니 서 있자 나는 툭툭 치기 시작하는 놈.

"야야!! 장난이었다고. 왜? 섭섭하냐?"

이, 이씨!! 그럼, 그럼… 장난친 거라고?! 나쁜 놈!! 내가 그것 때문에 걸어오는 내내 얼마나 고민했는데! 이 새끼가 사람을 놀리는 것도 정도가 있지! 내 주먹이 부들부들 떨리기 시작했다.

"야, 들어가자. 배고프다. 야, 한국은 사위가 100년 손님이라는데 맞나?"

"이.서.진."

"응? 왜?"

나는 뒤돌아서는 서진이의 배를 향해서 꼭 쥔 내 주먹을 날렸다. 퍽 소리와 함께 놈이 배를 움켜쥐고 쓰러졌다. 힘껏 내려쳤음에도 내 속은 아직도 풀리지 않았는지 부글부글 끓어올랐다.

"야!! 김수아!! 너 이게 무슨 짓이야!!"

"감히 날 놀려? 너 오늘 나한테 죽었어! 다시는 그런 장난질 못 치게 해주겠어!"

쓰러져 있는 서진이를 향해서 내 발차기를 날리려는 순간 철컥 하고 들리는 대문 소리. 나는 놀라서 재빨리 동작을 멈추고 대문 쪽으로 눈을 돌렸다. 대문을 열고 나온 사람은 외숙모였다.

"밖이 왜 이렇게 시끄러… 어머, 수아야, 왔으면… 까악!! 이 서방?!"

외숙모는 쓰러져 있는 서진이를 보고 뛰어나오셨다. 그리고는 왜 그랬냐는 둥 많이 다쳤냐는 둥 물으셨지만 서진이는 그저 웃을 뿐이었다.

"아, 괜찮습니다. 갑자기 차 한 대가 뛰어들어 오는 바람에… 그렇지, 처제?"

"아… 네."

"어머나, 어머나! 요즘도 그렇게 험하게 운전하는 차가 있어? 들어가세, 이러지 말구."

"아… 네."

서진이는 외숙모의 부축을 받으면서 집 안으로 들어갔다. 그리고 나를 스쳐 지나갈 때 나만이 들리도록 조그맣게 속삭이는 것도 잊지 않았다.

"너 이따가 보자."

헉!! 나는 섬뜩한 놈의 말에 그 자리에서 굳어져 버렸다. 그리고 아직도 아픈지 배를 움켜쥐고 들어가는 뒷모습을 보니 왠지 찔렸다. 하지만… 정말 분한걸. 어휴!! 죄없는 땅을 발로 쿵쿵 치고 있는데 외숙모가 뒤돌아봤다. 헉!!

"수아야, 뭐 해? 추운데 들어가자."

"아, 네."

놀라라. 오늘은 하루에 심장이 몇 번이나 멈출 위기를 느낀 건지 모르겠다. 집 안으로 들어가니 신문을 읽고 계셨던 외삼촌이 서진이를 발견하고 일어나셨다.

"아니, 여긴 웬일인가?"

"아… 한국 지사에 문제가 생겨서……."

"아, 그런가? 우리 예영이는 잘 있지?"

"네? 아, 잘 있습니다."

외삼촌과 거실에 앉아서 이야기를 하는 그놈. 난 서둘러서 방 안으로 올라가려고 했다. 그런데 우리의 눈치없는 외숙모님 曰(왈).

"수아야, 너도 과일 좀 먹고 올라가."

"아, 네. 하하."

난 놈과 조금 떨어진 건너편 소파에 앉았다. 가까이 앉았다가는 어떤 보복을 받을지 모르기에, 나는 두려움에 멀찌감치 앉았다. 그런데 이 집이 이렇게 더웠나. 왜 이렇게 덥지. 손으로 부채질을 하면서 눈을 돌렸는데 놈하고 눈이 정면으로 마주쳤다. 그러더니 나를 향해서 싱긋하면서 웃는 게 아닌가. 나는 놀라서 눈을 돌리고 되도록 눈이 마주치지 않게 피했다. 이대로 얼굴을 돌리면 놈과 눈이 마주칠 게 너무나 뻔하다. 분명히 일부러 그러는 게 틀림없어. 저렇게 내가 들릴 정도로 킥킥거리면서 웃는 걸 보면 재수없는 놈.

"아니, 왜 그렇게 웃는가? 어디 불편한 데라도 있나?"

"아, 아닙니다. 큭."

"그건 그렇고 우리 수아는 일본에서 잘 생활하나?"

"하하. 네, 처제는 아주 잘 생활하고 있습니다. 저와… 아니, 저희와요."

"호호호. 그렇다면 다행이구요. 수아가 잠이 많아서 걱정했는데. 앤 양치하다가도 자고 그랬잖아요. 그래서 지각도 많이 하구."

숙모님의 농담 아닌 진담에 나를 보고 픽 웃으면서 고개를 끄덕이는 놈. 그런 말은 하지 않으셔도 되는데. 쪽팔린다. 이 상황을 뒤집고 달아나고 싶다.

"아, 그런데 수아야, 너 독고준 군을 어떻게 아니?"

"아, 그냥. 네? 누구라구요?!"

"독고준 군 말이다. 아까 낮에 전화를 해서 니 이야기를 하더구나."

"하하. 설마요. 아닐 텐데, 전 그 사람 모르는데."

스토커 자식!! 전화번호는 또 어떻게 알아낸 거야?! 내일 당장 전화국 가서 전화번호 바꾸어야겠다. 그렇게 다짐하면서 고개를 돌리는 순간 나는 정면으로 서진이와 눈이 마주쳐 버렸다. 그런데 서진이의 표정이 조금 이상했다. 눈은 웃고 있는데 입술은 깨물고 있네. 그렇게 한참을 나를 보던 서진은 고개를 돌리지 않고 나를 보면서 외삼촌에서 말했다.

"그럴 리가 있겠습니까, 장인어른? 수아, 아니, 처제가 간 곳이라고는 공항!! 저희 집!! 횟집!! 삿포로에 있는 별장!! 밖에 없는데 그 사람이 착각을 한 것 같습니다."

"하하, 그런가? 독고준 군이라면 우리 수아 신랑으로는 괜찮다고 여겼지."

"맞아요, 여보. 그 정도면 괜찮죠~"

"하하하. 외삼촌, 외숙모, 전 올라가 볼게요."

나는 도저히 이런 상황에 적응할 수 없었다. 계속해서 나를 묘한 눈으로 바라보는 녀석의 시선과 나를 독고준과 엮으려는 외삼촌 부부. 정말 이 모든 게 나를 피곤하게 했다.

"그래, 저녁 먹을 때 내려오렴."

"아, 이 서방도 여기서 저녁 먹고 자고 가지 그래. 호텔은 아무래도 불편하잖아."

헉! 외, 외삼촌, 그것만은 안 돼요!! 저녁만 먹게 하고 가요, 저녁만! 안 그러면 저 오늘 저놈한테 맞아 죽어요!

"뭐, 저야… 좋습니다. 자고 가겠습니다."

이 말을 날리면서 날 사악하게 쳐다보는 저놈. 도대체 무슨 생각인 거야, 너! 설마 날 정말 죽일 생각이야? 오, 마이 갓!! 하나님!! 부처님!! 공자님!! 저딴 맘 안 품을게요!! 제발 오늘 밤 저놈한테서 살아남게만 해주세요!

지금은 저녁 식사 중, 난 지금 아무것도 먹지 못하고 있다. 앞에 이렇게 맛있고 많은 음식을 앞에 두고도 건드리지 못하고 있는 이유는 단 한 가지, 놈이 지금 식탁 아래로 내 발을 툭툭 건드는 통에 움직일 수가 없었다.

"수아야, 왜 안 먹니?"

"아… 먹어요, 먹어!!"

"처제, 이것 좀 먹어봐."

싱긋 웃으면서 나에게 음식을 권하는 이 나쁜 놈. 내가 지금 누구 때문에 아무것도 못 먹고 있는데! 도대체 니 웃음의 의미는 뭐야!! 뭐인 게야. 설마 이 자식, 수 쓰는 거 아냐. 일부러 아무것도 못 먹게 한 후 내가 힘을 못 쓰게 해서 패려구? 이런, 젠장.

"하하, 고마워요, 형부."

"뭘, 이게 다 처제에 대한 사랑인데!"

정말 웃는 저놈의 면상을 내 앞에 놓인 젓갈로 뭉개주고 싶었다. 그러니 내 머리 속의 이성이 참으라는 메시지를 날렸기에 난 꾹 참았다. 꾹!! 놈의 면상에 젓갈을 뭉개는 상상을 하면서 난 그날 저녁을 먹었다.

"호호, 그럼 예영이 방에서 자도록 해."

"네, 신경 써줘서 감사합니다."

"아니, 뭘. 난 자네한테 미안함뿐인걸. 그럼 쉬게."

일층에 그 많은 방을 내버려 두고 왜 하필 내 옆방인 언니 방에서 놈을 자게 하는 건가. 오늘 외숙모는 나에게 정말 도움이 되지 않는다. 나는 놈이 외숙모와 이야기하는 사이 내 방문을 열고 방으로 들어오려 했다. 그렇지만 그럴 수 없었다. 어느새 내 등 뒤에서 내 방문을 자신의 손으로 닫고 있는 녀석이 보였다. 제엔장!!

"하하, 어머, 형부 피곤할 텐데 들어가서 자지 그래… 요."

"아니, 처제! 전혀 피곤하지 않아! 그리고 우리에겐 아직 끝내야 할 이야기 있는 것 같은데?"

염병할, 이야기는 무슨!! 이야기가 아니라 주먹이겠지! 설마 이 자식이 날 정말 때리려는 건 아니겠지? 에라, 모르겠다!!

"그래, 그래! 쳐라, 쳐! 그렇게 나한테 맞은 게 억울하냐? 자자, 쳐, 이 나쁜 놈아! 그렇게 억울해!! 어!! 치라구!!"

나는 두 눈을 꼬옥 감고 놈에게 내 얼굴을 들이밀었다. 설마 때리겠어!! 그런데… 때리면 어쩌지. 저놈은 여자도 때릴 놈인데 그런 불안한 마음이 내 머리 속을 채울 때쯤 또다시 쿡쿡거리는 소리가 들렸다. 뭐, 뭐야!! 살며시 실눈을 떴을 때 한쪽 구석에서 배를 움켜잡은 채 웃고 있는 놈의 모습이 보였다.

"뭐, 뭐야, 너!!"

"쿡쿡. 김수아, 너 말야. 진짜 웃긴다. 하하하."

"정말 너 끝까지 나 놀릴래? 너 진짜!! 나 잘 거야!!"

정말 또 속았어, 김수아. 이런 미련 곰퉁이 새끼!! 너 또 속았어. 바보바보바보. 두 손으로 머리를 치면서 방으로 들어가려고 할 때 포근하게 감싸오는 느낌이 들었다. 뭐… 뭐지? 나는 떨리는 손으로 나를 감싸 안은 서진이의 팔을 붙잡았다. 그러자 나를 더욱더 꼬옥 껴안는 놈.

"정말… 장난인 거야. 알았지. 정말… 장난인 거야."

"그럼 당연하지. 걱정 마. 오해 안 하니까. 그러니까 이거 풀어."

나의 말이 끝나자 서진이는 자연스럽게 나를 놓아주었다. 뒤돌아서서 놈을 바라보았다. 그런데 왜 니 눈이 그렇게 슬퍼 보이니? 나는 서진이에게 잘 자라는 인사를 하고 방으로 들어갔다. 천천히 방문을 닫으려고 하는데 서진이가 갑자기 방 안으로 들어왔다.

"왜?"

"김수아… 만약에 말야, 내가 정말로 널 좋아한다면… 사랑한다면 어떡할래?"

"뭐? 왜 그래? 난 장난은 사절이야."

"만약이라고 했잖아… 만약에 말야."

서진이는 무엇인가에 굶주린 듯이 나를 바라보았다. 나는 그런 서진이의 눈과 마주칠 용기가 나지 않아 창밖으로 눈을 돌리고 말했다.

"그래, 만약에… 네가 날 사랑하게 된다고 하더라도 우린 안 돼. 왜냐하면… 왜냐하면 나한테 넌… 우리 언니가 사랑하는 사람인 형부이고, 너한테 난 우리 언니의 하나뿐인 동생인 처제이니까. 우린… 안 돼."

나는 떨리는 마음으로 서진이에게 말을 했다. 아니, 어쩌면 나에게 한 말인지도 모른다. 절대로 사랑해서는 안 된다. 잊어라, 안 되는 사이다… 이렇게 나에게 말하고 있는 것인지도 모르겠다. 쾅 하는 소리와 함께 내가 문 쪽으로 고개를 돌렸을 때 서진이의 모습은 보이지 않았다. 이서진, 왜 갑자기 너까지 날 이렇게 혼란스럽게 하는 거니. 왜! 그날 밤 나는 침대에 누웠지만 잠을 잘 수가 없었다. 모든 것이 뒤죽박죽 되어버렸다. 모든 게…….

다음날 아침 나는 새벽녘에 간신히 든 잠에서 깨어났다. 방문을 열고 나갔을 때 두 손을 모은 채 앉아 있는 서진이를 볼 수 있었다. 나는 최대한 밝게 어색하지 않게 웃으면서 놈의 옆 자리에 앉았다.

"일찍 일어났네?"

"오늘… 아무것도 할 일 없으면 나랑 같이 있자."

"응?"

"그냥. 서울은 많이 와봤지만 한 번도 제대로 구경한 적이 없었거든."

"그래. 그렇게… 하자."

그렇게 해서 우리는 아침을 먹고 집을 나섰다. 김수아, 긴장하지 마. 어때, 이건 데이트가 아니라 그냥 형부를 안내해 주는 거야. 그래, 그런 거야. 나는 차 안에서 눈을 감고 내내 다짐했다. 절대 설레이지 말자. 서진이가 하는 행동은 모두 장난이라고 생각하자. 그렇게 오늘 이후로는 내 마음을 깨끗이 다 정리하는 거야. 그런 내 모습이 이상했는지 서진이가 나를 흔들었다.

"어이, 이보게, 처제! 또 자는 건가? 여기서 어디로 가는지 길을 안내해야지. 그만 자고 일어나 봐. 어디로 가는 거야?!"

"이씨! 안 잤어! 경복궁 갈 거지? 여기서 우회전해서 직진해."

그렇게 대답하곤 나는 창밖으로 고개를 돌려 버렸다. 눈이 마주칠 것 같았다. 서진이의 그 예쁜 눈과……. 몇 번의 신호 대기와 멈춤이 있은 후 우린 경복궁에 도착했다. 내가 말없이 내리자 서진이도 나를 따라서 내렸다.

"자, 이제 들어가 볼까? 나도 고등학교 이후에 처음이야."

"그래?"

내가 천천히 경복궁 안으로 들어가자 서진이도 나의 뒤를 따라서 오기 시작했다. 그리고 나는 천천히 경복궁 안에 있는 근정전, 사정전 등 건물들에 대해서 마치 관광 가이드가 된마냥 설명만을 했다. 하지만 가끔은 뒤돌아서 서진을 보았지만 서진은 한 번도 나와 눈을 마주치지 않았다.

"여기는 경회루라고 하는 곳이야. 어때? 연못하고 있어서 멋지…

왜 그래, 서진아?"

우리가 경회루에 도착했을 때야 나는 서진이의 얼굴을 바로 볼 수 있었다. 무언가에 잔뜩 화가 나 있어 보였다. 무척이나 차가운 눈으로 나를 바라보고 있었으니까.

"왜 그래?"

"너야말로 왜 그래?"

"응?"

"왜 아까부터 나랑 눈도 안 마주치고 이야기도 안 하고!! 왜 그렇게 딱딱한데!!"

"그거야… 네가 경복궁… 설명……."

"내가 언제 설명해 달라고 했어? 같이 가달라고 했지! 왜 남처럼 대하는데, 왜!! 도대체 뭐가 불만인데!!"

서진이는 화를 내고 있었다. 나는 나의 마음만 생각한 채 서진이의 기분은 생각하지 않았던 거였다. 내가 불만이야… 서진아, 내가… 내가 불만이라구. 내가 아무 말도 하지 않자 서진이는 나의 손을 잡고 그곳에서 나왔다. 그리고 나를 차에 태우고는 어디론가 향했다.

"어디… 가는 거야?"

"입 다물고 있어. 나 지금 돌아버리기 일보 직전이니까."

나는 더 이상 아무런 말도 하지 않고 창문으로 시선을 돌렸다. 수많은 건물들이 내 눈에서 사라지고 나서야 차가 멈추어 섰다. 서진이는 한참을 핸들에서 손을 떼지 않았다. 무거운 침묵만 지속되었다. 그리고 그 침묵이 지겨워질 때쯤… 서진이가 입을 열었다.

"부담스럽니?"

"뭐가?"

"내가… 어제 한 말이 그렇게 부담스러웠어?"

"무, 무슨 소리야! 어제 일은 모두 장난이었다면서?"

"장난… 아니야."

그 말이 떨어진 순간 내 심장이 한순간 멈춰서진 느낌이었다. 안돼, 김수아. 속지 마. 거짓말일 거야. 믿지 마. 장난일 거야. 또 이렇게 믿어버리면 또다시… 서진이는 웃으면서 나에게 말할 거야. 재밌는 듯 웃으면서 '장난이었어' 이렇게 말할 거야. 기대하지 마, 김수아. 잊기로 했잖아. 정리하기로 했잖아.

"장난 그만 해. 나 싫어. 이런 거 싫어. 너한테 당하는 것도 재미……."

"그래!! 나도 장난이었으면 좋겠어. 어제처럼 그렇게 쉽게 말할 수 있었으면 좋겠어. 장난이라고 말할 수 있었으면 좋겠다구! 아까 그곳을 걷는 동안 내내 무슨 생각 하며 걸은 줄 알아? 네가 없어지길 바랬어! 너만 사라지면 이 고민도 사라질 테니까!"

"무슨 소리야, 그게?"

"사랑해. 미치도록 네가 그리워, 김수아. 사랑한다구! 나 이서진이 최예영이 아닌 널 사랑해. 지금 내 앞에 있는 너를!"

그 말을 들은 난 아무 말도 할 수 없었다. 매일 나의 꿈에서만 되풀이되던 일들이 지금 내 앞에서 일어나고 있었다. 눈물이 내 볼을 타고 흘러내렸다. 그러자 서진이가 나를 자신의 품으로 끌어당겼다. 정신 차려, 김수아! 정신 차리자!

"장난이라고 말해!! 이서진… 어서!!"

"김수아!!"

"어서 장난이라고 말하란 말야!! 나보고 어떡하라구! 뭘 어떡하라구! 언니가 오면… 나 버릴 거잖아. 난 언니의 대용품이 아냐! 그렇게 책임지지 못할 소리는 하지 마!!"

"아니, 이젠 포기할 수 없어. 너를 포기할 수 없다구!!"

"우린 안 돼! 우린… 안 되는 거라구!"

나는 그대로 서진이를 밀어 내고 정신없이 도망쳤다. 이내 서진이가 나를 따라왔고, 나는 골목길로 몸을 숨겼다. 내 모습이 사라진 걸 알았는지 서진이가 골목길 근처에서 서성이고 있었다. 눈물이 났다. 마치 그 모습이 엄마를 잃은 아이 같아서 나는 내 입을 두 손으로 막고 흐느껴 울었다.

"김수아!! 수아야!! 어디로 간 거야!! 김수아… 김수아!!"

제발… 서진아, 돌아가 줘. 제발 내 눈앞에서 사라져 줘. 내가 너에게 달려가지 못하도록. 이런 나의 바람에도 서진이는 아직도 그 주위를 서성이고 있었다.

"수아야, 내가 잘못했어!! 그래, 사랑한다는 말 장난이라고 할게!! 모두 거짓말이라고 할게. 그러니까 제발… 제발…… 내 눈앞에서 사라지지 마. 나 혼자만 힘들어할게. 너 힘들게 안 할 테니까 제발… 사라지지 마, 제발……."

왜 그랬을까. 나도 모르게 눈물이 멈춰 버렸다. 그리곤 아직도 나를 찾아 서성거리고 있는 서진이에게 그만 달려가고 말았다. 서진이를 뒤에서 안았다. 그를 외면할 수 없었다. 도망칠 수 없었다. 서진이에게서 나는 도망갈 수 없었다. 나는 결국 언니를 버리고 서진이를 택했다.

"수… 수아야."

"사랑해, 서진아. 너무 무서워서… 도망가려고 했어. 너무… 너한테서 도망가려고 했어. 미안해. 서진아, 미안해."

울면서 미안하다고 말하는 나에게 서진이는 어느 때보다 환한 미소를 나에게 보여주면서 나를 안아주었다. 차가운 겨울바람이 스쳤지만 나는 어느 때보다 따뜻했다. 서진이가 있었기에.

"오늘 일본으로 다시 가자."

"집에 인사하고, 그리고 아직 그 기사도……."

"괜찮아. 괜찮으니까 같이 가자. 불안해서 안 되겠어, 도망갈까 봐."

서진이는 한 손으론 나의 손을 꼬옥 잡고 다른 한 손으로 전화기를 꺼내 어딘가에 전화를 걸었다.

"네, 이서진입니다. 지금 당장 일본으로 돌아갈 수 있게 준비해 주십시오. 네."

"누구한테 했어?"

"어. 간다고 연락해 놨어. 공항으로 가자."

나는 공항으로 가는 길에 외숙모에게 급한 일 때문에 일본으로 돌아간다고 전화를 했다. 물론… 조심하고, 밥 잘 챙겨 먹으라는 외숙모의 말에 내 심장이 콕콕 찌르듯이 아팠다. 엄마가 없는 나를 위해 엄마 역할을 대신 해주신 분. 그래, 언제나 나에게 자애로운 미소를 지어주시는 분을 내가 배신한 거야. 나는 그런 생각에 저절로 죄책감이 들었다. 그런 내 생각을 알았는지 서진이가 나의 손을 잡아줬다.

"김수아… 무서워하지 마. 우리만 생각하자. 응?"

서진이의 말에 나는 아무런 대답 없이 고개만 끄덕였다. 그러자 다시 환하게 웃으면서 자신의 어깨에 내 머리를 기대게 했다.

"정말 행복하다. 수아야, 정말 행복해."

나도 그래, 서진아. 나도… 나도 행복해. 신기하게 너와 같이 있으면 모든 게 좋다. 고민거리도 다 잊혀져, 모조리. 아무리 힘들어도 행복해진다. 마음이 따뜻해진다. 언니, 나 말야, 진짜 나쁜 애인 거 아는데… 이러면 나 정말… 안 된다는 거 아는데… 언니 없는 동안만 나 이 사람 옆에서 이 사람… 사랑하면 안 될까? 정말 딱 11개월만 이 사람 사랑할게. 언니 오면 다시 돌려줄게. 나 잠시만 행복할게. 이 사람이 나를 사랑한다고 잠시 착각하고 있을 동안만 내가 옆에 있을게. 언니가 돌아오면… 이 사람은 다시 언니에게 돌아갈 테니까 잠시만 내 옆에 둘게. 나한테 언니의 행복을 조금만… 나눠줘. 조금만 아주… 조금만 미안해, 언니. 정말 미안해. 이 사람을 사랑해 버려서…… 미안해.

비행기를 타고 일본으로 가는 동안 놈은 아주 자연스럽게 나의 어깨에 자기의 머리를 기대고 자고 있다. 물론 나도 잠이 부족해서 자야 했지만 잘 수가 없었다. 어, 어깨에 쥐가 나서 도저히!! 잘 수가 없었다. 어깨를 통해서 찌릿찌릿 오는 이놈의 감각들. 정말 참을 수 없는 고통이었다. 코에 침을 발라보기도 했지만 전혀 통하지 않는다. 그렇다고 놈의 머리를 치울 수도 없었다. 그 이유는, 비행기 안에 우리를 바라보는 눈이 너무 많았기에. 그 눈이란!! 몇 십 명이나 되는 경호원들과 스튜어디스 언니들, 그리고 계속해서 사진을 찍어대는 몇 안 되는 기자 놈들까지! 대체 저 기자들은 누가 비행기에 왜 태운 거냐! 그렇지만 더 이상 나는 고통을 참을 수가 없었다. 결심 끝에 놈을 깨우기로 했다.

"저, 저기… 요, 좀 일어……."

놈을 깨우려는 순간 스튜어디스가 나에게 다가온다. 뭐라고 했냐구? 곧 착륙이니까 내릴 준비 하라구. 젠장, 난 잠 한숨 못 잤는데. 그랬는데 순간 내 볼을 무언가가 찌르는 것을 느꼈다. 뭐겠어! 놈의 손가락이 내 볼을 꾹꾹 찌르는 거지!

"뭐야! 아니라 무슨 짓이에요. 호호(;;;)."

"크, 너 그 웃음 너무 가식적이야. 근데 니 볼 진짜 신기해~ 스폰지 같아."

잔뜩 골이 나서 부풀어 있던 내 볼을 찌르는 놈이 한 말이었다. 젠장! 내가 이런 건 다 너 때문이잖아!!

"근데 너 왜 안 잤냐? 머리에 뭐든 닿기만 하면 자는 녀석이 말야."

"내가 누구 때문에… 하하, 아니에요. 그냥 잠이 안 와서. 호호."

벌컥 화를 내다가도 주변 사람들의 시선에 금방 가라앉는 내가 웃겼는지 놈은 또 큭큭대기 시작한다. 내가 그렇게 웃긴가? 왜 이넘은 나만 보면 웃는 거냐.

"집까지 데려다 주고 싶은데 어제 회사를 빠져서 안 돼. 운영이 안 돼서 말야."

저런, 또 잘난 척이 시작되었다. 오늘은 10분 정도 하려나.

쪽!!

헉! 방금 내 입술에 닿은 건 놈의 빨간 입술! 회사로 가는 차에 몸을 싣던 놈이 갑자기 내 입술에 쪽 하고 살짝, 아주 살짝 입맞춤을 했다. 가, 갑자기 이러면 내가 당황하잖아.

"훗, 잘 가. 집에서 보자."

내 빨개진 얼굴에 만족했는지 놈은 차를 타고 가버렸다. 난 그 자리에 얼었고 기사 아저씨가 날 잡아끌어서 간신히 집으로 가는 차에 몸을 실었다. 아직도 정신이 하나도 없다. 심장이 또 미친 듯이 쿵쾅댄다. 기사 아저씨는 내 모습에 빙긋 웃으시고는 집을 향해 차를 출발시켰다. 그러나 집에 아주 서프라이즈한 일이 있을 줄이야.

그 서프라이즈한 일이란 독고준인지 뭔지 하는 놈이 내 일어 선생이라고 이층 거실에 떡하니 앉아 있는 게 아닌가! 나를 향해서 의미모를 미소만 날리면서 앉아 있은 저 남자. 도대체 무슨 생각인 거야, 당신!!

"여긴 웬일이에요? 당장 나가요!"

"왜 그래? 난 니 일본어 선생인데."

"전 일어 선생 필요하지 않아요. 나가주세요."

이렇게 말하고 방으로 들어가려고 했다. 그런데 놈의 정곡을 찌르는 말에 난 발걸음을 옮기지 못했다.

"김수아, 최예영… 정말 많이 닮았던데. 다른 건 머리 길이와 눈 색깔뿐이더군."

"무, 무슨 소리를 하고 싶은 거예요?!"

"최예영 말이야, 미국의 어느 조그마한 연극단에 있더군."

어떻게… 이 사람이 설마 뒷조사까지?

"무슨 소리인지… 최예영은 지금 여기 있는데요."

"훗, 이런 내가 그 정도 눈치도 없을 거라고 생각해?"

"수아를 저로 착각하신 것 같군요. 미국에 있는 건 수아예요. 일본에 잠시 왔다가 미국으로 갔어요."

이 사람은 모든 것을 다 알고 있다는 듯이 나를 바라보았다. 무섭다. 처음 보았을 때와는 다른 차가운 눈빛을 가진 사람.

"하하, 무슨 착각을 하신 것 같네요. 이봐요, 다시 한 번 이런 모욕을 준다면 가만히 있지 않겠어요."

"난 이봐요가 아니라 독고준입니다."

"아무튼 당신이 무슨 말을 하든 난 몰라요. 그리고 당신에서 일본어 같은 거 배울 마음 없으니까 나가요."

"네, 나가 드리죠. 하지만 조만간 다시 보게 될 겁니다. 당신 말이 거짓이라면 좋겠네요. 그럼 이만."

어쩌지? 저 사람이 다 알아버린 거 같은데. 설마. 아니야, 눈치 채지 못했을 거야. 모를 거야. 난 불안함에 몸을 떨었다. 저 사람이 신문사에 자신이 짐작한 대로 말해 버린다면 언니와 나, 그리고 그놈은… 안 돼! 절대 안 돼! 저 사람이 알아서는 안 돼! 나는 독고준인가 하는 사람이 가고 나서 아무것도 할 수가 없었다. 언니에 대한 걱정과 함께 지금쯤 회사에서 농땡이를 치는지는 알 수 없지만 일을 하고 있는 놈이 걱정됐다. 어떡하지? 정말 독고준인가 뭔가 하는 놈이 알아버렸다면……?

「김수아 씨!! 이건 사기입니다!!」
「피고 김수아 사기죄로 무기징역!!」
「전 억울해요!! 전 무책임한 언니를 둔 죄밖에는 없습니다!! 판사님!!」

“안 돼! 안 돼!!”
“뭐가 안 되는데?”
헉!! 어느새 집안으로 들어왔는지 놈이 넥타이를 풀면서 나에게 다가오고 있었다. 아침에 봤던 단정한 모습과는 반대였다. 잔뜩 헝클어진 머리, 삐뚤어진 넥타이. 저놈은 저래도 멋지구리하구나.
“훗, 또 내 얼굴 감상하지?”
“어? 아니, 안 봤어.”
“에이, 또 거짓말하네. 다 알아. 내 얼굴이 워낙 완벽하다 보니.”
이 녀석, 또 지 자랑을 하기 시작한다. 제엔장. 이런 점만 아니면 내가 100점 줄 텐데. 하긴 이 녀석의 말이 틀린 건 아니다. 오히려 점

수가 모자르다고 해야 할지도. 녀석, 뉘집 아들인지 훤칠하게도 생겨 먹었구나, 짜식!

"야, 사람이 말하는데 무슨 생각을 그렇게 해?"

"어? 아니야. 아냐, 아무것도."

"그런데 너 왜 일본어 선생 쫓아냈냐?"

설마 모르고 있었던 건가? 하긴 알고 있었다면 가만히 있을 놈이 아니지. 아마도 집 안이 뒤집어졌을지도 몰라. 말하지 않는 게 나을 거라는 생각이 들었다. 그래, 결심했어.

"하하. 그냥 조금 피곤해서. 하하."

"너 말야, 그렇게 웃지 마. 거짓말인 거 다 알아. 피곤하기는 지가 무슨."

저놈의 말하는 본새 좀 보십시오. 누가 왕싸가지 아니랄까 봐 저런 말을 툭툭 뱉어내는지. 저럴 때면 오만정이 다 떨어진다는 것을 저놈은 알까요?

"야, 왜 아무 말도 안 하냐? 막 흥분해서 난리쳐야지."

그리고 전 저놈의 저런 날카로움이 두렵습니다. 제가 다음에 뭘 할지 저렇게 꿰뚫고 있다니 정말 두려운 존재죠. 이러면 마음대로 화도 못 냅니다. 그렇지만 이럴 땐 놈이 정말 좋습니다.

"어디 아픈 거야? 어디 아픈 거 같아. 병원에 가자!"

내가 조금만 이상하면 나보다 더 날 걱정하는 녀석. 그래, 난 널 싫어할 수가 없어. 네가 매일 날 괴롭히고 놀려도 난 널 싫어하기는커녕 오히려 더 좋아하게 됐는걸. 아니… 사랑하게 됐는걸.

"안 아파. 됐어."

"정말 병원 안 가도 돼?"

"응, 안 가도 된다니까."

이렇게 놈이 나에게 점점 다가올수록 난 두렵다. 언니가 왔을 때 놈을 보내기 싫어질까 봐 너무 두렵다.

"아, 우리 이번 주 토요일 날 놀러가자."

"토요일에?"

"내가 아주 죽여주는데 찾았거든. 가자. 응?"

"혹시 너 죽여준다는 데가 온천 혼탕이나 그런 데 아니지?"

"야! 날 어떻게 보구! 근데 너 정말 이상하다. 어떻게 그런 생각이 바로바로 튀어나오지? 너 정말 나랑 같이 목욕하고 싶은 거 아냐?"

"뭐, 뭐라구?! 절대 아냐!"

"하하하, 농담이야. 이러니 김수아 같네. 김수아……."

내 이름을 중얼거리면서 점점 내 얼굴 쪽으로 다가오는 놈의 얼굴. 이러면… 이러면 안 되는데… 물론 너의 그 빠알간 입술이 좋기는 하지만… 김수아, 정신 차려!! 그러나 고개를 돌리려는 내 의도와는 달리 넘은 내 얼굴을 붙잡고 지 입술을 내 입술에 포갰다. 이번이 처음이 아닌데 왜 이렇게 가슴이…….

쿵—!!

순간 뜨끔했다. 내 심장이 이렇게 크게 뛰었는지. 그런데 아무리 생각해도 조금은 이상하다. 쿵?? 분명히 내 가슴에서 쿵하고 소리가 났지만 이렇게 크진 않는데. 뭐지?

[리즈키 짱!!!]

이 고음의 목소리를 가진 여자 누구겠는가. 그 가슴 큰 여자지. 도대체 여길 또 왜 온 거야!! 타이밍도 진짜 못 맞춘다니까!! 당신이 그러니까 미움을 받는거라구!!

[히나, 내가 우리 집에 오지 말라고 했지!!]

[그치만 난 리즈키가 보고 싶은걸.]

[난 이제 니 약혼자도 아니구. 이미 부인이 있어!! 더 이상 이러지마!!]

[쳇!! 난 저 흐리멍텅한 여자 인정할 수 없어!! 없다구!!]

도저히 아무리 귀를 세우고 들어도 내가 알아들을 수 있는 단어는 두 단어. 리즈키, 히나 이 둘밖에는 없었다. 그런데 보자 보자 하니까 내가 보자기로 보이나(추억의 개그개그개그~). 아, 내가 지금 이럴 때가 아니지!! 내가 지금 혼자서 열 내고 있는 이유는 저 여자가 내 욕을 해서가 아니다. 어차피 알아듣지도 못하는데 화날 일이 무엇이 있겠는가? 바로바로! 저 여자의 팔뚝이 그놈의 목을 감고 있었기 때문이다. 점점 안기는 듯한 포즈로 바뀌어가고 있었다. 그런데 그놈은 떼어낼 생각은 하지 않고, 그저 덤덤하게 가만히 있는다. 대체 무슨 생각으로 저러는거야! 좋았어, 너 오늘 죽었어!!

"이… 이서진!! 너 당장 그 여자 안 떼어내!!"

순간 나에게 쏠리는 시선. 내가 말한 거 아닌데? 난 아니라면서 고개와 손을 내저었다. 도대체 누구인가? 내가 한 게 아니라면 이 정겨운 한국말은… 누구??

#4 — 흔들리는 마음

"너 이 자식!! 내가 없는 사이에 바람을 피워?! 너 오늘 죽었어!!"

방방 뛰면서 오버하는 저 목소리와 짧은 머리, 그리고 하얀 피부. 남자들을 한주먹에 제압하는 저 힘. 그것은… 무책임한 우리의 언니 최예영 양이었다!

나와 히나인가 하는 그 가슴 큰 여자가 놀라서 눈이 휘둥그레졌다. 그 이유는 저 무지막지한 힘으로 자신의 팔 안에 녀석의 머리를 가둔 채 주먹으로 세게 내려치고 있는 언니의 모습을 보았기에. Oh, my god!! 왜… 왜 저렇게 변한 거야?

[이봐!! 이봐!! 저, 저 여자 뭐야?]

뭔 소리를 하는 건지 도통… 일본어는 노우~ 근데 한 가지 확실한 건 지금 방방 뛰고 있는 당신만큼이나 나도 뛰고싶어. 나도 난리치고 싶다고!! 하지만 그럴 수 없잖아. 그러기엔 내 자린 없잖아.

"언니, 그만 해. 그러다가 서… 아니, 형부 죽겠어."

"헉헉!! 이놈은 한번 맞아야 해!! 감히 바람을 피워?!"

"하하, 잘못했어, 예영아!! 잘못했다구~ 그만! 하하."

놈이 웃기 시작했다. 언니의 이름을 부르면서 다정하게. 저놈이 입을 열 때마다 너무 아팠다. 내 앞에서는 그렇게 환하게 웃는 모습 안 보여줬었는데. 너 진짜 날 왜 이렇게 아프게 하니. 내 속을 아는지 모르는지 놈은 나에게 싱긋하면서 웃어준다. 나는 어떻게 했냐구? 훗, 나도 웃어줬지. 아무렇지 않게… 아무 일도 없었다는 듯이.

"너 앞으로 그럴 거야, 안 그럴 거야? 나 없다구 바람피울 거야?!"

"아니, 안 피울게! 그리고 무슨 바람이야! 히나하고는……."

"알아, 니 친구란 거. 그래도 난 싫다. 알았지?"

"그래, 맹세! 바람 같은 거 안 피울게."

언니는 그놈의 맹세를 듣고서야 놈을 놓아줬다. 옆에서 히나는 나와 언니를 계속 도리질을 하면서 바라보고 있다.

"아, 우리 수아한테 인사해야지. 수아야, 그동안 수고했어~"

쿵!! 그동안?? 그럼 이제 내가 이놈 옆에 없어도… 없어도 된다는 이야기인 거야? 나… 나 이젠 이놈 옆에 못 있는 거야? 그건… 그건 싫은데… 그런…….

"그리고 앞으로도 수고해 줘. 아직 11개월이나 남은 거 알지?"

언니의 또 다른 말에 난 다시 가슴이 뛰기 시작한다. 언니, 그거 알아? 언니의 말 한마디에 내 가슴이 뛰고 멈춘다는 거? 그리고 아프다는 거? 하… 김수아, 너 진짜 바보구나. 정말 바보 다 됐구나.

"근데 웬일이야?"

"휴가 왔어. 근데 저 여자 분은 누구신데 우리 둘을 막 보는 거야?"

"어?? 그, 글쎄."

흥분이 가라앉자 언니는 예전의 얌전한 언니로 돌아왔다. 여자 분이라니… 큭.

[리즈키 짱!! 저, 저 여자 누구야?!]

[처, 처제가 놀러온 거야. 그만 가봐.]

[나도 놀면 안 돼?]

[지금 이 자리가 네가 낄 자리라고 생각해? 사람 불러서 끌어낼까?]

[가, 가면 되잖아!! 흥!! 내일 또 올 거다 뭐~]

저 여자 또 연기한다. 정말 자기가 무슨 비련의 여주인공이 된 느낌처럼 흐느끼면서 나간다. 언니는 영문을 모르겠다는 듯이 나를 봤고 난 그냥 웃어줬다.

"나 일요일에 다시 가야 해."

"일요일?"

"응. 서진아, 그때까지 나랑 같이 있어주기다~ 우리 정말 오랜만에 봤잖아."

"토요일에 약속……."

"아, 난 그만 방으로 가볼게. 언니, 그럼 쉬어."

난 놈의 옆구리를 푹 찔렀다. 그러자 놈이 나의 얼굴을 보고 영문을 모르겠다는 듯이 바라봤다. 멍청아, 나 신경 쓰지 마. 언니가 와 있는 동안은 난 니 부인이 아냐. 난 한쪽 눈으로 살짝 윙크를 해준 다음에 그 방에서 나왔다.

방문을 닫자마자 들려오는 언니의 웃음소리. 행복하겠지? 사랑하는 사람과 같이 있으니까. 서진아, 너도 행복하지? 내가 아니라 언니 옆에 있으니까 더 행복하지? 나 정말 비참하다. 지금 나 말야, 너무 마음이 아프다. 왜 바보같이 널 사랑해 버렸나 몰라. 정말 바보같이 말야. 11개월 후면 이렇게 넌 날 떠나서 언니에게 갈 텐데 그걸 알면서 왜 널 사랑해 버렸나 모르겠어. 왜… 너무 바보 같다. 이렇게 바보이기에 너 하나밖에 모르나 봐.

앗, 아침에 일어나는데 눈이 따갑다. 창문에 처진 커튼을 누가 친 거야. 나는 그만 그 자리에서 멍해질 수밖에 없었다. 내가 멍해질 이유… 뭐겠어. 단 하나의 이유, 이! 서! 진!! 놈은 새우처럼 몸을 잔뜩 웅크린 채로 손님방의 좁은 1인용인 내 침대 내 옆에 누워 있었다. 한순간 기분이 좋아지는 이유는 뭘까? 나 너무 행복한 거 아니?

난 조심스럽게 손을 뻗어 놈의 이마를 가리고 있던 머리카락을 치워냈다. 까~악!! 감촉이 무지 좋구나~ 나랑 같은 샴푸를 쓰는데도 넌 왜 이렇게 좋은 거니. 놈의 허연 이마를 보니 충동이 일어났다. 살짝, 아주 살짝만 입술을 대면 안 될까? 순간 갈등에 휩싸인 수아 양~ 흠!! 고민이군. 에라, 모르겠다!! 아주 살짝만… 아주 살짝 하는 거다!! 떨리는 마음으로 입술을 놈의 이마에 대려는 순간!! 까악!! 내가 놀란 이유는 놈의 이마가 아닌, 놈의 입술에 내 입술이 맞닿아 있었다!! 뭐야, 뭐야!! 입술을 떼려는 순간, 내 머리 뒤로 느껴지는 놈의 손길. 헉!! 그렇다면 이놈의 새끼가~ 난 놈을 밀쳐 냈다. 싫어서 그랬냐구? 노우. 평소 같았으면 좋다고 받아들였겠지만 지금은 언니가 와 있잖아. 이놈의 진짜 부인이… 와 있잖아. 내 머리에 가득 찬 언니의 생각을 헤집고 들어온 놈의 목소리.

"야, 하려면 제대로 해야지, 이마가 뭐냐."

"아니다!! 그냥 니 머리카락… 떼……."

"그러지 말구 우리 제대로 한번 해야지. 안 그래? 어제 하다 만 것도 있구."

이러면서 점점 나에게 다가오는 놈. 제, 제길. 여긴, 여긴 너무 좁아서……. 벌써 침대 가장자리까지 와버렸다. 어쩌지. 점점 놈의 얼굴은 다가오고 있구 내 머리 속은… 해버려!! 안 돼!! 라는 천사와 악마가 싸우고 있었다. 어쩌지… 어쩌지!! 허둥대고 있는 나와는 달리 놈은 여유롭게 내 얼굴에 자기 얼굴을 밀어내고 있었다. 놈의 입술이 내 입술에 닿으려는 순간,

똑똑똑!!

"서진아, 수아야~ 깼어?"

"어, 어! 일어났어, 언니?"

이 절묘한 타이밍이란… 아휴~ 난 언니의 목소리에 깜짝 놀라 놈을 밀치고 방문 쪽으로 걸어갔다. 조금만 늦었더라면, 정말 조금만

늦어버렸다면 난 그냥 해버렸을지도 몰라!! 까악~ 김수아!! 정신 차려!!

문고리를 돌리려는 순간,

쿵!!

"왜, 왜 그래?"

놈이 나를 자신의 팔에 가두어 버렸다. 이 포즈는 넘 위험해! 이러다가 내 심장 터져 버리겠어!

"토요일… 가는 거다, 알았지?"

"하지만 언니가……."

"가는 거다, 알았지? 가자."

이렇게 말하고 휑 하니 방 밖으로 나가 버리는 녀석. 가자구? 어딜? 여행? 하지만 언니가 일요일에 간다고 했는데 왜… 왜… 이서진… 그러지 마!! 나 꿈꾸게 하지 말라구!! 기대하게 하지 말라구…….

"음… 서진아, 눈축제는 갔다 왔어?"

"어, 응."

"피~ 혼자 가구. 나랑 꼭 가고 싶다고 그렇게 말해 놓고."

"훗!! 그 약속 못 지키게 된 게 누구 때문이더라~"

서로에 대해 너무 잘 아는 두 사람 사이에 내가 낄 자리는 없었다.

밥을 먹는 동안에도 서진이 놈의 발이 나를 자꾸 픽픽 건드렸다. 그래서 어떻게 됐냐구? 나 밥 또 못 먹었다. 도대체 저놈은 왜 밥을 못 먹게 하는 거냐구!! 혹시 나를 업었을 때 너무 무서워서 살 빼라는 의미인가? 놈의 의도를 파악하려고 머리 굴리고 있는데 언니가 나에게 물었다.

"아, 수아야, 너한테 소개해 주고 싶은 사람이 있어."

"응? 뭐라구, 언니?"

"얘가 밥 먹는데 무슨 딴생각을 그렇게 해? 너한테 소개해 주고 싶은 사람이 있다구."

"누군데?"

"어, 이따 오후에 집에 올 거야."

"최예영, 누구길래 네가 집에까지 초대를 하냐?"

"어, 동창. 한국에 있는 줄 알았더니 일본에 있더라구. 내 첫사랑이기도 하지."

"야, 최예영, 너!!"

"하하하, 농담, 농담!!"

누굴까? 소개시켜 준다는 그 사람이. 내가 모르는 언니의 동창생도 있나? 흠, 누굴까? 이런 내 눈에 언니와 그놈이 장난치는 모습이 보인다. 싫다. 언니와 저놈이 환하게 웃고 있는 저 모습이 너무 싫다. 예전엔 언니와 함께 있으면 좋았는데. 언니, 나 좋았는데 지금은… 싫어. 언니, 나 지금은 언니가 내 옆에 없었으면 좋겠어. 아니, 이서진 그놈 옆에 언니가 없었으면 좋겠어. 나 정말 나쁜 앤가 봐. 나 정말 미쳤나 봐. 그런 생각을 하다니. 나… 이서진한테 미쳤나 봐…….

"가자. 너 배웅해 줄게."

"안 돼!!"

"왜에에~"

"너 이대로 나가면 사진 찍힐 텐데? 그래도 좋아?"

"그래? 에이… 아쉽다. 수아야!! 나가줘라!!"

그렇게 귀찮게 느껴졌던 기자들인데 오늘은 정말 고맙게 느껴진다. 내가 정말 미쳤나 봐. 허…….

"다녀올게."

"네, 다녀오세요."

"야!! 모닝키스 안 해주냐?"

"언니… 와 있잖아… 요. 그냥 가."

놈은 내 말에 얼굴을 한번 구기고는 차에 올라탄다. 바보야, 지금 창문에서 언니가 보고 있을 거야. 그런데 어떻게 해. 한참 한숨을 내쉬고 있는데 놈이 차 창문을 내리더니 건방지게도… 검지손가락을 까딱까딱 한다. 저런 싸가지없는 노무 새끼!! 안 갔냐구? 노우~ 그놈의 눈빛에 이끌려 다가갔다. 가까이 갔더니 놈이 내 귀에 대고 조그맣게 속삭였다. 그 말에 난 얼굴이 달아오를 수밖에 없었다. 너무 행복해서. 뭐라고 했냐면… 놈이 내 귀에 대구……

"김수아… 사랑해. 알지? 내 마음은 너밖에 없다는 거."

마음에 없는 소리라고 해도 좋다. 내 기분 좋게 해주려고 한 소리라고 해도 좋다. 녀석이 잠시 착각한 거라도 좋다. 지금 이 순간이 행복하니까. 한순간의 행복이지만, 잠깐의 꿈이지만 나 잠시 행복할게. 언니, 잠시만 행복할게.

난 벌게진 얼굴로 한참 동안 그 자리에 꼼짝도 안 하고 서 있었다.

심장이 두근거리고 다리가 후들후들 떨려서 움직일 수가 없었다.

"사모님, 들어가세요."

난 가정부 아줌마의 음성을 듣고서야 정신을 차릴 수 있었다. 정신 차려, 김수아!! 저런 말에 넋이 나가다니 너도 갈 때가 다 됐구나. 혼자 자책하고 있는데 언니가 현관문을 살짝 열고 나에게 다가온다.

"뭐야? 서진이가 무슨 말을 했기에 네 얼굴이 이렇게 빨개?"

"응? 아무것도 아냐. 들어가자."

"뭐가 아니야~ 빨리 말해 봐, 응? 궁금하다."

"아무것도 아니라니까……."

"김수아!! 치사하게 이럴래? 알려주라, 응?"

"사랑한대……."

내가 아무래도 잠시 미쳤나 보다. 나도 모르게 놈이 나에게 한 말이 내 입에서 흘러나오고 있었다. 내가 정신을 차리고 언니를 바라보았을 때 언니는 조금 알쏭달쏭한 표정이었다. 도대체 무슨 표정인지. 웃는 건지, 우는 건지…….

"훗, 서진이 귀여운 자식. 나한테 그렇게 전해달래?"

"어?"

그제야 난 언니의 표정의 의미를 알 수 있었다. 기쁨에 넘친 표정이었다. 행복감에 넘치는 표정이었다. 하, 그렇구나. 언니는 저런 표정도 지을 수 있구나. 그런데 왜 난 행복한 표정을 지을 수 없을까? 정말 행복한데… 나도 행복한데 말야. 그런데 난 언니처럼 환하게 웃을 수 없어. 늘 불안하니까. 언제 깨질지 모르는 행복이니까… 너무 불안해.

"어, 어, 서진… 아니, 형부가 그렇게 전해달래."

"훗, 자식. 역시 귀엽다니까~"

"응, 응."

난 결코 부정하지 않았다. 언니의 말에 대꾸만 해주었다. 마냥 행복해하는 언니의 얼굴을 보면 죄책감도 느껴지고… 다른 한편으론… 언니가 빨리 가버렸으면 하는 나쁜 생각도 든다. 아무래도 내가 정말 미친 거 같다. 점점 이서진이라는 놈한테 미쳐 가는 거 같다.

"수아야, 오후에 손님 올 거야."

"아… 언니 동창?"

"응. 진짜 멋진 놈이라니까. 네가 맘에 들면 내가 연결해 줄게~"

"돼, 됐어. 필요없어."

다른 사람은 싫어. 이젠 나 다른 사람은 싫어. 어떡하면 좋지? 언니, 나 어떡해.

"에이, 기집애! 좋으면서. 큭큭! 이따 오후에 올 거야."

"그래. 근데 누군데 그렇게 소개시키려고 하는 거야?"

"비~밀~"

난 언니의 알 수 없는 표정을 한 번 더 보았다. 미국에서 연극을 배워서 그런지 얼굴이 여러 번 바뀐다. 대단하군. 나도 연기를 배워야 하는 건가? 내 마음을 숨길 수 있게.

"까~악! 나가! 당신이 뭔데 여길 또 와!"

지금 난 집 안이 날아갈 듯 고함을 치고 있다. 아니, 발악을 하고 있다. 그 이유… 독고준, 그넘이 우리 집에 온 것이다!! 이런!

"당장 안 나가요?! 어……."

"어머, 준아! 어서 와~"

뭐? 준아? 뭐야? 그럼 언니의 동창이… 혹시… 이놈?? 놈은 당황해하는 나에게 살짝 미소를 지어주고 언니에게 다가간다.

"예영아, 오랜만이네~"

"그래!! 너 더 멋있어졌다."

"훗!! 넌 더 예뻐졌는데? 결혼 생활은 재미있어?"

"하하! 글쎄, 어서 들어가자!!"

뭐야, 저렇게 자연스러운 행동이라니… 저렇게 능청스럽다니……. 어떻게 이럴 수가 있지? 설마 저 자식, 다 알고 나한테 접근한 거 아냐!! 난 놈의 뒤통수를 노려보며 언니와 독고준 놈의 뒤를 따라 집 안으로 들어갔다. 그놈은 아주 다정하게 언니의 어깨에 팔까지 두른다. 저런 나쁜 놈!! 언니는 유부녀다, 이놈아!! 언니는 뭐가 좋은지 아까부터 웃기만 하고 있다.

"언니, 설마… 언니 동창이라는 사람이 이 사람이야?"

"응. 어때, 멋있지?"

멋있기는… 개뿔! 저런 날라리 양아치 같은 넘. 바람둥이 같은 넘이 멋있다니. 난 100년간 수행해도, 해탈을 100번 한다고 해도, 십자가에 100번 못을 박혀도 도저히 저놈의 속은 모르겠다. 저놈의 속은 얼마나 들여다봐야 알 수 있는 거야!

난 소파에 기대앉아 놈을 관찰하기 시작했다. 그 웃는 얼굴 속에 몇 개의 가면이 숨겨진 걸까. 당신이라는 사람, 정말 궁금해졌어. 한참을 뚫어지게 바라보고 있는데… 헉! 눈이 정면으로 마주쳐 버렸다. 까악!! 어떡해!! 놈은 피식 웃곤 아주 흥미롭다는 듯 나와 눈을 계속 마주치고 있었다. 그리고 어떤 말이 튀어나올지 모르는 입술을 열었다.

"네 동생 김수아 맞지?"

"어머! 준아, 어떻게 알았어?"

"말했잖아, 가지고 싶은 게 있다구… 그게 니 동생이야."

독고준!! 도대체 무슨 생각으로 이러는 거야, 당신! 난 흔들리는 눈동자로 그놈을 응시했다. 순간 흠칫 놀랐다. 놈의 눈동자가 말해 주고 있었으니까. 소름이 돋을 정도로 강렬하게.

'훗!! 김수아… 난 한 번 손에 잡은 건 놓지 않아. 꼭 가지고 말겠어.'

정말 저 사람 어떤 사람이기에 날 이렇게 안절부절못하게 하는 거지? 어떤 사람이길래 나에게 이러는 거야! 아무래도 저놈은 동혁 선배보다 더한 놈 같다. 나 살아남을 수 있을까??

독고준의 등장으로 멍해져 있는 나와는 반대로 언니는 담담하게 웃고 있었다. 난 저럴 때 언니가 부럽다. 그 미소는 아무나 가질 수 없는 거니까. 승자의 여유로운 미소라고 해야 하나?

"그랬구나. 수아야, 어때? 준이 멋있지?"

"어? 머, 멋있어. 그래."

"훗!! 그럼 이제부터 우리 수아랑 준이랑 사귀는 거야?"

이건 또 무슨 뚱딴지 같은 소리야! 내가 왜 저놈이랑 사귀어야 하는 건데! 언니, 미쳤구나! 드디어 언니가 머리가 돈 게야. 빵빵빵~

"언니, 하하! 농담 진짜 잘한다. 그렇죠, 독고준 씨?"

"훗!! 전 괜찮은데요. 수아 씨만 괜찮다면 교제하고 싶은데요."

헉!! 저런! 뻔돌이 같은 놈. 얼굴 색 하나 안 바꾸고 그런 말을 하다니, 정말 엄청난 놈이군.

"하하. 독고준 씨도 농담을 무지 잘하시는구나."

"농담 아닌데요. 우리 초면도 아니잖아? 전 진심입니다."

"어머!! 준아, 우리 수아를 봤어? 알아? 어디서? 언제?"

"임마, 하나씩 질문해."

그러면서 자연스럽게 언니의 머리를 헝클어놓는 독고준 놈. 오~호~라! 이 녀석 보게나. 언니를 좋아하고 있잖아. 어떻게 아냐구? 놈의 표정, 말, 행동이 나를 대할 때완 다르다. 왠지… 나와는 달리 언니를 대할 때는 사랑이 넘쳐흐른다.

"아무튼 전 싫습니다. 언니, 나 싫어. 앞으로는 이런 짓 하지 마."

그렇게 방 안으로 들어왔다. 가만히 창틀에 머리를 기대고 서 있었다. 왜 저렇게 놈과 꼬이는 건지 알 수가 없다.

똑똑똑!

누군가 내 방문을 두드린다. 보나마나 언니겠지 뭐.

"언니, 나 혼자 있고 싶거든."

"이야기 좀 할까?"

"당신! 안 나가요?! 어서 나가… 흡!!"

난 더 이상 말을 이어갈 수 없었다. 넘이 나에게 키스를 해버린 것이다! 오, 마이 갓뜨!! 이런 재수없는 놈!! 난 놈을 밀어내려고 무지 노력했지만 그러기엔… 내가 너무 약했다. 쿨럭!! 죄송합니다. 놈의 힘이 너무 강했다. 간신히 놈을 밀어낸 후 난 놈을 쏘아보면서 빰을 때렸다.

짝!!

정말 그 소리, 감칠맛나더군요. 아무래도 나… 남을 때리면서 즐거움을 느끼는 사이코가 된 것 같다.

"이, 이게 무슨 짓이에요!!"

"도망 못 가게 하려구, 더 이상 내 곁에서……."

"분명히 말했지만 싫어요!! 난 속내를 알 수 없는 당신이 싫다구!!"

"훗!! 난 분명히 말했어. 난 내 손에 잡힌 건 절대 놓지 않아."

"처음부터… 혹시 다 알고 있었나요? 일부러 나한테 접근한 거죠!!"

"아니. 처음엔 정말 예영인 줄 알았지. 그런데 아니더군. 그 눈, 머리카락……."

갑자기 이렇게 느끼하게 나오면 아, 안 되는데……. 무지 불안하다. 놈이 내 머리에 손을 대려고 하는 순간…….

[분명히 내 것엔 손대지 말라고 했을 텐데?]

익숙한 목소리가 내 귀에 와 닿았다. 서진이가 방문에 기대어 이넘과 날 뚫어지게 바라보고 있었다. 녀석아, 나 뚫어지겠다…….

[아… 김수아가 리즈키 씨 것인가요? 예영이가 아니구?]

[어떻게 당신이 그런 걸 알지?]

[난 그녀의 친구니까요.]

[그럼 설마… 그 동창이라는 사람이……]

싸악 굳어진 넘의 얼굴과는 반대로 독고준은 얼굴이 활짝 폈다. 그런데 그 미소가 너무 차갑다. 따뜻함이 없다. 무슨 말인지 알아들을 수가 있어야지. 쩝! 배워둘 걸 그랬나?

서진이 놈은 잠시 무언가를 생각하더니 입가에 미소를 올린다. 뭐, 뭐냐, 그 사악한 미소는…….

[예영이가 돌아오기 전까지 수아와 나는 부부야. 이 정도면 이유는 충분하지 않나?]

[아… 가짜 부부? 재밌네요. 그럼 예영이가 돌아온 후에는 제가 그녀를 가져도 되겠죠?]

예영? 수아? 무슨 이야기를 하는 거냐! 궁금하다구!! 나도 알 권리가 있다구!! 인간들아, 한국말로 좀 하자구!! 스피킹 코리안!! 둘 다 정말 재수없다. 퉤퉤!!

"수아가 당신을 사랑하게 된다면 가져도 좋아. 나가자."

핫!! 한국말이다. 하지만 너무 반가운 나머지 난 그게 무슨 말인지 알아들을 수 없었다. 이런!! 정말 난 이 녀석 말대로 바보일까? 흥분만 하면 나 참……. 앗!! 난 서진이에게 끌려 나왔다. 아, 아프다. 이 자식, 왜 이렇게 힘이 센 거야. 근데 날 어디로 끌고 가는 거냐!! 너 설마… 날 납치하려구? 안 돼! 안 돼! 안 돼!!

갑자기 한기가 스민다. 어느새 놈이 나를 일층 베란다까지 끌고 온 것이었다. 어쩐지 춥더라. 놈의 뒤에서 덜덜 떨고 있는데 놈이 내 어깨를 마구 흔든다. 에구에구… 어지러워, 이놈아. 어지러워~ 세상은 요지경~ 요지경 속이라~ 얼쑤~

"약속해!! 사랑하지 않겠다구."

"뭐라구??"

"저 새끼 사랑하지 않겠다고 약속해!! 약속해, 사랑 따위 하지 않겠다구."

"이서진."

"아무도 사랑하지 않고… 그냥 내 곁에 있어주겠다고 말해 줘. 제발… 내 곁을 떠나지 말아줘, 응?"

"내가… 그렇게 하면… 언니 버릴래?"

내 말에 서진이의 표정이 갑자기 굳어졌다. 나는 서진이의 대답을 들을 수 없었다. 그래, 이서진… 넌 그런 남자야. 날 사랑한다고 말하지만 넌 언니를 버릴 수 없어. 넌 절대 언니를 버릴 수 없어.

"이서진, 착각하지 마!! 내가 널 사랑한다고 해서, 그렇다고 해서 네 곁에 영원히 머물고 싶은 생각은 없으니까."

"뭐?"

"난 말야, 멋진 사람이랑 결혼해서 예쁜 아기 낳고 살 거야. 행복하게 살 건데 어떻게 네 옆에 계속 있어?"

나는 최대한 웃으면서 말했다. 그러자 서진이의 표정이 더욱더 어두워졌고, 나를 바라보는 눈도 슬퍼졌다. 그런 표정 짓지 마. 나 때문에 힘들어하지 마. 그냥 예전처럼, 넌 예전처럼 그냥 웃어. 언니 옆에서 웃었던 것처럼……. 난 널 행복하게 해줄 수 없어. 난 알거든, 네가 날 사랑하는 만큼… 언니를 사랑한다는 사실을. 그래서 버리지 못한다는 사실을 알거든.

"그래!! 알았어, 짜샤!! 나 결혼해서 꼭 일본으로… 이……."

"나만 보라구!! 네 눈에 다른 사람 넣지 말라구!!"

"이서진, 내 마음에 누굴 넣든 그건 내 마음이야. 너 아닌 다른 사람도 넣을 수 있어!!"

거짓말이야. 서진아, 거짓말이야. 거짓말을 했다. 세상에서 제일 아픈 거짓말. 마음이 찢어지는 고통이 느껴진다. 그만 해!! 이제 그만 방황해!! 언니에게 돌아가. 이젠 힘들어하지 마. 나 때문에, 나같이 나쁜 애 때문에 아파하지 마. 나만 사랑할게. 영원히 너만 사랑할게. 나 혼자만 사랑할게. 넌… 넌 나 사랑하지 마. 아프지 마, 더 이상.

"진… 심이냐?"

"그래, 진심이야."

"김수아… 너 정말 잔인한 거 알아? 그 말 듣고 내 심정이 어떨지 생각해 봤어?"

"그게 무슨 상관이야? 언니한테나 충실해. 더 이상 네 장난 받아주는 거 재미없어."

난 상처받은 듯 흔들리는 놈의 눈을 가슴에 새기고 베란다를 빠져나왔다. 무슨 일이냐며 묻는 언니를 뒤로하고 터져 버릴 듯한 심장을 움켜쥔 채 방으로 뛰어들어 갔다.

방문을 잠그고 음악을 크게 틀고 울었다. 간신히 참고 있던 눈물을 흘렸다. 알고 있다. 한동안 놈이 아플 거라는 거 아주 잘 알고 있다. 내가 놈의 가슴에 얼마나 큰 상처를 냈는지 알고 있다. 그놈, 내 말 한마디에 절망할 것을 알고 있다. 내가 서진이를 얼마나 사랑하는지… 얼마나 사랑하는지… 죽을 만큼 사랑한다. 이서진이라는 남자를… 죽을 만큼 사랑한다.

기분이 정말 더럽다. 어젯밤에 한숨도 자지 못했다. 아무리 자려고 노력해도 서진이 그놈의 눈동자가 계속 내 머리 속을 헤집고 다녔다. 김수아… 후회하지 마!! 후회하지 마!!

방에서 나왔을 때, 난 심장이 내려앉는 것만 같았다. 내 눈 앞에 놈과 언니가 키스를 하고 있었다. 아프다. 가슴이 너무……. 왜 이래, 김수아. 저 두 사람… 부부잖아. 그런데… 그런데 왜 난 지금 울고 싶지? 나 울고 싶어. 가만히 한동안 그 둘의 모습을 지켜보고 있었다. 우연이었을까? 그놈과 눈이 마주쳤다. 피해야 하는데, 그래야 하는데 피할 수가 없다. 무언의 압력 같았다.

'너도 아파해. 내가 아파했던 만큼 아파해.'

나를 보면서 서진이가 그렇게 말하는 것 같았다. 놈은 나를 뚫어지게 쳐다보면서 언니의 어깨를 감쌌던 손을 언니의 머리로 가져갔다. 그리고 살며시 언니의 머리를 매만지기 시작했다. 싫어! 싫어! 난 몸을 돌려 방으로 들어와 버렸다. 싫어! 싫어! 내 머리카락을 쓰다듬던 너의 손이 다른 사람 만지는 거 싫어! 아파. 너무 아프다구. 너무…….

한참 방문에 기대어 눈을 감고 있었다. 방문 너머로 놈의 목소리가 들리기 시작했다. 내 가슴을 콕콕 찌르는 말…….

"나쁜 취미야. 함부로 훔쳐보지 마. 김수… 아니, 처제."

쿵쿵쿵!

발걸음 소리가 내 방문에서 멀어진다. 아프다, 너무……. 아파, 나 아프다구. 네가 그렇게 안 해도 널 언니한테 다시 돌려준다는 생각했을 때부터 아팠다구. 더 이상은 날 향해 웃어주지 않을 거 아니까. 다시는 네 미소 볼 수 없을 테니까.

"수아야, 어디 아프니?"

"어? 아니."

"안색이 안 좋아."

"안 좋기는. 너무 좋은 거 같은데? 처제, 아픈 거 아니지? 설마~ 하하하!"

"서진아!! 너 왜 그래!!"

"뭐? 웃기잖아. 아파해야 할 사람은 따로 있는데!!"

"무슨 말이 그래!! 이서진, 수아한테 왜 그래!!"

벌떡!!

더 이상 놈과 마주 보고 밥을 먹을 수도, 앉아 있을 수도 없었다. 그래, 이서진. 그렇게 해서 네가 편하다면 그렇게 해. 혼자 아파할게. 너에게서 떠날게. 떠나줄게.

"수아야, 왜 더 안 먹어?"

"응, 생각없어."

"그래도 더……."

"놔둬. 안 먹는다잖아. 예영아, 너나 먹어. 이게 뭐야, 말라서……."

나에게 차갑게 말한다. 내가 원해서 한 일인데, 그런 건데 나… 왜 이렇게 힘들지? 마음 굳게 먹었는데 나… 왜 이렇게 힘들어? 너무 힘들어서 미칠 것 같아. 이러면 안 되는데… 나 힘들어…….

"수아야~ 배웅……."

"예영아, 나 배웅해 줘라. 너 갈 때까지는 네가 해야지."

언니의 어깨에 살짝 손을 올리면서 웃어주는 녀석. 그래, 그렇게라도 웃어줘. 내가 가끔씩 볼 수 있도록. 창밖으로 언니와 서진이의 모습이 보였다. 행복한 듯 웃는 두 사람의 모습이… 칼이 되어 내 가슴을 찌른다. 그렇게 행복하게 있어, 서진아. 아파하지도 말구 그렇게… 나 혼자만 사랑하고 아파할 테니까…….

"수아야, 너 정말 어디 아픈 거야?"

"아니. 언니, 일요일에 들어간다구 했지?"

"응."

"4일 남았네. 그럼 나 그때까지만 휴가 주라."

"휴… 가?"

"응. 나 우리 엄마, 아빠 보고 싶어. 4일간만 다녀올게. 나 울 엄마, 아빠 보고 싶어서 그런가 봐. 그리고 내가 있으면… 서, 아니, 형부랑 분위기도 못 잡잖아. 내가 피해줄게~"

"기집애. 아니야~ 그래, 갔다 와!! 내가 알아서 잘할 테니까."

그렇게 난 놈이 오기 전에 한국으로 가는 비행기에 몸을 실었다.

잠시 떨어져 있는 거야. 나도 이제 훈련해야지. 네가 없이도 살 수 있는 훈련!! 네가 보고 싶어도 참는 훈련!! 그렇게 익숙해질 거야. 너 보지 않아도 사랑할 수 있도록. 그러니까 너도 나 없는 동안… 네 마음속에 있는 날 지워. 힘들어하지 말고 날 지워… 버려. 그리고 언니에게 가!! 예전처럼……. 날 잊길 바래. 평생을 살아도 우린 함께 할 수 없다는 걸 알아야 해. 서로에게 주었던 마음까지 부정하며 살아야 하기에… 그것이 서로의 행복을 위한 거라는 걸 알기에… 너를 보내야 해. 널 향한 내 눈빛을 볼 수 없어도 실망하거나 노여워하지 않기를 바래. 내 눈에 고인 눈물을 보지 못하기를 기도해. 너를 떠난 지금 이 순간도 난 너를 이 세상에 있게 해주신 하늘에 감사해. 비록 이루지 못한 사랑이었다 해도 너의 그 환한 미소와 나를 향한 네 마음을 고이 간직하며 살아갈 용기가 있기에 난 행복해. 너라는 존재가 내 안에 있다는 것만으로도 난 항상 감사하는 걸. 그만큼 널 사랑해. 이젠 날 지워 버릴 너를 사랑할게, 서진아…….

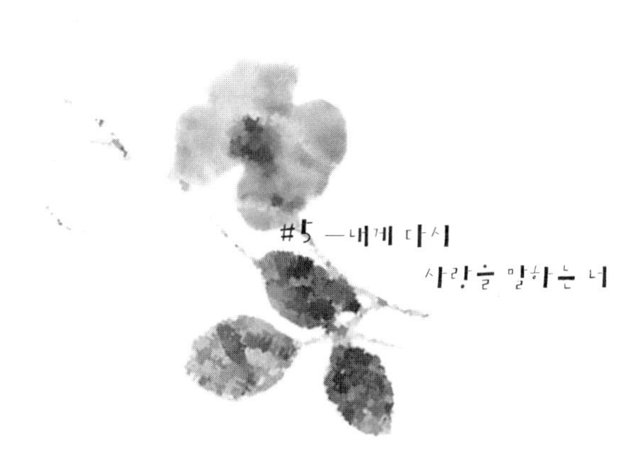

#5 —내게 다시 사랑을 말하는 너

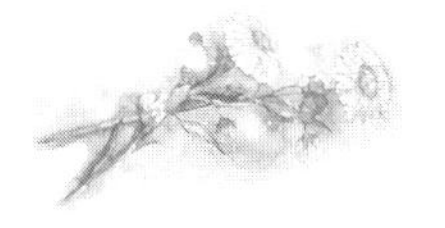

#5 — 내게 다시 사랑을 말하는 너

엄마, 아빠의 고향, 난 지금 엄마, 아빠의 산소에 서 있다. 그대로다. 12년 전 이곳을 떠나기 전과 변함없이 엄마, 아빠는 이곳에 계셨다.

"엄마, 아빠… 수아 왔어요. 너무 오랜만이죠? 아니, 처음인가? 헤헤~ 그렇게 됐네. 있잖아요, 나 사랑하는 사람이 생겼는데… 그게 사랑해서는 안 되는 사람이에요. 예영 언니의 남편. 엄마, 아빠도 나 나쁜 애라고 할 거예요? 아니죠? 엄마하고 아빠는 내 편 해줄 거죠? 나… 나 정말 착한 일 하고 왔어요. 정말 보내줬어요. 흑! 그 사람… 흑! 언니한테 보내줬어요. 정말 아파서 죽을 거 같아요. 나 그래도 잘한 거 맞죠? 나만 아프면 되니까, 이제……. 흑흑! 근데… 근데 미쳐 버릴 거 같아… 흑! 너무 보고 싶어서 미쳐 버릴 거 같아. 흑흑흑!"

오랜만에 하염없이 울었다. 알고 있다, 내가 이렇게 슬프게 울면… 아파하면… 엄마, 아빠도 하늘에서 아파하실 거라는 것을. 난 아무래도 정말 나쁜 사람인 것 같다.

나는 펑펑 울고 난 다음 지친 몸을 끌고 예전에 엄마, 아빠와 함께 살던 집으로 돌아갔다. 집은 사람이 살지 않아서 그런지 매우 추웠다.

"춥다."

"아이구~ 아가씨, 여긴 웬일로!!"

"앗!! 할아버지?"

이 집을 지켜주시는 별장지기 할아버지. 내겐 가족 같은 존재였다. 엄마, 아빠가 그렇게 돌아가시고… 한 달간 날 키워주신 분. 너무 고마운 분.

"말씀하셨더라면 미리 집을 데워놓았을 텐데."

"아니에요~ 에이, 할아버지는 내가 온 게 싫은가 보다. 그쵸?"

"아유, 아가씨두."

할아버지께서 분주하게 움직이시자 집 안이 금세 따뜻해졌다. 역시 울 할아버지는 못하시는 게 없다~

"그럼 아가씨, 식사랑 다 해놨으니까 드시고 주무세요."

"에이, 걱정 마세요. 저 똑순이 김수아예요, 김수아."

"허허허! 그럼 전 가볼게요."

할아버지가 가신 후 난 한숨을 쉬었다. 행복한 척… 즐거운 척…

웃는 척… 하기가 이렇게 힘든 거구나. 이렇게 힘든 거구나……. 난 긴장이 풀려 소파에 쓰려지듯 누웠다. 그대로였다. 가구, 조명, 그리고 피아노……. 아직도 생생하다. 피아노를 치시는 아빠의 모습. 언제나 나와 엄마를 위해 피아노를 쳐주셨는데… 그랬는데……. 또 눈가가 뜨거워진다. 안 돼, 김수아. 왜 이래. 왜 이렇게 눈물이 많아졌어. 엄마, 아빠랑 약속했잖아, 울지 않기로. 앞으로 다시는 울지 않겠다구…….

아침에 눈을 뜨자 익숙하지 않은 천장이 눈에 들어왔다. 아… 여긴 일본이 아니지? 그제야 안도감이 느껴졌다. 휴……. 한숨만 더 늘어난 것 같다. 한숨 많이 쉬면 일찍 죽는다던데… 이서진, 나 일찍 죽으면 다 네 책임이야!! 네 책임이야……. 또 눈물이 볼을 타고 흐른다. 이젠 생각만 해도 아프다. 그리고 눈물이 난다.

"아가씨~ 아가씨~"

"할아버지, 아침부터 무슨 일이세요?"

"그게… 아가씨, 우셨습니까?"

"네? 아니요!! 제가 왜 울어요?!"

"제가 늙었다고 그런 것도 안 보일 줄 아십니까? 눈이 충혈됐는데."

"이건… 아!! 하품해서 눈물이 나와서……."

"아가씨."

역시 할아버지한테는 내 마음을 숨길 수 없다. 에휴……. 난 대답 대신 환하게 웃었다. 그러자 이내 고개를 끄덕이시면서 웃어주셨다.

"그런데 아침부터 왜?"

"아… 내 정신 좀 봐. 아가씨, 저희 개가 새끼를 낳았는데 보실래요?"

"와우~ 정말요? 빨리 가요!"

난 별장지기 할아버지의 손을 이끌었다. 눈물이 또 나올 뻔했으니까. 또… 눈물을 흘릴 뻔했으니까.

"와, 너무 귀엽다~"

하얀색, 노란색, 검은색의 강아지들이 8마리나 되었다. 아직 눈도 못 뜨고 있는 게 얼마나 신기하고 귀엽던지… 까아!

"와, 이걸 저 개가 다 낳은 거예요?"

"네."

"정말 귀엽다~ 한 마리 키우고 싶은데."

"그럼 한 마리 드릴까요?"

"음… 지금 말고 11개월……."

투둑.

이런! 왜 눈물이 나는지 모르겠다. 정말 내가 왜 이러는 건지.

"아가씨."

"아무 말도 하지 말아주세요. 제발……."

별장지기 할아버지는 얼굴을 무릎에 파묻고 우는 나를 조심스럽게 토닥여 주셨다. 난 기어코 할아버지의 품에 안겨서 울었다.

"할… 아버지. 흑흑……."

"아가씨, 무슨 일인지 모르지만 이 늙은이는 안타까울 뿐입니다.

부모님이 돌아가시고도 울지 않으려고 노력하셨던 분이 무엇 때문에 이렇게 아파하시는지… 전 너무 안타까울 뿐입니다."

죄송해요. 아무 말도 해드릴 수가 없어요. 그냥… 오늘만 이렇게 울게요. 정말 오늘만 이렇게 울게요. 정말… 다시는 울지 않을게요. 다시는… 다시는…….

벌써 이곳에 온 지도 3일이 지났다. 내일이면 돌아가야 한다. 서진이가… 나의 그놈이 있는 그곳으로. 그놈의 얼굴을 볼 수 있을까? 내가… 볼 수 있을까? 그놈의 얼굴을 보고 또 울어버리면 어쩌지? 그러면 어쩌지? 두렵다. 돌아가기가 두렵다. 너무… 너무…….

"이리 와봐~ 이리~"

난 지금 동네 아기와 놀고 있는 중이다. 꽉 깨물어주고 싶다~ 토끼 모자를 쓰고 뒤뚱뒤뚱 걷는데 너무 귀엽다. 넘어질 듯 말 듯하면서 나에게 다가오는 아기. 아기 엄마인 듯한 아줌마는 그런 아기의 모습을 보고 흐뭇해하신다. 나도 나중에 저런 표정을 지을 수 있게 될까? 저렇게 행복하게 살 수 있을까?

그런데 그 순간, 저 멀리서 차가 달려오고 있었다. 이런, 어쩌지? 멈출 생각을 하지 않고 있었다. 아무래도 아기를 보지 못하는 것 같다. 이런!

쾅!!

"으앙… 어… 마… 으앙!!"

아프다, 너무……. 귀가 윙윙거린다. 아무 소리도 들리지 않는다.

온통 그 녀석의 얼굴만이 떠오른다. 그 녀석의 얼굴만 내 머리 속에 가득 찬다. 다행히 아기는 무사한 것 같다. 그런데… 난 왜 이러지? 몸을… 가눌 수가 없다. 너무 힘들어. 눈 뜨고 있는 것도, 숨 쉬는 것도……. 서진아… 이서진, 나 벌받나 보다. 니 마음 아프게 해서 나 벌 받나 봐. 아프다…….

"어서 병원으로 옮겨요!!"

"어서어서!!"

사람들의 분주한 움직임 속에 나의 몸이 공중으로 들어 올려진다. 기분 좋다. 하늘을 나는 것 같다.

「수아야.」

"어, 엄마……."

저 멀리서 엄마가 보인다. 아빠와 함께. 두 분이 다정하게 웃으시며 나를 부르신다.

"보, 보고 싶었어요, 정말. 엄마… 아빠……."

「수아야, 이리 와. 더 이상 힘들지 않아도 돼. 미안해. 널 놔두고 와서… 미안해.」

"아니… 아냐, 엄마……. 기다려. 곧 갈게요."

이제 몇 걸음만 가까이 가면 엄마, 아빠와 난 영원히 함께 하는 거다. 영원히…….

그 순간,

「가지 마, 수아야. 내 곁에 있어줘, 제발.」

내 손목을 잡고 놔주지 않는 이 남자… 꿈에서도 그리워했던 이 남자… 이서진… 그놈이었다.

"서, 서진아."

「가지 마. 정말 나 버릴 거야? 나 혼자 있게 할 거야? 아니지? 응?」

나의 손목을 잡고 놓지 않는 놈. 그 눈… 날 미치게 했던 그놈의 눈에 내가 담겨 있다, 내가…….

엄마, 나 지금은 가면 안 될 것 같아. 나 때문에 아파할 사람이 있어. 내가 가버리면 정말 아파할 사람이 있어. 나 조금만 더 있다가 갈게. 조금만 그렇게 할게. 조금만… 더 있다가… 갈게. 아플지도 모르지만 그래도 나… 저 사람이 아픈 거 싫어. 싫어. 나… 조금만 더 있다가 갈게…….

독한 약 냄새와 하얀 천장이 내 눈에 들어왔다. 어, 어디지?

"아, 아가씨!!"

"할아버지?"

"아가씨, 정말 놀랐습니다. 이젠 괜찮으십니까?"

"네… 죄송해요. 죄송해요."

내가 혼수상태에 빠진 건 일주일 전이라고 했다. 내가 아기를 구하기 위해 차에 몸을 날렸을 때, 그때 이후로 의식을 잃었다고 한다. 그런데 그렇게 오래 자다니. 와~ 역시 난 잠순이였어. 아기 엄마는 나에게 귀찮을 정도로 고맙다는 인사를 했고, 급기야 난 그 아줌마를 피해 다녔다. 아줌마들의 집착이란 정말 무섭더군.

"아가씨, 그럼 집에 가 계세요. 제가 들르겠습니다."

"아니에요. 정말 괜찮다니까요. 봐요~"

난 할아버지가 보는 앞에서 펄쩍펄쩍 뛰었다. 조금 어지러웠지만 나 때문에 걱정하시는 할아버지의 걱정을 덜어드리기 위해서 난 어지러움을 참고 꿋꿋이 뛰었다. 돈다, 돌아… 지구가 돈다.

"하하, 됐죠? 에구……."

"그래도 아가씨……."

"됐어요, 저 내일 가야 돼요~ 제가 내일 아침에 댁으로 갈게요. 그럼 쉬세요~"

난 무언가를 말씀하려는 할아버지를 뒤로한 채, 집으로 걷기 시작했다. 어쩌지? 벌써 일주일이나 지났다면 벌써 8일이니까 언니는 이미 갔을 텐데. 에휴… 걱정이네. 한참을 복잡하게 이것저것을 생각하고 있는데 누군가가 뒤에서 따라오고 있었다. 누, 누구지? 뒤돌아보고 싶었지만… 그러기에는 너무 무섭다. 안 되겠다!! 집까지 뛰자! 그리고 발을 내딛으려는 순간!! 어떤 남자의 손이 내 허리를 감싸 안았다. 그리고는 나를 끌어당기는 것이 아닌가!! 이런 이게… 바로… 혹시… 말로만 듣던… 안 돼!!

"까악!!"

난 있는 힘을 다해서 소리를 질렀지만… 그 소리는 내 안에서 울리고 있었다. 나의 입술을 그 남자의 입술이 막고 있었다. 오, 마이 갓!! 신이시여, 진정 저를 버리시는 겁니까!! 전 착한 일을 두 번씩이나 했… 그런데 너무 익숙하다. 이 향기 너무… 설마!!

"시끄러워, 김수아."

"서, 서진아?"

"너 죽을래? 8일간 뭐 했길래 내가 오게 만들어?"

"미안해. 그게……."

폭. 한순간에 난 또다시 놈에게 안기고 말았다. 그리웠던 놈의 품, 녀석에게만 나는 향기. 너무 그리웠어. 나도 네가 보고 싶어서 죽는 줄 알았어…….

"미치는 줄 알았잖아, 바보아……."

"……."

"너 정말 나 미치게 하고 싶어? 나 너 없으면 죽는다고 했잖아. 죽을 만큼 사랑한다고 했잖아. 그런데 왜 도망가. 도망가지 마. 나한테서, 내 사랑에서 벗어나려고 하지 마. 나만 사랑하지 않아도 좋아. 상관없어. 보고 싶어서 정말 죽는 줄 알았어. 김수아, 정말 보고 싶었다."

왜… 왜… 넌 내가 기회를 줬는데도… 나한테서 벗어나려고 하지 않는 거야? 이젠 몰라. 나도 이젠 모른다구. 난 가만히 놈의 허리를 감쌌다. 놈은 흠칫 놀라더니… 나에게서 떨어진다. 이젠… 이젠 도망가지 않을 거야. 네가 밀어내도 이제 나 도망가지 않아.

"사랑해. 너만 사랑할게, 서진아."

"뭐라구?"

"다시는 떠나지 않을게, 네 곁에서……."

나의 말을 듣고 화르륵 타오르는 놈의 얼굴. 저런 모습을 사진으로 찍었어야 했는데… 아쉽다. 이런 나의 속을 아는지 모르는지 놈은 나를 번쩍 들어 올렸다.

"까악!! 너 뭐야!! 내려줘!! 내려달라구!!"

"하하하!! 김수아, 너 그 말 취소 못한다!! 내 곁에서 떠나지 않겠다고 한 말! 알지? 이젠 아무 데도 도망 못 가!! 못 간다구!! 이젠 놓아주지 않을 거야. 평생 내 옆에 두고 살 거다."

그래… 나 이젠 도망갈 수도, 피할 수도 없어. 이미 난 너 아니면 안 되니까, 너 아닌 다른 사람은 안 되니까, 나 역시 너한테 중독되어 버렸으니까, 이서진이라는 남자에게.

여전히 날 빙글빙글 돌리고 있는 이 녀석. 정말 어지러운데. 이제… 정말 못 참겠다! 우웩!! 놈은 굳어진 얼굴로 나를 바닥에 내동댕이쳤다. 아프다……. 나쁜 놈!! 아무리 그래도 날 바닥에 내동댕이쳐?!

"야!! 김수아, 죽을래!! 더럽게!! 아, 진짜 이게 무슨 짓이야!!"

"이힝, 미안해. 그러니까 누가 그렇게 돌리래? 안 그래도 속 안 좋은데……."

"아… 너 죽었어!! 너 살고 있는 집 어디야?!"

"왜?"

"바보아, 씻어야지!! 더러워죽겠네."

정신을 차리고 보았을 때, 놈의 몰골은 말이 아니었다. 너무 미안하다. 김수아, 넌 인간도 아냐!! 아무리 어지러워도 참았어야지!! 김수아, 바보, 바보, 바보!!

"야!! 집이 어디냐구!!"

"여기! 빨리 들어가서 씻어!"

"아, 진짜! 너 씻고 보자. 죽었어."

놈은 날 밀치고 잘도 들어간다. 누가 보면… 너네 집인 줄 알겠다. 그래, 내가 잘못했으니까 참는다, 참아.

"야, 뭘 그렇게 궁시렁대고 있어? 욕실 어디야?"

"응, 저쪽."

"하여간 너… 오늘 죽었어."

흠칫!! 놀랐다. 놈의 살벌한 눈빛. 설마 진짜 날 죽일까? 에이… 설마 날 죽이겠어? 그런데 저놈 눈빛이 진짜 같잖아. 그래, 저놈은 진짜 날 죽일 놈이야. 어, 어쩌지. 내가 안절부절못하고 있는 사이 욕실에서는 물소리가 난다.

쏴아…….

그 소리와 함께 내 머리엔… 어머!! 김수아, 너! 정녕 변녀였단 말이냐!!

혼자만의 상상에 빠져 있는 사이, 욕실 문이 열렸다. 그리고… 헉! 노, 놈이… 아래에 수건만 걸친 채 욕실에서 나오고 있었다. 어머!! 이럴 수가!! 난 내 눈을 가렸다. 그리고 손가락 사이로 놈의 몸을 감상했다. 역시 변녀인 게 분명하다. 물에 젖어 촉촉한 머리와 하얀 피부, 더욱 빨개진 입술, 그리고 수건만 걸친 몸이란…….

"김수아… 그 가식적인 손가락들 치워라."

귀신같은 놈. 눈치 하나는 빠르다. 난 얼굴을 가리고 있던 손을 내렸다. 자식, 정말 멋지구리하구나.

"야, 그만 봐. 나 뚫어지겠다."

"내, 내가 언제 봤다구? 그래, 봤다, 봤어!! 그러게 누가 그렇게 수건만 걸치고 나오래?"

"야, 그럼 네가 그 짓 해놓은 옷을 또 입으리?"

"아… 미안."

"정말 미안해?"

어라? 이놈, 왜 코맹맹이 소리를… 무섭다. 너, 너 원하는 게 뭐냐?!

"너… 너 왜 그래!! 미안하다니까!!"

"야~ 미안하면 너 오늘 내가 가져도 되냐?"

"무슨 말이야, 날 가지다니?"

"바보, 너 가지고 싶다고."

여러분, 설마 제가 생각하는 게 맞나요? 나를 가지고 싶다는 의미가… 설마. 어머~ 안 돼! 우린 너무 어리고… 또 우린 아직 서로에 대해서 모르구… 또… 네 옆에는 언니가 있잖아! 마음이 무거워졌다.

나의 마음을 아는지 모르는지 놈은 내 셔츠 단추를 풀고 있었다. 심장이 쿵쾅쿵쾅 뛴다. 안 되는데, 말려야 하는데, 말려야 하는데……. 놈의 뜨거운 입술이 내 목에 닿았다. 정신이 아찔하다. 놈의 머리에서 차가운 물이 내 어깨에 떨어져 정신을 차릴 수 있었다. 그때 내 머리에 스친 한 사람, 언니였다.

"안 돼!! 그만!! 서진아, 그만!"

"싫어. 김수아… 다신 놓아주지 않을 거야."

"언니를 생각해!! 아직은 너 언니……."

갑자기 서진이가 내 어깨를 붙잡고 흔들기 시작한다. 나왔다, 이놈의 특기. 어깨 잡고 흔들기 기술!! 애고… 애고… 어지럽다.

"수아야, 제발 우리 둘이 있을 때는 우리만 생각하면 안 되겠냐?"

"서… 진아……."

"그래. 네 앞에는 내가 있고, 내 앞에는 네가 있어. 미치도록 원한다고, 널! 최예영이 아닌 김수아, 널 원한다구!"

그래, 내 눈에도 지금 너밖에 안 보여. 너만 보여, 너만… 너만… 사랑하는 너만……. 나도 모르게 놈의 품에 안겨 버렸다. 아무 말 없이 나를 토닥여 주는 멋진 놈. 어쩌면 난 놈의 그 말을 기다렸을지도 모른다. 언니가 아닌 날 사랑하고 있다는 녀석의 말을. 아니, 어쩌면 이런 걸 원했을지도 모른다.

그날 밤… 나는 놈의 품에서 잤다. 너무 오랜만에 단잠을 잤다. 행복한 꿈을 꾸면서. 이제 알았다. 녀석이 나 없이는 아무것도 할 수 없듯이… 나도… 녀석이 없으면 아무것도 할 수 없다는 것을. 녀석 곁에서 떠날 수 없다는 것을. 벗어날 수 없다는 것을 바보같이… 이제야 알았다. 이제야… 깨달았다.

평화로운 아침이었다. 늘 이렇게 행복한 아침을 맞이했으면 좋겠다. 내 옆에서 아가처럼 새근새근 잘 자는 녀석… 예쁘다. 김수아… 이젠 피하지 말자. 도망가지 말자. 너 행복해져도 돼. 난 자고 있는 녀석의 귀에 속삭였다.

"이서진, 사랑해. 정말 사랑해."

헉! 순간 놈의 눈이 꿈실대는 것과 입가에 미소를 보았으니… 쪽…

팔린다. 나는 놈에게 확실하게 못을 박고 부엌으로 갔다.

"정말 사랑해. 사랑해. 당장 일어나, 이 자식아!!"

녀석은 귀가 울리는지 막 문지른다. 크크크. 쌤통이다. 메롱~

"김수아!! 아, 귀 찢어지는 줄 알았잖아!! 좋게 나가다가."

"일어나, 밥 먹자~"

"야, 네가 밥도 할 줄 아냐?"

"당연하지! 내가 누구냐! 김수아 아니냐~"

"훗!!"

녀석은 잠시 미소를 지어 보인 후, 욕실로 들어갔다. 난 부엌으로 들어가서 밥을 하고 국을 끓이기 시작했다.

폭폭폭!

맛있는 냄새가 났다. 열심히 반찬을 만드는데… 아시죠, 이 분위기? 녀석이 내 허리를 감싸 안았다죠~ 으~ 변태!!

"야, 뭐 해~ 다쳐. 조심해."

"잠깐만 이렇게 있자. 아직도 안 믿어져서 그래. 알지? 내가 너 얼마나 사랑하는지. 이젠 너 없으면 나도 없어. 다시는… 다시는 도망가지 마. 도망가려면 나랑 같이 가. 우리는 영원히 같이 있는 거야, 알았지? 약속해 줘. 혼자만 아파하지 않겠다구… 그리고 나만 믿고 따라와."

"서… 서진아……."

"우리 이러고 있으니까 정말 부부 같다, 그치?"

"훗, 그래!!"

"근데… 너 칼 무서워. 그걸로 나 찌르는 건 아니지?"

"한번 찔려볼래?"

"하하하! 농담이야, 농담!!"

오랜만에 녀석이 웃는 것을 보았다. 너도 그렇게 웃을 수 있구나. 그럼 나… 네 웃음 이렇게 해석해도 되는 거지? 나랑 있어서 행복하다구. 그렇게 생각해도 되는 거지? 나도 네 옆에서 행복해도 되는 거지? 나 그렇게 생각한다, 알았지? 서진아, 나 그렇게 생각할 거야.

"근데 네 옷 어떡하지?"

"글쎄, 세탁소에 맡겨야 할걸? 하여간 더럽게."

"미, 미안하다고 했잖아. 근데 너무 어지러웠다고."

"그래그래, 알았어. 우리 착한 애기, 뚝!!"

"뚝! 헉! 야, 근데 내가 왜 애기냐!!"

"훗!! 맞잖아. 언제 사고칠지 모르는 애기 같아, 너."

"너 죽을래!!"

"하하하! 난 왜 너만 보면 놀리고 싶지?"

한참을 놈과 토닥거리고 있는데 별장지기 할아버지께서 오셨다. 할아버지는 하루 만에 달라진 나를 보시고 서진이 놈을 향해 흐뭇하게 웃어주셨다. 알고 계셨던 거다. 내가 왜 그렇게 괴로워했는지… 왜 슬퍼했는지.

"손님이 와 계셨네요."

"할아버지 오셨어요?"

"아가씨가 걱정돼서 왔는데 이젠 그럴 필요가 없겠네요. 허허!!"

"네, 이젠 괜찮아졌어요. 아… 서진아, 인사해."

"아, 안녕하십니까?"

"아, 네. 저희 아가씨 잘 부탁드립니다. 겉은 이렇게 씩씩해도 속은 여린 분입니다."

나는 가운만 입고 있는 서진이를 위해 할아버지께 놈의 옷을 부탁했다. 할아버지께서는 상황을 이미 다 아셨다는 듯이 웃으면서 나가셨고 녀석은 나를 보고 웃기만 했다.

"왜, 왜 웃어!!"

"네가 여리대. 정말 그런가 하고. 큭!!"

"웃지 마!! 그만 웃어!!"

"항복, 항복!! 야, 그런데 이거 무슨 냄새야? 뭐 타는 냄새 같은데?"

"뭐가 타, 타긴… 밥!! 어떡해!! 밥!!"

부엌으로 재빨리 뛰어갔지만 밥은 이미 잿더미가 되어 있었다. 시커멓게 탄 밥이라니. 이걸 사람이 어떻게 먹어…….

"와~ 너 진짜 밥 잘한다. 하얀 밥을 시커멓게 만들다니."

내 어깨 너머로 고개를 쏙 내밀고 놈이 한 말이다. 정말!! 이럴 땐 아까 손에 들고 있던 칼이 너무 그립다. 아무래도 나 너무 잔인해진 듯싶다.

"밥 다시 해야겠다. 너 때문이야!!"

"훗!! 그래, 나 때문이다."

오옷!! 저… 눈부심!! 저 웃음… 자식, 정말 잘생겼다.

"쿡!! 너 또 내 얼굴 감상하고 있지?"

헉!! 귀신같은 놈. 어째 넌 내 속에 들어와 있는 놈 같냐? 너무 날 잘 안다. 잠시도 다른 생각은 할 수 없게 만든다.

"아, 아니야!!"

"뭘… 맞구만. 하하! 괜찮아, 괜찮아!! 뭘 쑥스러워하고 그러냐~"

"아, 아니래두!!"

"훗!! 난 네 모습이 좋아. 그런 네 모습이……."

서진이 놈은 쑥스럽게도 내 이마에 입술 도장을 꽉 찍어버렸다. 어머어머머머머머~ 너 너무 밝히는 거 아냐? 아니, 실은 어쩌면… 저 녀석보다 내가 더 밝히는 것일지도 모른다.

"김수아… 너 너무 부비적거리지 마!! 나 더 이상 참기 힘들거든."

"아, 미안."

그런 말 하면 너무 부끄럽잖아~ 혼자 실실대고 있는 나를 안쓰럽다는 듯 바라보는 서진. 난 그런 그놈을 엄청나게 뜨겁게 노려봤다.

"우리 내일 일본 가자."

"일본에?"

"그래. 언제까지 여기 있을 거야? 너 집 나갔다고 기자들이 뒤에서 캐는데 짜증나."

"그래, 가야지. 네 옷 세탁이 다 되면."

"훗, 그럼 우리 그때 못 갔던 여행 가는 거다. 알았지?"

"응, 꼭 가자, 꼭."

그래. 우리 꼭 가자, 알았지? 나 행복해질래. 피하지 않을래. 너 사랑하지 않는다고 부정하지 않을래. 더 이상은 도망 다니지 않을 거야. 그런데 서진아, 나 말야… 너무 불안해. 나 너무 불안해서 견딜 수가 없어. 언제 깨져 버릴지 모르니까. 나의 대한 네 사랑이 언제 깨질지 모르는 유리 같으니까. 언제 터져 버릴지 모르는 비눗방울 같아서 나… 너무 불안해. 널 사랑하는 만큼 난 점점 더 불안해져. 점점…….

서진이와 나는 산책이라는 것을 해보기로 했다. 왜 하필… 저녁에 하자고 하는 건지. 일본에서는 기자들 때문에 감히 상상도 하지 못한 일들을 해보고 싶다고 했다. 그런데 왜 이렇게 어색한 건지. 난 손에 땀이 차 오르고 있다는 것을 느꼈다. 어쩌지? 난 서진이의 손에서 내 손을 빼내려고 했지만… 녀석은 놓아주지 않았다. 자기 손에 뭐 묻는 걸 정말 싫어하는 녀석이.

난 호기심에 놈을 천천히 바라봤다. 오옷!! 잘생겼구려. 당신, 너무 잘생긴 것 아닌가요? 이런 나의 마음을 안 건지 아니면 내가 바라보는 게 마음에 들었는지 녀석의 입꼬리가 교묘하게 올라가 있었다.

"너 지금 긴장하고 있지?"

"어? 어!! 아냐아냐!!"

"바보. 거짓말 그만 해. 손에서 땀 나, 너. 그건 긴장하고 있다는 거잖아."

헉!! 녀석, 눈치 하나는 정말 빠르다. 아무리 빠른 나의 눈치도 녀석을 따라가려면 아직도 먼 것 같다.

"그래, 긴장된다, 긴장돼!! 됐냐!! 이제 속 시원하냐!!"

"나… 나도 긴장돼. 너랑 있으면 너무 뛰어, 심장이… 미친 것처럼."

녀석의 말에 내 심장도 뛰었다. 나도 그래. 나도 너랑 있으면 심장이 이렇게 된다. 너랑 있으면 내가… 살아 있다는 생각이 들어. 내게도 심장이 있구나… 그렇게 느껴.

"근데 너 나를 어디로 데려가는 거야?"

"글쎄."

"야!! 넌 이곳 지리도 모르면서 날 어디로 데려가!"

"흠, 따라와. 내가 아주 근사한 곳을 발견했다니까."

"야, 빨리 내려가자. 금방 해가 질 거야."

"어허!! 김수아 씨, 나를 못 믿는 거야? 나만 따라와."

도대체 어디를 가려고 이러는 건지. 정말 속을 알 수 없는 놈이다. 설마 날 산에 매장시키려는 거 아냐! 헉!! 두렵다, 두려워! 그런 말도 안 되는 생각을 하면서 머리를 좌우로 흔들고 있는데 서진이가 나의 손을 잡아끌었다.

"어때? 김수아, 감동먹었지? 내가 사람들 시켜서 이거 하느라고 죽는 줄 알았다."

우리 둘만의 저녁 식사가 차려진 곳이었다. 수천 개, 아니, 수만 개의 촛불로 하트를 만든 다음… 그곳에 테이블이 있었다. 그리고 놈이 건네는 장미 한 다발.

"무… 슨 짓이야, 이게?"

"왜? 맘에 안 들어? 나는 가기 전에 해보고 싶었거든."

"이게 무슨… 돈 아깝게… 흑! 아깝게… 흑!"

"수, 수아야!! 왜 울어? 미안. 내가 잘못했어. 네가 이런 거 싫어하는지……."

"바보, 이런 거 싫어하는 여자가 어디 있냐! 고마워, 서진아. 나 사랑해 줘서 고마워."

서진이는 말없이 나를 따뜻하게 안아주었다. 그리고 사랑한다고 계속 속삭여 주었다.

"나도 사랑해, 서진아."

"우리 이렇게 평생 같이 있는 거야. 나 너 놓지 않아. 너 놓지 않을 거야."

난 우리 동네에도 이렇게 큰 공터가 있는지 몰랐다. 하지만 갑자기 걱정이 되기 시작했다. 이거 잘못되면… 산불이 날 수도 있다는 생각이 들었다.

"근데 저 촛불… 켜면 안 되는 거 아냐?"

"왜?"

"저거 산불날지도 모르잖아."

"괜찮아. 불나면 배상해 주면 되지, 뭐~"

헉!! 역시… 재벌!! 이거 배상하려면 장난 아닌데 아무렇지 않게 말하다니. 역시 넌 대책없는 재벌 사장이다. 다행이라고 해야 할지 우리가 식사를 끝날 때까지 산불은 나지 않았다. 놈은 음식이 맛없다면서 짜증을 낸다. 난 맛있었는데……. 그리고 자기가 요리사를 불렀으면서… 웃긴다, 저 변덕쟁이.

"그만 좀 투덜대! 애도 아니구. 음식 맛없다구 투정이야! 하여간 아직도 애……."

"김수아… 너 내가 애같이 보여?"

"응, 지금은."

"오~ 지금은? 그럼 언제 내가 남자로 보여?"

"글쎄, 그게 흔하지 않아서 말야."

"죽을… 래?"

난 의자에서 일어나 돌아서려고 했다. 그렇지만 놈의 무지막지한 힘에 의해 다시 의자에 앉혀졌다. 순간 쫄았다, 나를 잡아먹을 듯이 바라보는 놈의 눈 때문에.

"왜… 왜 그래?"

"난 너한테 남자로만 보이고 싶어. 김수아라는 여자한테 이서진이라는 남자로."

"그래, 넌 지금도 나한테 충분히 남자야. 내 심장을 뛰게 하는 것도 너란 남자구. 나를 긴장하게 만드는 남자도 너구. 사랑하고 싶은 남자도 너구. 또 평생을 함께하고 싶은 남자도 이서진이라는 너란 남자라구."

"정말이지?"

"응, 정말이야."

나와 녀석은 한동안 아무 말도 할 수가 없었다. 무언가 알 수 없는 어색함이 우리 주변에 흐르고 있었다. 내가 해놓고도 참 민망하구려… 허험!!

"하하! 가자. 내일 가려면 아침에 출발해야 하잖아."

"마지막으로 약속해. 약속해 줘."

"뭐?"

"수아야~ 나 불안해서 미쳐 버릴 것 같아. 네가 또 날 떠날 것 같아서, 네가 도망쳐 버릴 것 같아서."

나는 서진이 곁으로 다가가 안아주었다. 그리고 살며시 놈의 머리에 내 머리를 기대었다.

"떠나지… 않아. 도망치지 않아. 불안해하지 마. 나 죽어도 네 옆에서 죽을 거니까. 더 이상은 피하지 않을 거야. 걱정 마~ 나… 나 김수아는… 이서진이라는 남자 없으면 살 수 없으니까."

놈은 일어나서 천천히 내 얼굴을 감싼다. 곧 이어 따뜻한 놈의 입술이 내 입술에 닿았다. 그런데 왜 난 이 순간 눈물이 나는 걸까? 왜 이 순간 아픈 걸까? 떠나지 않을 거야. 나… 서진아, 나 평생 네 옆에서 살 거야. 다시는 도망가지 않을 거야. 사랑해, 서진아…….

"김수아… 잊지 마라, 내가 너의 모든 것을 사랑한다는 사실, 내가 가진 모든 것, 내가 행하는 모든 것, 나의 모든 꿈은 너에 대한 사랑으로 가득 차 있다는 것을. 평생 함께할 수 있기를, 평생 서로 사랑할 수 있기를 바래. 이게 내가 너에게 바라는 사랑이야. 사랑한다, 김수아……."

#6 —내 삶의 이유

By. 서진

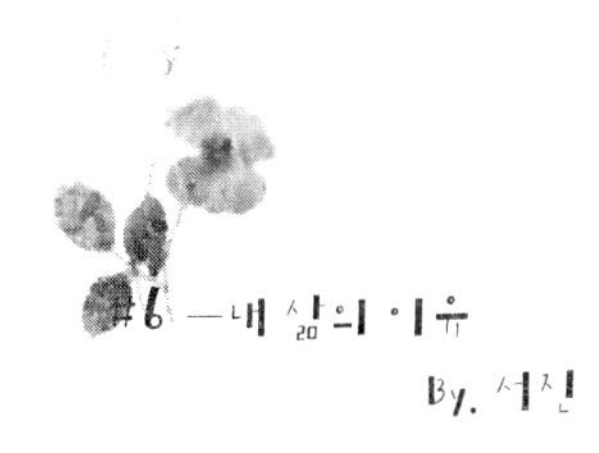

#6 — 내 삶의 이유

By. 서진

최예영. 첫눈에 사랑에 빠진다는 느낌이 무엇인지 알려준, 세상에서 하나뿐인 내 사랑.

그녀를 만난 건 어머니의 나라인 한국에서였다. 그녀와의 만남은 정말 쇼킹했다. 내 인생으로 그렇게 들어온 여자는 이 여자 하나였을 것이다. 정말루!

한국 지점에서의 일을 마치고 나는 차를 기다리고 있었다. 그런데 그 순간, 누군가가 나의 가방을 들고 도망가기 시작했다. 젠장!! 어떤 자식인지 잡히면 죽었어!! 사실 돈 같은 건 가져가도 상관없다. 그렇지만 그 안에는 아주 중요한 서류가 있었기에 난 귀찮음에도 불구하고 뛰어야 했다. 감히 날 뛰게 해? 죽었어!! 흠, 천하의 이서진을 달리기로 이기려고 하다니 너 잘못 걸렸어. 그놈이 늦은 건지, 아니면 내가 빠른 건지는 모르겠지만 놈은 금방 잡혔다. 난 숨을 몰아 내쉬면서 말했다.

"하… 아… 하아… 야, 너 죽고 싶어!!"

놈의 모자를 벗기는 순간, 난 내 눈이 잘못된 줄 알았다. 세상에, 이렇게… 예쁜 남자도 있나? 하는 착각이 생길 정도로… 갈색 눈동자, 짧은 갈색 머리, 하얀 피부와 빨간 입술. 난 순간 심장이 멈출 것만 같았다. 이서진이 드디어 미쳤단 생각이 들었다. 남자한테… 남자한테 이런 느낌을 받다니. 만약 이 사람이 입을 열지 않았다면… 난 정말 상상도 하기 싫다.

"하… 아… 하아… 와~ 진짜 빠르시네요."

"뭐라구?"

"하… 아… 죄송해요. 제가 연기 연습을 한 거였어요. 그런데 너무 빨라서……."

"너 이게 얼마나 큰 죄인 줄 알아?"

"허… 죄송해요. 전 단지 연기 연습을……."

"죄송? 훗! 가방이나 내놔. 그리고 내가 네 말을 어떻게 믿어? 따라와."

"어, 정말 죄송해요. 경찰서 가면 저 아버지한테 쫓겨나요."

순간, 난 안도감이 들었다. 여자라는 사실에, 내가 첫눈에 반한 사람이 여자라는 사실에. 그런데 소매치기 연습이라니? 내참, 어이가 없어서.

"이봐, 넌 지금 남의 것을 훔치려고 했다구. 넌 연기라고 하겠지만 난 네 말을 믿지 못하겠어."

"정말이에요. 그쪽이 너무 멋있어서 그쪽을 상대로 했을 뿐이에요."

"훗!! 좋아, 그럼 점심 같이 할래?"

"네?"

"내 가방 건드린 죄로 점심 어때?"

"음, 좋아요."

예쁘다. 한국 여자들은 원래 이렇게 예쁜가? 웃는 모습이 너무 예쁘다. 어머니의 웃는 모습처럼.

그 여자가 가는 대로 천천히 따라갔다. 맙소사. 이곳은 뭐 하는 곳이지? 그곳은 주황색 천막이 처진 노점상이었다. 그런데 맛있는 냄새가 난다. 무슨 냄새지?

"음… 떡볶이랑 순대랑 또… 오뎅 주세요."

"네."

"떡볶이? 순대? 오뎅? 그게 뭐야?"

"설마 한 번도 못 먹어본 건 아니죠?"

"처음 들어봤는걸."

"에이, 설마. 진짜예요??"

"응."

"와… 훗!! 그럼 내 덕에 정말 맛있는 음식 먹는 거예요. 사실 나도 내 사촌 동생 때문에 먹어봤는데 진짜 맛있어요."

잠시 후, 빨간 떡과 동그랗게 생긴 이상한 것과 또 기다란 무언가가 나왔다. 도대체 저게 다 뭐야? 설마 저게 먹을것인가? 음식이 나오자 그녀는 나를 향해 싱긋 웃고 음식을 먹기 시작했다. 나도 어색했지만 포크를 들고 먹어보았다. 와, 이거 보기와는 달리 맛있는걸?

"맛있죠?"

"그럭저럭."

"난요, 이런 곳이 좋아요. 집에는 나하고 친척 동생밖에 없으니까 심심하거든요."

"친척 동생을 좋아하나 보군."

"네, 저한테는 친동생 이상이니까. 아… 그리고 나랑 정말 많이 닮았어요."

"음, 그렇군."

친척 동생? 훗, 많이 닮았다면 그 아가씨도 예쁘겠는걸?

"근데 왜 아까부터 반말이에요?"

"존댓말은 잘 못하거든. 한국어가 서툴러서."

"우리 나라 사람 맞아요? 떡볶이도 모르고, 존댓말도 잘 못하구."

"반은 한국인이지. 반절은 일본인이구."

"그렇구나. 아, 아직 내 이름 모르죠? 전 최예영이라고 하구요, 나이는 24살이에요. 그쪽은요?"

"일본 이름은 미즈라 리즈키, 한국 이름은 이서진. 나이는 20살."

"미즈라 리… 에이, 그냥 서진 씨라고 할게요. 나이가 20살이면… 헉!! 나보다 4살이나 어리네요. 뭐야, 나보다 한참 어리잖아?"

"그게 왜?"

"억울하잖아!! …요. 에이, 모르겠다. 나도 이제부터 반말할 거야."

"훗, 마음대로."

최예영… 예영이라. 점점 더 마음에 드는데? 알 수 없는 매력을 가진 여자였다. 왠지 모르게 자꾸만 그녀에게 끌렸다. 아니, 그녀의 미소가 날 따뜻하게 했다.

"음, 있잖아… 서진아, 나는 네가 정말 마음에 들거든."

"그런데?"

"나랑 한번 사귀어보지 않을래? 그냥 이것도 인연 같아서."

"훗, 내가 거절한다면?"

"흠, 내 예상이 틀렸나? 너도 날 괜찮다고 여긴 거 아니었어?"

"하하하하!"

웃음이 나왔다. 사람 속을 훤히 읽고 있는 것 같았다. 그리고 또… 밑도 끝도 없는 저 자신감은 어디서 나오는 건지 정말 궁금하다. 한번 만나보고 싶은 여자다. 내 주위의 여자와는 다른 여자. 나의 돈과 명예는 보지 않고, 순수하게 나만을 봐주는 여자. 좋아, 너라면 내 인생을 주겠어.

"좋아… 잘해보자, 최예영."

"야호!! 나도 드디어 연하를 사귀게 되는구나!! 근데 누나라고 해주면 안 돼? 반말은 상관없지만 친구 같잖아… 그러니까……."

"싫어!! 절대!! 난 누나랑은 연애는 안 하니까."

앞으로 널 누나라고 하는 일은 없을 거야, 최예영. 넌 내 여자니까 누나라고 하는 일 따윈 없어.

그 후로 나와 그녀는 장거리 연애를 했다. 그녀는 한국에 있고 난 일본에 있어야 했으므로 자주 보지는 못했지만 일주일에 한 번씩 난 한국에 와서 그녀를 만났다. 언제나 다른 모습으로 다른 색깔, 다른 느낌이었다. 그녀는 만나는 동안은 왠지 모르게 내 어깨의 짐을 더는 느낌이었다.

우리가 만난 지 1년이 되던 날, 난 그녀에게 프로포즈를 했다.

"최예영, 나랑 결혼해 줄래?"

"뭐?"

"나랑 같이 살자구."

"에이, 너 또 장난치는 거지?"

"진심이야. 나 너랑 결혼하고 싶어. 널 내 옆에 두고 싶다구."

"그래. 나도 너라면 좋아, 서진아."

"하하하! 고마워… 정말 고마워."

"근데 서진아, 나 말야……."

"아무 말도 하지 마. 지금은 그냥 이렇게 있자."

"그게 아닌데……."

그날 그녀가 내 프로포즈를 받아들였다는 사실에 들떠 그녀의 이야기를 듣지 않았다. 그게 내 인생의 큰 실수가 될 줄은 상상도 못했다.

"까악!!"

"제기랄! 너 누구야!!"

"저… 그러니까… 저는 말이에요, 저는……."

"맙소사! 최예영, 네가… 네가 나한테 이럴 수 있는 거냐? 결혼식을 버리고 갈 만큼 연극이 좋은 거야? 순간 나는 배신감에 휩싸였다. 날 버린 것과 다름이 없었다.

그렇게 그녀의 사촌동생인 수아와 나의 어이없는 결혼 생활이 시작되었다.

어느 날 아침, 씻겠다고 화장실에 들어간 수아가 나오지 않아 문을 열어보고 나는 놀랄 수밖에 없었다. 어떻게!! 화장실에서 이를 닦다가 자버리냐구요!! 나는 화장실 안으로 들어가서 수아의 손에 있는 칫솔을 내려놓고 그녀를 업었다. 그러자 그녀가 머리를 내 등에 대고 부비적거리며 하는 말.

"아빠… 아빠……."

뭐지… 나도 모르게 가슴 한구석이 찡해졌다. 왜 그런 걸까? 살며시 나의 목을 감는 그녀. 또다시 내 심장이 미친 듯이 뛴다. 내 심장이 빠르게 뛰기 시작한다. 말도 안 돼. 천하의 이서진이 흔들리다니. 나는 아직도 자고 있는 수아를 바라보았다. 삼 일 봤을 뿐인데… 이 여자를 보면 안타까워. 이 여자를 지켜주고 싶고, 챙겨주고 싶고… 이게 사랑이니? 아니지? 아닐 거야. 예영아, 나 정말 혼란스럽다. 호기심이겠지? 그런 거겠지? 너와 닮았으니까, 그래서 그런 거야. 그래, 호기심이야.

일본 집으로 향하는 길은 너무나 혼잡했다. 공항에 도착하자 난 정말 마음에 안 드는 것들만 보았다. 나의 전 약혼녀 히나. 그리고 기자 놈들. 이렇게 정신없는 가운데 일본식 결혼식이 치러졌다. 한국에서 결혼식이 치러진 후 피로가 풀리기도 전에 또 한 번의 고역을 치른 수아의 얼굴에는 피곤함이 역력했다. 왜 이리 안타까운지… 이서진, 정신 차리자, 정신!

"이제 끝난 거예요?"

모든 결혼식이 끝난 후, 맥이 풀린 얼굴로 수아가 나에게 물었다.

"아니, 안 끝났어."

"헉! 더 이상 못해요!! 오늘만 해도 정말 힘들었다구요!!"

"훗! 의식 말고 우리 둘이 해결해야 할 문제 말야."

좋아, 김수아. 아까 나를 망신 준 벌을 주지. 너도 한번 혼나봐라!! 나는 그녀를 조금 놀려주려고 심각한 표정으로 그녀에게 조금씩 다가갔다. 그리곤 그녀의 끈을 풀어버렸다.

스르르륵—

그녀의 몸을 타고 내려오는 옷. 기모노는 그녀의 손에 의해 가슴에서 멈춰 있었다. 지독하게 매력적이다.

"기모노는 이런 게 매력이지, 한 번에 벗겨지는 거. 그리고 여자를 참 아름답게 만들어주지, 지금의 너처럼."

"다, 다가오지 말아요!! 나, 난 김수아라구요!! 최예영이 아니에요!"

"김수아든 최예영이든 지금 내 눈에 있는 건 내 아내라는 사실뿐이야!"

정말 장난이었다. 그녀를 놀려주려고 한 것뿐이었는데… 그런데… 젠장!! 아까 몇 잔 마신 술 때문인지 이 여자가 정말 미치도록 아름답게 보인다. 장난이었는데… 장난으로 시작한 건데… 나도 모르게 그녀를 내 품으로 끌어당겼다. 아무래도 너무 많이 마신 모양이다. 이렇게까지 여자가 아름다워 보인 적은 없었다. 그런데… 그런데… 울고 있다, 그녀가.

그녀의 흐느낌에 나는 잃어버린 이성을 찾았다. 순간 내 자신을 버린 것 같았다. 이서진이 아니었다. 잠시 동안 나는 한 여자를 품고 싶어하는 남자였다. 품지 말아야 할 여자를 품으려고 했다. 정말 미쳤다, 이서진. 얼굴을 감싸고 울고 있는 수아를 보니 가슴 한구석이 아파졌다. 나는 그녀를 안고 토닥여 주었다. 내가 할 수 있는 유일한 일이었다. 그녀를 달랠 수 있는 유일한 일. 미안… 수아야, 미안. 내가 미쳤나 봐. 진짜 내가 돌았나 봐. 미안해. 울지 마. 네가 우니까 내 가슴이 너무 아프다.

어느 날, 사장들의 모임 파티가 있었다. 출근을 하면서 나는 수아에게 파티가 있다고 말했다. 그러자 당황하는 그 표정이라니. 나도 모르게 웃음이 나왔다. 과연 드레스가 어울릴까? 아니, 사실 너무 잘 어울릴 것 같아서 걱정이다. 에휴…….

그날 오후, 파티에 가기 위해 그녀를 만났다. 그런데 보통 때와 다르게 치장을 했다. 하지만 그녀는 너무 예뻤다. 그런 그녀에게 눈을 떼지 못한 채 파티장에 도착했다. 하지만 여기저기서 날 찾는 이가 많아서 그녀를 혼자 둘 수밖에 없었다. 맘이 아팠다. 그랬기에 비록 따로 떨어져 있었지만 내 눈은 계속 그녈 향해 있었다. 그런데 어떤 놈이 몸을 비틀면서 수아에게 들러붙는 게 아닌가! 저런! 너 죽었어!! 나는 이야기 중임을 망각한 채 그대로 달려가 그 녀석을 쳐버리고 말았다. 그러곤 수아를 데리고 그곳을 빠져나왔다. 왜 화가 났는지 모르겠다. 도대체 왜? 제기랄!! 나도 내 마음을 알 수가 없다. 그런데 술 냄새가 난다. 이런, 내가 그렇게 술 먹지 말라고 했건만.

다음날, 나는 아주머니에게 북어국을 끓여달라고 한 후 회사로 향했다. 하지만 일이 손에 잡힐 리가 없었다. 이서진, 왜 이러는 거냐… 도대체……. 결국 나는 일을 미루고 집으로 들어오고 말았다. 서류를 갖다 놓기 위해 서재로 들어간 순간, 내 눈에 들어온 사진 한 장. 예영이와 찍은 사진이 바닥에 떨어져 있었다. 그 순간 밀려오는 미안함에 가슴이 아파지기 시작했다. 바보처럼… 그래, 예영이를 잊어버린 것이다. 김수아라는 여자와 함께하는 동안 예영이라는 존재를 잊은 것이다. 곤히 자고 있는 수아를 깨워서 경고했다. 다시는 서재에 들어가지 말라구. 그래, 너에게서 멀어질 거야.

그러나 다음날, 한국으로 가겠다는 수아의 말을 듣는 순간 그녀를 붙잡고 싶었다. 왜? 이서진, 왜 이러는 거야!! 나는 조용히 삿포로에 있는 별장으로 가라고 했고, 지금 나 역시 그곳으로 향하고 있는 중이다. 내 마음을 확실히 정리할 거야!! 확실히!!

그러나 그 여행은 오히려 역효과가 나고 말았다. 오히려 내 알 수 없는 감정들은 더욱더 깊어졌다. 제기랄!! 환하게 웃는 그녀의 모습에 가슴이 뛰었고, 뭐든지 다 신기하게 바라보는 그녀의 눈에 빠져들었고, 다른 남자와 있는 모습에 질투라는 감정을 느꼈다. 이런 감정… 뭘까? 나에게 화가 났다. 이런 감정을 자제하지 못하는 나에게, 그리고 너에게 빠져 버린, 나에게 화가 났다. 나 아무래도… 널 사랑하는 것 같다. 김수아, 나 너를 사랑해 버린 것 같다. 정말 인정하기 싫은 사실을 오늘 인정한다. 나 이서진이 최예영이 아닌 김수아를 사랑한다. 널…….

그런 내 마음을 인정하고 정리할 때쯤 사건이 터졌다. 독고준과 수아의 열애설. 삿포로로 여행을 다녀온 후에 터진 기사. 젠장!! 여행 따위는 가지 않는 거였다 그랬다면 그런 일 따위는 일어나지 않았을 테고 그녀 역시 나한테서 도망가지 않았을 텐데……. 그렇다. 그녀는 삿포로로 나와 여행을 다녀온 후 사라져 버렸다. 독고준과 그녀의 열애설… 말도 안 된다고 생각했다. 그렇지만 왜 이렇게 안타까운 건지 모르겠다. 그리고 너무 화가 난다. 설마 하는 마음… 그녀를 의심하는 나의 생각… 모든 게 너무 화가 난다. 내 자신도 또 말도 없이 떠나 버린 그녀도.

"염려 말아라. 이 기사가 잠잠해지면……."

"왜!! 제 허락도 없이 보내셨어요!! 누구 마음대로요!!"

"서진아, 그 애가 얼마나 힘들어할지 생각해 봤니?"

"네?"

"그 애가 일본에 계속 있었다면 기자들 그리고 사람들한테 시달릴 거다."

"……."

아무 말도 할 수가 없었다. 왜 난 그것을 생각하지 않은 거지? 그녀가 힘들 거라는 생각은 해보지 않았다. 그저 나한테서 도망쳐 버린 그녀가 미웠을 뿐이었다. 나는 이기적이었다. 수아를 사랑하는 나의 마음이… 나를 이기적인 인간으로 만들고 말았다. 젠장!

"너무 자책하지 말아라. 사랑을 하면 다 이기적이 되니까. 그 아이를 정말 사랑하는구나. 엄마는 정말 행복하단다. 네가 정말 사랑하는 여자를 만나서."

내 마음을 다 아신다는 듯이 말하시는 어머니. 정말 제가 수아를 사랑하는 걸까요? 그렇죠? 호기심이 아니었어요. 전 수아를 사랑하고 있는 겁니다. 어머니!! 그렇다면 전 그녀를 놓지 않을 겁니다. 이제 알았습니다, 확실히!! 부정해 보려고… 그녀를 예영이라고 불러도 보고… 그렇게… 흔들리지 않으려고 노력했지만 소용없는 일이었습니다. 그녀가 없는 지금 전 죽을 만큼 그녀가 보고 싶습니다.

삼 일 째가 되어가는데도 그녀는 돌아오지 않고 있다. 겨우 이틀뿐이었는데 그녀의 빈자리가 너무 크다. 너무 보고 싶다, 미치도록! 젠장!! 이서진, 정말 미쳤구나!!

어느새 난 그녀가 있는 한국에 와 있었다. 말할 거야. 그녀가 날 어떻게 생각하든 내 마음을 말할 거야. 그녀가 있는 곳을 찾아 이 그리움을, 이 설레임을 모두 다 말할 거야.

그렇게 그녀를 찾아다녔다. 그녀가 있을 거라고 생각되는 모든 곳을 다녔다. 그런데 내 눈에 비친 건 독고준이라는 놈의 팔에 붙잡힌 수아였다. 뭐야!! 저 자식이!! 난 그들을 향해 뛰어갔다. 분명히 내 눈에는 수아가 이놈을 싫어하는 것처럼 보였으니까.

퍽!!

[한 번만 더 내 꺼 건드리면 가만히 있지 않겠어.]

[훗! 리즈키 씨, 오랜만이네요.]

[꺼져. 다시 한 번만 더 건드리면 가만히 있지 않겠어!!]

[어쩌죠? 난 이미 알아버렸는데, 그녀가 당신 부인이 아니라는 걸.]

퍽!!

어떻게 네가 그걸! 그 자식의 얼굴을 향해 주먹을 날려 버렸다. 네가 알아도 상관없어. 이제 난 김수아를 사랑하니까. 아무리 부정하려고 해도 나는 최예영이 아닌 김수아를 사랑하니까. 알아버렸어. 정말 내가 누굴 사랑하는지 알아버렸어. 그러기에… 나는 놓아줄 수 없어. 김수아를 놓아줄 수가 없어.

"가자."

내가 내민 손을 그녀가 잡아주기를… 그렇게 바라면서 그녀에게 손을 내밀었다. 그녀가 내 손을 잡자 난 그녀를 차에 태웠다. 놀란 듯 나를 바라보는 그녀. 삼 일 만에 그녀를 보았다. 조금 야윈 듯한 그녀. 여전히 그 검은 눈동자에는 내가 비친다. 그래, 이서진!! 부정하지 말자!! 이제 도망치지 말자!! 넌… 김수아를 사랑하는 거야. 김수아를…….

"저기… 여긴 무슨 일로……."

"찾으러 왔어."

"……?"

"보고 싶어서… 단 삼 일이었는데도 보고 싶어서 견딜 수가 없었어."

이 마음… 미친 듯이 떨려오는 내 마음…….

우연찮은 기회로 예영네 집에 수아와 함께 머물게 되었다. 물론 그곳에는 예영의 부모님이 계셨기에 수아는 수아 방에, 난 예영 방에 묵게 되었다.

예영이의 방으로 들어가자 그리운 향기가 났다. 벌써 못 본 지 한 달이 넘어가네. 잘 있는 걸까? 나는 천천히 예영이의 방을 살펴보기 시작했다. 책상 위에 눈에 띄는 물건이 있었다. 일기였다. 〈나의 서진이에게〉라는 말이 써 있었다. 나는 천천히 일기장을 넘겨보았다. 가슴이 너무 아팠다. 그 일기장에는 나를 처음 만난 날부터 결혼하기 전까지의 우리들의 이야기가 써져 있었다. 온통 내 이름과 사랑한다는 말로만 가득 차 있었다. 젠장!! 나는 그 일기를 집어 던져 버렸다. 내가 혐오스럽다. 이렇게 날 사랑해 주는 널 버리려고 했다니……. 하!! 내 자신에게 너무 기가 막혔다. 버릴게. 김수아를 향한 내 마음, 버릴게. 너에게 돌아갈게. 그럴 수 있을 거야. 조금은 아프겠지만 그렇게 할 수 있을 거야……. 제길!! 돌아간다? 너에게? 내가 너에게 돌아갈 수 있을까? 지독하게 중독되어 버렸는데… 그 애를 떠나면 내가 죽을지도 모르는데… 그 애를 잊고 너한테 갈 수 있을까? 지금 이 순간에도 네가 아닌 그 애가 그리운데… 내가 너에게 돌아갈 수 있을까? 그렇게 난 더욱더 무거운 짐을 안고 수아와 함께 일본으로 돌아왔다. 하지만 일본에 와서도 내 머리속은 온통 수아뿐이었다.

보고 싶은 수아를 생각하며 집에 일찍 온 어느 날, 그녀의 눈을 보고 있다가 나도 모르게 분위기에 이끌려 그녀에게 다가가느 순간,

[리즈키 짱!!]

헉!! 히나였다.

이제 난 부인이 있으니 더 이상 나에게 접근하지 말라고 그렇게 말을 했건만, 또다시 집까지 찾아온 것이다.

"이, 이서진! 너 당장 그 여자 안 떼어내!"

훗!! 김수아… 너도 질투라는 걸… 그런데 목소리가 왜 방문 쪽에서? 난 방문 쪽으로 고개를 돌렸다. 그곳에는…….

"너 이 자식!! 내가 없는 사이에 바람을 피워! 너 오늘 죽었어!!"

짧은 갈색 머리에 하얀 피부, 예영이였다. 연극 때문에 날 내팽개치고 가버린 나의 신부, 최예영… 최예영… 그녀였다. 그런데 나는 왜 네가 이렇게 낯설게 느껴지는 걸까? 왜?

다음날 아침, 식탁에 둘러앉은 지금 이 순간이 어색하다. 여전히 내 눈은 수아를 향했고, 그녀는 내 눈을 피하기만 했다. 김수아!! 왜 피하는 거야? 날 봐!! 널 버리지 않아!! 널 떠나보내지 않는다구!!

"나 일요일에 다시 가야 해."

"일요일?"

"응!! 서진아, 그때까지 나랑 같이 있어주기다~ 우리 정말 오랜만에 봤잖아."

"주말에 약속……."

"아, 난 그만 방으로 가볼게. 언니, 쉬어."

수아는 방문을 닫고 내 눈에서 사라져 버렸다. 왜 또 도망치는 거야!!

"서진아~"

"왜 왔어?"

"어머, 삐쳤구나! 미안미안!! 하지만 알잖아… 내가 연극을 얼마나 좋아하는지."

"연극이 그렇게 좋으면 오지 말지."

"에이~ 왜 그래~ 그래도 네가 첫 번째야!!"

첫 번째라. 그녀는 환하게 웃고 있는데 나는 그녀를 보고 더 이상은 웃음을 지을 수가 없었다.

"그래서 내가 오늘!! 확실하게 우리의 첫날밤을 위해서……."

"됐어."

"응?"

"나… 너 안지 않아, 평생."

"서진아……."

"최예영… 나 말야, 너……."

더 이상 아무 말도 할 수 없었다. 예영이가 자신의 입술로 내 입을 막았으므로 더 이상 아무 말도 할 수 없었다. 하지만 이젠 설레임이 나 두근거림 따위는 없었다.

"이서진, 너무 화난 건 알겠는데 그런 말은 하지 마. 우린 부부야, 부부!!"

"최예영."

"딱 11개월만 더 기다려. 그럼 회사 잘 다녀오구."

정말… 어떻게 하냐? 최예영, 나 이제 너를 사랑하지 않아. 미안하다. 나 널 기다려 줄 수가 없어. 미안해. 용서하지 마. 너를 배신한 나를 용서하지 마.

불안한 마음에 일을 서둘러 마치고 집에 돌아와 그녀의 방에 들어갔을 때 내가 본 건… 독고준과 키스하고 있는 그녀의 모습이었다. 정말 화가 났다. 그녀에게 난 점점 미쳐 가고 있는 것 같았다.

일부러 그녀 앞에서 예영이와 키스를 했다. 아무 감정도 없이. 예영이한테 돌아갔다는 걸 보여줘야 했으니까. 그래야… 또 사라지지 않을 테니까. 그리고 일부러 그녀에게 차갑게 말했다. 이제 그녀는 사랑하지 않는다는 걸 보여야 또 도망치지 않을 테니까.

그런데 회사에 다녀온 후 그녀가 보이지 않았다. 아무리 집 안 이곳저곳을 찾아도 보이지 않았다. 도대체!! 어디… 어디에 있는 거야!! 설마… 설마 또 사라져 버린 거니? 안 돼! 안 돼!

"수아는?"

"아, 한국 갔어."

"뭐, 뭐라구?"

"한국. 수아 부모님들한테……."

"누가 보내라구 했어!!"

"서진아, 왜 그래?"

"최예영, 나 네 동생 사랑한다."

"서진아, 뭐라구?"

"나 김수아 사랑한다. 더 이상 널 사랑하지 않아."

예영이의 눈에 금세 눈물이 흘러내린다. 최예영, 울지 마. 난 더 이상 네 눈물을 닦아줄 수 없어.

"거짓말하지 마!! 아무리 화가 나도……."

"거짓말 아냐!! 진작 말하려고 했어, 네가 일본 왔을 때부터!! 사랑해!! 수아를… 네가 아닌 김수아를 사……."

"까악!! 안 들을 거야!! 너 왜 이렇게 잔인해!! 왜 이렇게!"

"네 잘못이야!! 네가 날… 네 동생한테 보냈으니까."

그렇게 말하고 나와 버렸다. 젠장!! 김수아… 더 이상 내 눈앞에서 사라지지 말라고 했지!! 일부러 그랬는데… 일부러 너한테 심한 말 했는데… 두 번 째야!! 너 나한테서 벌써 두 번이나 도망쳤어!! 이젠 놓치지 않아. 다시는 널 보내지 않아.

수아를 찾지 못하고 집으로 돌아갔을 때, 예영이는 이미 가버린 후였다. 편지를 남긴 채.

『서진아, 서진아, 우리 서진이.

나 믿지 않을 거야. 나 네가 거짓말했다고 생각할 거야. 너 잠시 착각한 거야. 날 사랑하는데 수아를 사랑한다고 착각한 거야. 나 그렇게 믿을 거야. 알았지? 그러니 정리해. 어차피 안 되는 거잖아. 나한테 다시 돌아와. 다시……. 실수라고 생각해 줄게.

수아는 널 사랑할 수 없어. 우리 수아는 착하니까. 수아… 4일 후에 올 거야. 작은 아버지 고향에 갔으니까. 거기 수아 부모님 산소가 있거든. 그러니까 너무 걱정하지 마.

그리고 한 달 후에 나 돌아갈 거야, 일본으로……. 정확하게 그때까지 네 맘 정리해. 한 달 후에 보자.

사랑해, 서진아.』

최예영… 정말 넌 너무 바보 같은 여자다. 그거 알아? 난 널 사랑할 수 없어. 왜냐구? 너무 사랑해 버렸으니까. 너를 다시 사랑하기엔 이미 내 심장이 다른 한 사람의 것이 되어버렸으니까…….

4일이 지나도 8일이 지나도 수아는 돌아오지 않았다. 무슨 일일까? 영원히 내 앞에서 사라져 버린 걸까? 안 돼! 절대 그럴 수는 없다. 사라지게 놔둘 수는 없다. 난 수화기를 들었다.

[김수아라는 여자를 찾아. 한국에 있어.]

―[네!!]

그녀가 있는 곳을 우선 찾아야 했다. 김수아… 김수아… 이번에 잡으면 널 가두어 버릴 거다. 나한테서 도망치지 못하도록…….

정보원이 준 쪽지를 들고 그녀를 찾아 나섰다. 그리고 그녀를 기다렸다. 다시 내 눈앞에 나타나 줄 그녀를 기다렸다. 멀리 비틀거리면서 오는 여자가 보였다. 혼자 무슨 생각을 하는지 멍하니 걷다가 머리를 흔들었다가 한다. 훗!! 한 명뿐이다. 저렇게 할 여자는 김수아 한 명뿐이다. 단 한 명뿐…….

그녀가 나를 스쳐 지나간다. 익숙한 향기가 내 코끝을 스친다. 확실히 그녀였다. 난 조심스럽게 그녀의 뒤를 따라갔다. 그런데 점점 걸음이 빨라지기 시작한다. 아무래도 날 치한으로 여기는 것 같다. 김수아 사람을 어떻게 보구! 난 뛰어가 그녀의 허리를 감싸 안았다. 순간, 내 귀를 파고드는 그녀의 비명. 시끄럽다, 정말. 난 익숙하게 그녀에게 키스를 했다. 그러자 당황한 듯 날 밀쳐 내기 시작한다. 그러면 그럴수록 난 그녀를 더욱더 세게 껴안았다.

김수아… 다시는 놓지 않아. 도망가게 놔두지 않아. 영원히 나만 바라봐. 그리고 나만 사랑해. 그리고… 다시는 도망치지 마. 이젠 너 없으면 살 수 없으니까. 내 삶의 이유는 너니까…….

#7 —둘만의 결혼식

#7 —둘만의 결혼식

오늘도 역시 나는 놈의 개인 비행기를 타고 일본으로 가고 있다. 녀석은 지 옷에서 석유 냄새가 난다고 투덜대고 있다. 드라이 크리닝을 했으니 당연히 나는 건데. 하긴 녀석이 이런 세탁을 해본 옷을 입었겠는가? 버리면 새로 사서 입고 했을 터인데.

"그만 좀 투덜대! …요."

"석유 냄새 나잖아. 짜증나게!! 너 죽었어."

"알았어. 미안해!! 아니, 미안해요."

말을 함부로 할 수 없는 이 상황 정말 괴롭다. 녀석의 개인 비행기에는 늘 사람이 가득 차 있다. 기자며 경호원이며 스튜어디스며 방심할 수 없는 상황이다.

"너도 한숨 자."

"호호호, 아니에요. 잠은 무슨."

"그럼 나 잔다."

그래, 너 자는 것까지는 좋은데… 왜! 내 어깨에 니 머리를 기대고 자는 건데!! 그날도 난 30분 동안 어깨에 쥐가 나서 죽는 줄 알았다.

"오늘은 회사 일 빨리 끝내고 올 테니까 준비하고 기다려."

"뭘?"

"우리 여행! 알았지?"

놈은 싱긋 웃으면서 차에 타고 '쌩' 가버렸다. 여행이라, 어디로 가는 걸까? 그때처럼 또 온천은 아니겠지? 걱정되는군.

[사모님, 가시지요.]

난 차를 타고 집으로 향했다. 내가 없는 동안에도 이곳은 여전한 것 같았다. 똑같은 풍경에 하늘색, 그리고 사람들 모든 게 다 똑같다.

[아이구, 사모님, 왜 이제야 오세요? 얼마나 기다렸다구요.]

하하, 아주머니, 저 일본어 못해요. 그렇게 길게 하시면 제 머리가 너무 혼란스러워요.

[그런데 저… 사모님, 손님이 오셨어요.]

무슨 말을 하는 건지. 난 나에게 무언인가를 말하는 아주머니를 뒤로하고 집으로 들어갔다. 헉! 왜 저 자식이 여기 또 있는 거야!

"다, 당신이 여길 어떻게……?"

"내가 너무 반가운가 보죠?"

"무, 무슨 일이에요!! 나가주세요!!"

"뭐, 다 알았으니까 피하지는 말아. 나도 내 동창을 이혼당하게 하고 싶지는 않으니까. 걱정 마. 어차피 말할 생각도 없었어. 너에게 하고 싶은 말이 있어서 왔어."

"무… 무슨 말이요?! 당장 나가요!!"

내 몸을 자기 쪽으로 끌어당기고 내 귀에 엄청난 말을 속삭이는 독고준.

"난 내 거라고 단정 지은 건 절대 안 놔. 언젠가는 나에게 오게 될 거야. 지금은 이서진이 너를 사랑이라고 생각하지만 곧 착각이라는 걸 알게 될 거야. 난 이서진을 잘 알아. 이서진은 절대 예영이를 못 버려. 그리고 너도 양심은 있을 거 아냐? 언니의 남자와 평생 함께 살 수 있어? 지금 이 순간만 즐기고 나한테 와. 곧 오게 되겠지."

난 독고준의 말에 순간 얼어버렸다. 내가 서진이를 사랑하는 것과 서진이가 나를 사랑하는 것을 다 알고 있다. 어떻게 알고 있는 거지? 어떻게 당신이 그 모든 걸 알고 있는 거지?

"무, 무슨 말을 하는 건지 이해가 되질 않네요."

"너와 이서진, 둘을 보면 서로 사랑에 빠졌다는 걸 알 수 있지. 예영이는 너랑 그 자식을 믿으니까 잘 모를 거야. 하지만 난 느낄 수 있어. 다시 한 번 말하지만 너랑 이서진은 안 돼. 절대! 난 가지고 싶은 건 가져야 되거든. 널 꼭 가지고 말 거야. 이서진한테 널 빼앗아 올 거라구. 그럼 이만 가보도록 하지."

독고준이라는 놈은 얼이 빠져 있는 나를 보고 씩 웃더니 내 손등에 키스를 하고 갔다.

젠장. 방심했다. 난 다리가 후들거려서 서 있을 수가 없었다. 저 남자 보통이 아니다. 저 남자가 내 숨통을 쥐고 있다. 언제라도 죽일 수 있다는 듯이 나를 차갑게 쳐다본다. 어쩌지? 서진아, 우리 어떡하니? 정말 어떡하니? 사랑이 아니다……? 사랑이… 아니다? 그 사람의 말로 나의 짧은 행복은 깨져 버린 것 같다. 하지만 나도 피하지는 않을 거야! 독고준, 사람 잘못 봤어! 난 절대 서진이 곁을 떠나서 너한테 가지 않아! 절대… 절대! 나도 이젠 서진이 말고 다른 사람은 안 돼!! 도망가지 않아. 절대 다시는 떠나지 않아! 아니, 그러고 싶지 않아. 정말 그러고 싶지 않아.

난 여행 갈 짐을 싸고 서진이를 기다렸다. 지금 시각은 오후 4시, 헤어진 지 2시간이 지났을 뿐인데 왜 이렇게 보고 싶은 건지 모르겠다. 정말 사랑해 버렸나 보다. 이제 그가 없으면 살 수 없을 정도로.

베란다로 나가 찬바람을 맞았다. 순간 등 뒤에서 따뜻한 숨결이 느껴졌다. 돌아보지 않아도 알 수 있었다. 이런 두근거림… 이런 설레임을 주는 사람은 한 명뿐이니까.

"일찍 왔네."

"또 사라져 버린 줄 알았잖아."

"안 도망가. 이젠 니 옆에서 떠나지 않을 거야."

"맹세해 줘, 도망가지 않겠다고. 무슨 일이 있어도 나만 믿겠다고."

"그래, 맹세할게. 떠나지 않을 거야, 절대."

그래, 서진아, 나 떠나지 않을 거야. 너를 보고 있는 이 순간도 네가 미치도록 그리운데 어떻게 너 없이 살 수 있겠어. 절대 떠나지 않아. 나 영원히 니 옆에 있을 거야.

"그 약속… 꼭 지켜줘. 죽음이 우리를 갈라놓는다고 해도."

"사랑해, 서진아. 정말 사랑해."

녀석은 아무 말 없이 나를 껴안아 주었다. 그리고 나는 또… 자버렸다. 김수아, 정말 한심하다. 어떻게 이 순간에도 그 버릇이 여지없이 나오는 거냐구! 녀석은 내 행동에 너무 당황했는지 내가 일어난 지 2시간이 지났음에도 아무 말도 하지 않고 있다.

"서진아, 미안……."

"김수아, 네가 인간이냐? 어떻게 그 순간에 자냐?"

"그동안 잠을 못 자서 그래. 정말 미안, 미안."

"그리고 살 좀 쪄. 그렇게 가벼워서야 바람 불면 날아가겠다."

헉!! 자식, 오버하기는. 내 몸은 내가 더 잘 알아. 난 이미 위험 수위란 말이다, 짜샤!

"그런데 여기 어디야?"

"훗, 이제야 궁금하셔? 그러셔~"

"에이~ 그러지 말고 알려줘. 여기 어디야?"

"나가사키."

"나가사키?? 그게 뭐야??"

"아휴, 김수아, 너 정말 책 좀 보고 살아라. 너 일본에 온 지 두 달이 넘어간다. 일본 지명 하나 모르고 앞으로 어떻게 살래?"

"모, 모를 수도 있는 거지. 근데 여기 좋은 곳이야?"

"응. 내일 세상에서 제일 행복하게 해줄게, 김수아."

녀석은 알 수 없는 미소를 지으면서 나를 바라보았다. 헉스! 또 코피가… 한 번씩 무의식적으로 녀석은 나에게 꽃미소를 날린다. 저 녀석은 그게 얼마나 위험한 일인지 알지 못할 거다. 나야 적응됐지만 저 녀석의 미소를 처음 보는 사람은 출혈 과다로 죽을지도 모른다.

"배고프지? 밥 먹으러 가자."

"정말? 뭐 사줄 건데?"

"와~ 정말 김수아 너무한다. 너 먹을거리 이야기하니까 눈이 막 반짝이네. 쿡."

"너 지금 비웃는 거냐!!"

"아니, 절대 아니지! 내가 어떻게 널 비웃을 수 있겠냐. 사랑하기도 모자라는데."

자식~ 점점 더 느끼해져 가는 것 같다. 그치만 싫지는 않은걸.

"근데 뭐 먹을 거야?"

"짬뽕."

"뭐? 짬뽕??"

"응. 왜?"

"뭐야? 조금 더 근사하고 맛있는 걸로 사줘!"

"훗, 먹어보고 이야기해 봐. 아마 또 먹고 싶어질걸."

"흠, 좋아. 대신 맛없으면 죽을 줄 알아."

정말 쪼잔하게 짬뽕을 먹자고 합니다. 세계 최연소 경영자라는 놈이 쪼잔하게 짬뽕이라니. 아무래도 녀석이 점점 저에게 궁색해지는 것 같습니다. 설마 지가 주는 사랑만 먹고 살라는 말은 안 하겠죠? 그건 안 되는데. 인간이 물론 밥만 먹고 살 수는 없지만 전 밥이 필수입니다!!

"야, 뭘 그렇게 중얼대? 혼자 놓고 가버린다."

"응. 알았어, 갈게!"

헉! 이곳이 식당일까요, 백화점일까요? 이렇게 큰 식당이 있다니. 녀석은 내가 놀라는 모습이 뭐가 좋은지 킥킥대기 시작한다.

"웃지 마!"

"아직도 그렇게 촌티 내면 어떡해, 김수아 양? 이젠 당당해져. 쿡."

"우, 웃지 말라니까!"

양복을 잘 차려입은 아저씨 한 명이 우리에게 막 달려오기 시작한다. 무슨 일인 거냐? 호떡집에 불났나?

[어서 오십시오, 사장님.]

[네, 오랜만입니다. 식사를 하고 싶은데 될까요?]

[아, 물론입니다. 들어가시죠!]

우리에게, 아니, 서진이에게 계속 일본어를 하면서 굽실거리는 아저씨. 하지만 무슨 말인지 알아들을 수가 있어야지. 이놈의 지겨운 일본어. 아무래도 배워야겠어. 한참을 고민하면서 서 있는 내 손을 잡아끄는 녀석.

"무슨 생각을 그렇게 해? 올라가자."

"응, 그래."

내가 웃어 보이자 녀석의 얼굴이 삭하고 굳어지기 시작한다. 헛! 맞다. 웃지 말라고 했지. 웃으면 감옥에 처넣는다고 했는데. 설마 정말 날 집어넣지는 않겠지?

"김수아… 내가 웃지 말랬지."

"미안, 미안해. 깜빡했어."

"앞으로는 나와 단둘이 있을 때만 웃어. 알았어? 이렇게 사람들 많은 데서는 웃지 마."

"뭐라구?"

"됐어. 아무튼 함부로 웃지 마. 올라가자."

엘리베이터를 타고 삼층이라는 숫자에서 턱 하고 멈춰 서자 바다가 보이는 자리로 우리를 안내해 주는 아저씨. 우리가 자리에 앉자 한번 인사를 하더니 뛰어가기 시작한다.

"근데 이런 데서도 짬뽕을 파는 거야?"

"응, 아주 기가 막히지."

"너 맛없으면 죽을 줄 알아!"

"훗. 그런 걱정은 마셔. 대신 너 맛있으면 내가 해달라는 거 해주기다."

"그래. 뭐~ 지가 맛있어봤자 얼마나 맛있겠어."

그러나 나는 우리 앞에 놓인 짬뽕을 보고 입이 떡하니 벌어졌다. 이렇게 푸짐한 짬뽕은 본 적이 없다. 뭔 해물이 이렇게 많냐. 그리고 국물은 왜 이렇게 얼큰하고 맛있는 거야~ 정말 둘이 먹다가 하나가 죽어도 모르겠네. 혼자서 실실대고 있는데 또 무언가가 들어온다. 뭐야, 저건? 또 그렇게 차례대로 들어온 것이 찹쌀떡을 넣은 맑은 국을 시작해서 튀김, 장어파이, 서양식 달걀찜, 생선회, 중국식 돼지고기 등을 거쳐 찹쌀떡이 들어간 팥죽까지!! 어무이, 수아 오늘 배 터져서 죽어유~

"훗, 어때? 맛있지?"

"응, 정말 맛있다. 근데 이게 짬뽕이야?"

"아니, 이건 싯포쿠 요리야. 일식을 기본으로 해서 중국식과 서양식이 나오는 요리야."

"와~ 어쩐지. 엄청 많이 나온다고 했어."

"짬뽕은 맛있었냐?"

"응. 국물이 정말 짱……."

헛!! 바보 김수아. 맛없다고 해야지! 그러나 녀석의 저 알 수 없는 미소를 보자니 이미 내 말을 집어넣기에는 너무 늦어버린 것 같다. 무섭다. 에라, 모르겠다. 김수아 발뺌이다!!

"하하. 맛있었는지는 모르겠는데."

"김수아, 발뺌하려고 해봤자 소용없다. 좋아, 그럼 약속대로 내가 원하는 거 들어줘야 해."

"그래. 알았다 뭐. 내가 들어줄 수 있는 한도에서 소원 빌기!"

"네가 들어줄 수 있는 거야. 내일 하루만 니 시간을 나한테 줘."

"그게… 소원이야?"

"응. 그냥 내가 하자는 대로, 내가 원하는 대로 다 해줘. 니 시간을 줘."

"좋아, 내일 하루 잘 부탁해."

"취소하기 없기. 그리고… 거절하기 없기."

도대체 무슨 말을 하는 건지 녀석은 내가 알 수 없는 말을 남기고 화장실로 가버렸다. 나 혼자서 뭘 어쩌라고. 잠시 후 서진이가 돌아오고 나에게 손을 내밀었다.

"뭐… 어쩌라구."

"가자."

서진이는 활짝 웃으면서 나의 손을 잡고 어느새 해가 져서 어둑어둑해진 밖으로 나갔다. 이렇게 가니까 정말정말 좋다. 까아아아~ 혼자서 실실대면서 가고 있는데 놈이 나의 손을 놓고 차 문을 열어주었다. 이놈 보시게나? 왜 갑자기 안 하던 짓을 하는 거야?

뭐, 싫은 건 아니지만…… 불안하게시리.

그렇게 차를 탄 후에 휙휙 지나가는 가로등 숫자를 세고 있었다. 그렇다. 나는 할 일이 무지 없었던 것이다. 가로등 숫자니 세다니. 하하하, 그런데 분명히 보면서 아주 잠시 잠깐, 정말 아주 잠깐! 머리를 녀석에게 기댄 것뿐인데……. 생전 보지 못했던 천장이 보였다. 그리고 눈부신 햇빛이 창문을 통해서 들어오고 있었다. 아무래도 아침인 거 같다. 제기랄.

계속 눈을 찡그리고 있는 내가 웃긴지 녀석은 계속 키득거리고 웃고만 있었다.

"왜 그렇게 웃어!!"

"훗, 귀여워서 일어나. 늦었어. 잠순아!! 아, 그리고 너 약속 지켜."

“무슨 약속?”

“와~ 김수아, 이러기야? 어제 너 혼자서 몇 그릇을 먹은 줄 알아?”

“하하, 기억난다, 기억.”

“좋아! 이제 조금 맘에 든다. 자, 그럼 나가실까요, 공주님?”

헉!! 당황했다. 갑자기 녀석이 환하게 웃더니 침대에 걸터앉은 나에게 손을 내민다. 하얀 녀석의 손이 내 손을 움켜잡는다. 따뜻하다.

“나 안 씻었는데 어딜 가?”

“김수아, 오늘 니 하루 동안의 시간 나한테 준다구 했지? 오늘 넌 내 인형이다.”

왠지 기분이 묘해진다. 인형이라… 하루 동안 서진이의 하나밖에 없는… 까악~ 너무 귀엽잖아. 이 자식! 그런데 왜 자꾸 몸이 허전해지는 건지? 엥! 순간 난 당황할 수밖에 없었다. 어디선가 봤던 상황이었다. 녀석의 모습을 온데간데없었고 아줌마들이 들어와서 내 옷을 벗기고 있었다!!

“까악!! 이게 무슨 짓들이세요!!”

그때와 다름없이 아줌마들의 입은 굳게 닫혀진 채 한마디도 하지 않으신다. 도대체 이번에는 또 무슨 짓을 하려고 하는 건지. 다행히 속옷은 벗기지 않구. 이상한 가운을 걸치게 하고 분주하게 움직인다. 무슨 난리인 거여, 이게!!

한 시간이 지나자 난 슬슬 지루해지기 시작했다. 그래서 정말, 아주 잠깐, 정말 잠깐 벽에 머리를 기대고 있었을 뿐인데 어느샌가 나도 모르게 잠이 들어버렸다. 눈을 떠보니 차 안이었다. 그 기다란 벤츠 안, 푹신푹신한 의자에 앉아 있는 날 서진이라는 놈이 한심하다는 듯이 쳐다보고 있었다. 엥!! 그런데 놈의 옷이 조금 이상하다. 왜 하얀색 양복을 입은 거지? 그리고 왜 가슴팍에는 꽃이 있지? 헉! 내가 또 당황하게 된 사실 한 가지는 내가 입고 있는 옷 때문이었다. 이것은 몇 달 전에 내가 입었던 하얀색 옷과 같은 종류의 옷이 아니던가!

"서진아, 이게 뭐야?"

"왜?"

"음, 그러니까 왜 내가 웨딩드레스를 입은 거야?"

"왜라니? 지극히 당연해. 왜냐하면 우리는 오늘 결혼할 거니까."

"결혼을 하다니… 누가?"

"우리가… 김수아랑 이서진이."

"이거 무슨 의미야?"

내 물음에 녀석은 아무 말도 안 하고 차창 밖만 바라볼 뿐이었다. 아직도 난 알 수 없었다. 왜… 왜 이 녀석이 내 하루를 달라고 했는지. 왜 오늘 결혼식을 또 해야 하는 건지…….

"말해! 이거 무슨 의미야!!"

"……."

"이서진!!"

"너랑 결혼할 거야. 최예영이 아닌 너랑 너에게 맹세할 거야. 영원히… 사랑하겠다구."

"난 이런 거… 원하지 않아! 돌아가자."

"내가 원해!!"

"정말 이럴래!! 너 왜 이래!! 이러면… 안 되는 거 알잖아!!"

"김수아, 넌 조용히 나만 따라오면 돼!! 그러면 되는 거야."

녀석의 조용하면서도 낮은 목소리에 나는 더 이상 말을 이을 수가 없었다. 언제나 밝게 빛나던 녀석의 눈은 이미 감겨 있었고, 나는 내 시선을 녀석에게서 차창 쪽으로 옮겨야만 했다.

한참을 달려서 도착한 곳은 교회였다. 녀석은 아무 말 없이 나를 쳐다보더니 내 손을 잡아끌었다.

"이거 놔!"

"……."

"이서진, 이거 놓으라구!! 놔! 놔!"

"약속했잖아, 오늘 하루 동안은 너를 나한테 맡기겠다고!"

"그건, 그건……."

"아무 말도 하지 말고 오늘만 정말 오늘만 내가 하자는 대로 하자. 응?"

난 오늘 서진이의 여러 표정을 보았다. 정말 화난 듯한, 소년 같은 듯한, 그리고 지금은 지독하게 슬픈 얼굴이었다. 아무 말도 하지 않고 난 녀석이 이끄는 대로 따라갔다. 몇 십 개가 되는 돌계단을 올라가면서도 놈은 한마디도 하지 않았다. 주위의 사람들은 드레스를 입은 나와 턱시도를 입고 있는 놈을 이상한 듯이 쳐다보았지만 녀석은 신경 쓰이지 않나 보다. 이서진, 도대체 무슨 생각을 하는 거야! 녀석은 내 손을 이끌고 교회 안으로 들어갔다.

"이러지 마! 그만 해!!"

"하나님, 저는 오늘 김수아라는 여자를 제 평생의 반려자로 맞이할 것을 맹세합니다."

"서진아!"

"사랑인 줄 알았습니다. 그 사람이, 그런데 사랑이 아니었습니다. 단지 호기심일 뿐이었습니다. 다른 여자들과는 달랐으니까… 그걸 사랑이라고 착각한 거였습니다. 하지만 지금 제 옆에 있는 여자는 다릅니다. 보고 있어도, 옆에 있어도 그립고… 보고 싶습니다. 그리고 가슴 한구석이… 아픕니다. 이제 알았습니다. 사랑이란 게 무엇인지… 그리움이라는 게 무엇인지… 이 여자를 처음 본 그때부터 알았습니다. 제가 이 여자를 가져도 되겠습니까?"

나의 손을 놓지 않은 채 맹세를 하는 녀석. 그런데 왜 그렇게 녀석의 모습이 슬퍼 보이는 건지 모르겠다. 왜 그렇게 슬퍼 보이는지. 그래, 서진아, 오늘 하루 난 너에게 나를 준 거야. 오늘 하루만큼은 나도 너만 생각할게. 다른 일은 생각하지 않고 오직… 지금 내 앞에 있는 너를……. 그리고 너에 대한 내 사랑을…….

"하나님, 저는 오늘 이서진이라는 남자를 평생 제 반려자로 맞이할 것을 맹세합니다. 허락되지 않을 사랑이라는 거… 세상이 반쪽 나도 안 되는 사랑이라는 것… 알고 있습니다. 그렇지만 하나님께서는 허락해 주시겠지요? 사랑이 제일이라고 말하셨으니까… 사랑이 제일이라고… 이 남자를 알고 난 후로 운명 앞에서는 도망칠 수 없다는 것을 알았습니다. 그리고 이 남자가 제 운명이라는 것을… 부정할 수가 없습니다. 제가 이 남자를 가져도 되겠습니까?"

나의 손을 잡은 놈의 손에서 점점 힘이 빠져나간다는 사실을 알 수 있었다. 그리고 내 코를 스치는 놈의 향기, 내 어깨를 감싸고 있는 녀석의 팔. 모든 게 익숙하기만 하다.

"사랑한다. 김수아… 정말 사랑해."

"나도 사랑해. 정말 사랑해."

"이젠 절대 놓지도 도망가게 두지도 않아. 이제 넌 나만의 신부이니까."

나는 아무 말도 없이 고개만 끄덕였다. 그리고 살포시 내 입술에… 서진이의 입술이 닿았다. 그러자 주위에서 박수치는 소리가 들렸다. 순간 난 놈에게서 후다닥 떨어졌다.

"왜? 쑥스럽냐?"

"아, 아니야!!"

"에이~ 맞네. 하지만 넌 이제 아줌마니까 이런 거 신경 안 쓰고 그래야지. 앞으로도 자주 할 건데."

"사양하겠어, 이서진 군!!"

난 기다란 드레스 자락을 들고 교회 밖으로 나왔다. 그런데 서진이 놈은 나올 생각을 하지 않는다. 할 수 없이 다시 교회 안으로 들어갔다.

"서진아, 왜 안 나와!!"

"김수아… 내 곁에 평생 있을 거지? 아무 데도 가지 않고, 세상 사람들이 뭐라고 해도 도망가거나 숨어버리지 않을 거지? 신 앞에서 맹세해 줘."

내 손을 잡은 놈의 손이 조금씩 떨고 있다는 사실을 느낄 수 있었다. 난 살며시 내 손으로 서진이의 손을 감쌌다.

"떠나지 않아… 도망치지도 않아. 숨지도 않아. 니 눈앞에서 난 영원히 살 거야."

내 말에 서진이의 얼굴엔 다시 미소가 드리워졌다. 그리고 나의 왼손 네 번째 손가락에 끼워지는 반지.

"결혼했는데 결혼 반지 정도는 있어야 하잖아. 마음에 들었으면 좋겠다."

"이서진, 너 정말… 흑흑……."

"수아야, 왜 그래? 왜 울어?"

왜 눈물이 나는지 모르겠다. 형식도, 절차도, 하객도, 화려한 조명들도 없었지만 왜 이렇게 행복한지 모르겠다. 한 번뿐인 결혼식, 나와 그만의 결혼식이라는 이유 하나만으로 나는 행복했다. 그리고 그 증거로 나의 네 번째 손가락에 자리 잡은 반지가 나의 마음을 더 울리고 있었다.

"왜 이렇게… 사람을 감동시켜."

"수아야."

"이렇게 한꺼번에 다 주고… 다 주고 너 도망가려고 하는 거지. 그런 거라면… 안 돼……."

"안 가, 너랑 평생 같이 있을 거야."

다시 나를 자신의 품 안으로 끌어당기는 녀석. 거기까지는 분위기 좋았다. 녀석이 내 귀에 이상한 말만 안 했다면…….

"그런데 수아야."

"응. 왜?"

"그럼 오늘… 나 너 안아도 되는 거지?"

"뭐, 뭐라구!!"

"오늘 너 내가 가진다구. 그래도 되는 거지? 우리는 부부니까."

"이 색마!! 호색한!! 변태!"

난 그렇게 놈을 밀치고 교회 밖으로 뛰어나왔다. 심장이 고장난 것 같다. 미친 듯이 뛰고 있다. 뒤에서 녀석의 웃음소리가 들린다. 정말 재수없는 자식!

"하하하, 김수아, 너 진짜 귀엽다."

"너… 정말!"

"진심이야, 나."

"서진아, 우리 말야, 아직은……."

"말했어… 예영이한테."

"…뭐?"

"말했다구. 너를 사랑한다고… 너밖에 없다고……."

아무 소리도 내 귀에 들리지 않았다. 더 이상은… 그리고 내 머리 속은 온통 언니의 얼굴이 가득 채우고 있었다. 눈물로 얼룩져 있는 언니의 얼굴이… 이서진, 너 오늘 정말 사람 너무 놀라게 하는 거… 알아? 나 이러면 너무 힘들어… 정말.

"왜… 바보 같은 짓을 했어?"

"그럼 언제까지 이럴 건데!! 난 너를 원하는데!! 난 너를 안고 싶은데!! 내가 원하는 여자는 최예영이 아니라 김수아인데!! 후회하지 않아."

"서진아."

"우리 이젠 우리 생각만 하자. 알았지? 이젠 우리 둘만 생각해. 말했어!! 나 오늘밤에 너 안 재운다. 쿡."

"이, 이서진!"

내가 부르는 소리에도 놈은 아무 말 없이 일어서더니 계단을 성큼성큼 내려가기 시작했다. 저놈 너무 야한 것만 좋아해. 아무래도 나 너무 좋아하는 건 아닐까? 언니는 아파하고 있을 텐데……. 사랑하는 사람과 믿었던 사람한테 배신을 당한 상처가 아플 텐데. 언니, 나 정말 나쁜 사람인가 봐. 언니, 나 언니 아픈 거 알면서도 이렇게 행복해하고 있어. 나 정말 나쁜 애인가 봐. 그런데 말야, 언니, 나 이제 나쁜 사람 될래. 나… 서진이 언니한테 못 보내줘. 미안해. 나 서진이 없으면 죽어. 이젠 저놈 없으면 내가 죽어. 언니, 미안해. 평생 나쁜 사람 될게. 미안… 미안. 나 내 행복에 욕심 낼 거야. 빼앗기고 싶지 않아. 미안… 미안, 언니…….

호텔로 가는 동안 내내 나와 녀석은 어색해서 죽을 것만 같았다. 아니, 정확히 말하자면…나 혼자서만 어색해 있었다. 아무렇지도 않은 듯 녀석은 너무 무심하게 창밖만 바라보고 있었고, 난 계속 눈치만 살폈다. 하루 이틀도 아닌데 왜 이렇게 어색한 건지.

"김수아."

"……."

"김수아!!"

"어! 왜? 왜, 서진아?"

"나 분명히 말했다. 오늘은 너 안 재운다고."

갑자기 저런 차가운 눈빛으로 사람을 보다니. 무섭다. 아까는 무심히도 창밖만 보던 눈이 지금은 나를 뚫어버릴 것같이 바라보고 있다. 정말 종잡을 수 없는 성격의 소유자 이서진.

"싫어!! 절대 안 돼!!"

"훗, 좋아, 김수아. 누가 이기나 한번 해보자구."

"조, 좋아!! 끝까지 해보겠다는 거지!! 알았어. 너 두고 봐!!"

"헉! 헉! 김수아, 너 정말 이러기냐?"

"흥!! 누가 할 소리? 그러니까 나한테 덤비지 말라고 내가 얘기했지!"

"와~ 무슨 여자가 이렇게 고집이 세냐?"

"너야말로!! 나한테 좀 져주면 안 되는 거냐!!"

촉촉하게 젖은 녀석의 머리와 몸, 그리고 시뻘게진 눈. 쿡!! 여러분 방금 또 야한 생각하셨죠!! 에이~ 알면서.

"야, 너 혹시 사기 도박단 아니냐?"

"뭐?"

"그런 게 아니고서야 어떻게 내가 너한테 30판을 다 질 수가 있냐구!!"

"이서진, 도박단이라니! 너 못하는 건 생각 안 하고!"

"아, 짜증나!! 다시 해, 다시!!"

지금 녀석과 난 호텔로 돌아오자마자 빨간 동양화를 들었다. 이 녀석이 이 내기 고스톱에 목숨을 거는 이유는 단 하나였다. 자기보다 머리가 나쁜 나한테 이기지 못한다는 그 이유, 그 이유 하나였다. 그리고 내기 고스톱에 걸린 소원 들어주기. 그놈의 소원! 사내 자식이 무슨 소원이 그렇게 많은 건지 모르겠다.

"야! 이게 니네 나라에서 우리 나라로 온 거 알지? 넌 어떻게 니네 나라 놀이도 못하냐!!"

"나 이렇게 생긴 카드!! 오늘 포함해서 딱 삼 일 봤다!!"

"그리고 덧붙여서 나한테 총 100판을 졌지."

"김수아, 정말 사람 놀릴래!! 빨리 다시 해!! 카드는 잘하는데 왜 이러지."

그렇다. 녀석은 이 빨간 동양화를 본 게 오늘을 포함해서 삼 일이었다. 우연히 텔레비전에서 방영된 우리 나라 드라마가 문제였다. 갑자기 텔레비전을 보고 벌떡 일어나 무언가를 사 가지고 오더니 나보고 할 수 있냐고 물은 게… 고스톱이었다. 아무래도 저게 무지 재미있게 보였나 보다. 물론 나야! 별장 할아버지와 산 경험상 조금, 아주 조금… 그래!! 사실은 꾼이었다!

그렇게 가르쳐 주고 시작한 고스톱이 어느덧 삼 일이 되었고, 우리의 승부는 어느새 100판으로 치닫고 있었다.

"이번엔 제발 나 좀 이기고 자자. 자!!"

"나도 이번엔 못 진다. 어떻게 너한테 질 수 있는지 내 머리가 돌이 된 기분이다."

빠직! 짜식!! 어떻게 말을 해도 저렇게 이쁜 말만 골라서 하는지. 하마터면 섞고 있던 패를 놈의 면상에 던져 버릴 뻔했다.

"나 이것만 하고 잘 거야. 벌써 새벽 4시야!! 나 졸려."

"알았으니까 빨리해!!"

내가 동양화를 나누어 주자 놈은 갑자기 진지해지더니 치기 시작했다. 순간 나는 내 눈이 너무 졸린 탓에 잘못된 것인 줄 알았다. 내가 짝을 맞추려는 순간 사라져 가는 동양화들을 보면서 허탈감에 빠졌다. 녀석은 당황해하는 내 표정을 보면서 회심의 미소를 지어 보였다. 결과는 나의 참패! 쓰리고에 고스톱에 나오는 박이라는 박은 다 뒤집어쓰고… 갑자기 녀석이 도박꾼이 되다니… 믿을 수 없어. 이건 정말 말도 안 돼!

"너, 너 무슨 짓을 한 거야!"

"훗~ 내가 뭘~ 내가 못하는 게 어디 있냐. 안 그래?"

"그래, 내가 졌다, 졌어!! 이제 자도 되는 거지? 너랑 다시는 안 친다, 저 무서운 집념."

녹색 담요에서 일어나 침대로 발걸음을 돌리던 나는 다시 주저앉고 말았다. 녀석의 이끌림에 의해서.

"아얏! 왜 그래!!"

"내기 고스톱이었잖아."

"그, 그래서?"

"들어줘야지, 내 소원."

"에휴~ 그래, 뭔데?"

"나 김수아 너… 너……."

헉! 두근. 두근. 두근. 내 심장이 미친 듯이 뛰기 시작한다. 녀석의 진지한 눈빛과 점점 다가오는 얼굴 때문에 숨을 쉴 수가 없었다. 난 눈을 감았다. 그리고 생각했다. 이 상황을 어서 벗어나야겠다고.

폭!!

폭?? 이상한 소리에 난 감았던 눈을 살며시 떴다. 그리고 내 눈에 비친 건 내 품에서 새근새근 잠을 자고 있는 녀석이었다. 나 혼자서는 수습하지 못할 말을 던져 버리고 잠에 빠져 버린 나의 서진 왕자님. 아무래도 우리는 서로를 점점 닮아가는 것 같다. 그리고 점점 익숙해져 가는 것 같다.

난 살며시 서진이의 머리를 쓰다듬었다. 손가락으로 감겨오는 녀석의 갈색 머리. 까아~!! 아무리 생각해도 머릿결이 너무 좋다! 왜 같은 샴푸를 쓰는데 내 머리는 수세미 걸레인지 정말 미스터리다.

"서진아, 고마워. 내가 널 사랑할 수 있게 해줘서. 그리고 날 사랑해 줘서……. 오늘 내가 얼마나 행복했는지 넌 모를 거야. 넌 왜 나한테 주기만 하는 거야. 난 너한테 줄 게 없는데… 그래서 너무 미안해. 사랑해, 서진아, 정말."

이렇게 놈의 귀에다가 속삭이고는 놈의 입술에 베이비 키스를 했다. '쪽' 소리 나게~ 몰라, 몰라~ 내가 생각해도 너무 앙큼하다.

서진아, 앞으로도 이렇게만 지냈으면 좋겠다. 너랑 나랑 이렇게 영원히… 다른 건 바라지 않아. 이제 그냥 니 옆에서 네가 웃는 모습만 봤으면 좋겠어. 너 힘들지 않았으면 좋겠어. 그런데 말야, 나 때문에 네가 아프고 힘들면 나 떠나야 하는 거니? 그러긴 싫은데……. 나 안 떠나도 되는 거지? 그런 거지……?

오옷! 아침부터 나의 눈틈을 비집고 들어오시는 당신은 햇빛이라는 이름을 가지신 분 아니십니까! 눈부시다!! 눈부시다. 햇빛이라는 분이 내 눈을 비집고 들어오니 난 어쩔 수 없이 내 단잠에서 깨어나야 했다.

"으으으으~"

오랜만에 크게 기지개를 켜고 일어났다. 그리고 옆을 보니 새근새근 자고 있는 녀석의 얼굴이 보였다. 요즘 들어서 제일 행복할 때는 잠에서 깨어났을 때 서진이가 내 옆에 있다는 것. 자고 있는 녀석의 얼굴을 보고 있을 때가 제일 행복하다.

"김수아, 나 뚫어지겠다. 그만 봐라."

"헛! 너 안 자고 있었어?"

"난 아까 일어났지. 그리고 커튼을 걷었지."

녀석은 먼저 일어나서 혼자서 노는 게 지루해지자 커튼을 걷고 내가 일어나도록 유도한 것이었다. 정말 잔머리가 잘 굴러가는 놈이다.

"너 혼자 깼으면 혼자 있지, 왜 자는 사람까지 깨우고 그래!"

"심심하잖아. 너 놀려먹는 게 이 세상에서 제일 재미있는 일이지."

"이 자식이 아침부터! 이서진!!"

"하하하~ 빨리 일어나서 씻어라. 나가자. 내일은 다시 도쿄에 가봐야 하니까."

내 속을 다 뒤집어놓고 나에게 살짝 미소를 지은 후 욕실로 들어갔다.

헛, 당신은 정말 진정한 꽃미남이시여~ 어찌 그리 눈부신 미소를 저에게 주시나요~ 이런, 제길!! 단순한 김수아 양. 또다시 놈의 미소에 속아넘어가다니. 녀석의 미소 효과는 정확히 5초의 효력이 있다. 에휴, 저 미소만 아니었다면.

지금 내 앞에는 넓은 바다가 펼쳐져 있다, 내가 사랑하는 녀석과 함께.

"와우~ 여긴 어디야? 무슨 외국에 온 느낌이다."

"아, 김수아, 내가 촌티 내지 말라니까 또 그러네."

"이쒸, 너 죽을래!"

"역시 재밌단 말야. 큭큭."

저런 싸가지. 그렇지만 정말 내 눈에 비친 항구는 너무 멋있었다. 푸른 파도가 넘실대는 바다 위로 난 기나긴 길, 그리고 그 길 끝에 서 있는 하얀 등대. 너무 멋있다. 정말 영화에서만 보던 그런 곳이었다.

"그렇게 멋있냐?"

"응. 지금까지 내가 봐온 것들 중에서 최고야."

"와~ 김수아, 그럼 또 감동먹은 거야?"

"어, 아무래도 그런 거 같아."

녀석을 바라보지는 않았지만 난 녀석의 시선을 느낄 수 있었다. 지금 녀석은 무슨 표정을 짓고 있을까? 살며시 손끝으로 전해져 오는 녀석의 온기~ 짜식!! 너도 감동먹은 거구나!! 그럼 그렇지!! 이런 풍경을 보고 망부석처럼 있겠냐.

"이 바다… 영원히 기억해라. 나랑 왔다는 것도 잊지 마."

"잊고 싶어도 잊혀지지 않을 것 같은데 너까지는… 잘 모르겠다."

"어? 김수아, 너 이러기냐!! 다시는 이런 데 안 데리고 온다!!"

"싫어, 싫어!! 그래, 안 잊어버릴게!"

"에휴, 정말 단순한 김수아 양. 하긴 이래서 놀려먹기는 좋지만."

엥!! 그럼 나 또 놀림받은 건가? 갈수록 녀석의 장난 수준은 업그레이드되고 나의 단순함은 바닥을 치닫고 있었다. 어찌 시간이 지날수록 나는 더욱더 바보가 되어가는 건지.

[와~ 이게 누구십니까? 이서진 군, 오랜만이군요.]

헛! 이 익숙한 목소리? 그리고 일본어는? 난 살짝 뒤돌아봤다. 역시나 다를까 나의 이 뛰어난 기억력! 그래 내 기억력은 쓸데없는 것만 가득하긴 하다. 그게 문제다. 아, 지금 내 기억력을 따질 때가 아니다. 독고준, 그놈에게서 섬뜩할 정도로 뿜어져 나오는 카리스마. 검은 정장에 검은 선글라스에 가려진 냉정한 눈. 가려져 있어도 난 볼 수 있었다, 독고준 그가 날 바라보고 있다는 것을…….

[이런, 인사도 안 하실 겁니까?]

[난 당신 따위는 보고 싶지 않습니다.]

[와, 여전히 냉정하시군요. 그렇지만 저번에도 말했듯이 전 당신이 아닌 수아 씨에게 관심이 있는 것입니다.]

또 무언가 밀담을 나누는 게 틀림이 없다. 내가 알아들을 수 없는 말들은 다 밀담이다. 도대체 무슨 말들을 하는 건지.

[한국말 할 줄 아시죠? 이제부터 한국어로 하죠.]

[마음대로.]

"오랜만이네요, 수아 씨."

"아… 네, 안녕하세요."

살짝 목례를 하고 앞을 봤을 때 내 눈앞에는 아무것도 보이지 않았다. 오직 내 눈앞에 비친 것은 서진이 녀석의 넓은 등이었다.

"함부로 인사도 보지도 마!!"

"이런 너무 지나친 소유욕 아닙니까? 사람 사는 데 인사만큼 좋은 건 없죠."

"당장 사라져!! 이곳에서."

"훗. 이서진, 정말 웃기는군!! 좋아, 한 가지만 말하지. 아니, 이건 선전 포고야. [지금 네가 소유욕을 내세우고 있는 여자, 그러니까 니 처제… 이제 곧 내 여자가 될 거니까 잘 보관해 두라구.] 그럼 수아 씨, 다음에 뵙죠."

나에게 살짝 윙크를 하고 사라져 가는 독고준 자식!! 당신 너무 느끼한 거 아냐! 앗, 그런데 뭐라고 한 거지? 갑자기 선전 포고다 뭐다 하면서 중간에 일본말로 말해 버린 독고준이라는 놈. 재수없다!! 한국어로 할 땐 어쩌고 갑자기 일본어로 하는 거야!! 궁금하잖아. 궁금… 아니, 궁금해지 않다!! 그래!! 서진이의 경직된 얼굴을 본 순간 무슨 말을 했는지 알 수 있었으니까…….

"서진아, 하하, 정말 이상한 사람이다. 그치?"

"그래, 이상해. 왜 저 자식만 보면 죽여 버리고 싶은 거지?"

"하하, 자식!! 그런 농담은 하지 마. 가자, 춥당!!"

"농담 아냐. 죽여 버릴 수도 있어. 나한테서 빼앗아가면……."

오랜만에 녀석의 차가운 얼굴을 본다. 처음 보았던 그 얼굴, 너무 차가워서 다가설 수 없었던 그 얼굴… 냉정하다 못해 섬뜩한 눈빛 예전의 서진이었다.

"에이~ 이서진!! 저 사람이 무슨 말을 했는지는 모르지만 신경 쓰지 마! 그냥 미친놈이 난리쳤다고 생각해!!"

"김수아, 원래 미친놈들이 더 무서운 거야. 무슨 짓을 할지 모르거든."

오늘따라 녀석에게 농담이 먹혀들지 않는다. 제엔장—!! 다 독고준 저놈 때문이다. 아까까지만 해도 화기애애하던 분위기가 이렇게 망가지다니. 가다가 벼락이나 맞아라!!

"김수아, 저런 미친놈한테 넘어가면 너도 미친 거야."

"그래, 알았어. 나 미치지 않았으니까 걱정 마."

"난 너 믿는다. 알았지?"

"그……."

앗!! 녀석은 나를 자신의 품에 가두어 버렸다. 그리고 엄청 세게!! 솔직히 아팠다. 아파서 눈물이 날 정도로 나를 꽉 껴안았다.

"그런데 수아야, 나 왜 이렇게 불안하지? 넌 내 앞에 있는데… 나만 보고 있는데 불안해. 너무……. 나 왜 이러지? 네가 사라져 버릴 거 같아, 네가."

난 아무 말 없이 녀석의 등을 토닥여 주었다. 짜식, 너무 귀엽다. 이럴 때는 나보다 나이 어린 게 티가 난다니까. 정말 아직 어린애야~

"그런 불안은 없애. 난 절대 없어지지 않으니까. 영원히 니 곁에 있을 테니까."

그런데 말야. 나도 불안해. 이런 행복… 나한테는 너무 과분하니까. 인어공주의 사랑처럼, 내 사랑도 물거품처럼 사라져 버릴까 봐. 다른 동화처럼 언제나 내 사랑도 해피엔딩이었으면 좋겠지만… 꼭 내 사랑, 이런 행복이 사라져 버릴 거 같아. 왜 우리는 독고준이 한 번 휩쓸고 가면 이렇게 어색해지는 건지 모르겠다. 나쁜 독고준! 이러니까 내가 놈을 싫어하는 거다! 꼭 분위기가 좋을 때만 나타나서 휘저어놓고 가고.

이렇게 혼자서 궁시렁대고 있는데 갑자기 서진이가 웃기 시작한다.

"갑자기 왜 웃어?"

"수아야, 나 이혼할 거다."

"뭐, 뭐라구?"

"전화해서 말할 거야. 예영이한테 헤어져 달라고."

"저기… 서진아."

"아까 그 자식이 처제래. 네가… 처제."

그랬군… 처제라고 한 거로군. 그런데 그게 웃을 만한 일인가??

"아무 말도 할 수 없었다. 그 자식 말을 반박할 수가 없었어. 그런 내 자신이 너무 웃기다. 말할 거야, 예영이한테 이혼해 달라고. 그래서 당당하게 사람들 앞에서 널 내 아내라고 소개할 거야. 그리고 더 이상… 그놈이 우리 사이에 끼는 거 싫어."

"그래도 언니한테 그러는 건……."

"김수아, 어차피 한 번은 겪어야 해. 너도 나 사랑하잖아. 맞지? 날 믿어, 수아야."

서진아, 너 지금 모르지? 너의 깊은 검은색 눈동자가 흔들리고 있어. 바보… 힘들어할 거잖아. 너 언니 버리고 나랑 있어도 행복해할 수 있어? 서진아, 너 그럴 수 있어? 지금 이 순간에도 힘들어하고 있으면서 그럴 수 있어?

이렇게 생각하면서도 난 아무 말도 할 수 없었다. 내가 이렇게 말해 버리면 녀석이, 서진이가 언니를 떠나는 대신 날 버릴 테니 아무 말도 할 수 없었다. 그냥 녀석을 보고 웃어줄 수밖에는 없었다. 최대한 활짝 불안한 내 마음을 숨길 수 있게…….

"김수아, 너 내 말 무시하냐?"

"어? 왜?"

"내가 함부로 웃지 말했지? 정말 감옥으로 보내 버린다!"

나참!! 그럼 나보고 어떻게 하란 말인가. 울기만 하라는 것인가? 아님 인상만 팍팍 쓰라는 말이냐!

"김수아, 정말 행복해서 웃는 거라면 웃어도 돼."

이 자식이 이젠 사람을 가지고 장난을 치냐! 웃지 말라고 할 때는 언제고 또 웃으라는 건 뭐냐!

"웃어줘. 나랑 있을 때만 웃어. 다른 사람과 있을 때는 웃지 마. 네가 다른 사람 때문에 웃는 건 싫으니까. 나만이 널 웃게 할 수 있게 해줘. 나만이 니 얼굴에 미소를 볼 수 있게 해줘."

헉! 자식, 갑자기 그렇게 진한 감동을 주는 말을 하면 내 심장은 미친 듯이 뛴단 말이다! 너 요즘 너무 날 감동시켜서 걱정이구나.

"야, 그렇다고 그렇게 실실대지는 마. 바보 같은 여자는 싫으니까."

"우씌! 이서진, 너 죽을래!"

"하하하. 진짜 너무 재미있어. 이젠 너 놀려먹는 재미없으면 사는 낙이 없다."

"정말 죽으려고! 너 이따가 보자."

"좋아, 얼마든지. 넌 아직 나한테 안 돼."

나를 보면서 웃는 녀석과 녀석을 보며 씩씩대고 있는 상반된 나의 표정. 언제나 서로를 보면서 웃을 수만 있었으면… 언제까지나 행복하다고만 느꼈으면… 난 녀석을 바라보면서 생각했다. 늘 함께했으면 좋겠다고.

호텔로 돌아왔을 때 내 눈은 다시 왕따시만해졌다. 그 이유 이곳에서 주주파티를 한다고 한다. 파티란 먹을것이 있는 곳. 내 생각을 눈치 챘는지 녀석은 날 한심하다는 듯이 쳐다보고 있었다.

"왜 그렇게 보는 건데!"

"한심해서 그런다. 네가 무슨 생각을 하는지 다 보여서!"

"네가 귀신이냐! 어, 어떻게 알아?!"

"에휴~ 김수아, 너는 파티는 먹을거리 많은 곳이라고 생각하잖아. 그래, 오늘 실컷 먹고 배 터져라."

이렇게 말하고 엘리베이터 안으로 들어가 버리는 녀석. 역시 녀석은 눈치 백단에 족집게 도사였다. 금세 풀이 죽은 내 모습이 신경이 쓰이는 지 녀석은 계속 나를 바라보았다.

"뭘 봐."

"그런 말 했다고 삐친 건 아니지?"

"그래, 안 삐쳤어."

"그런데 표정은 왜 그래?"

"내 표정이 뭘."

"입이 엄청나게 튀어나왔는데 이건 무슨 의미일까?"

"안 삐쳤어!! 안 삐쳐……."

내 말소리가 입 안에서 메아리치고 있었다. 내 입술에 촉촉한 감촉이 닿았다. 뭐긴 뭐겠어요. 서진이의 빠알간~ 입술이죠!! 신기하게도 놈에게 토라졌던 마음이 순식간에 사라져 버렸다. 이런 키스 하나에 넘어가다니. 김수아, 너 애정결핍에 변녀였단 말이냐!

한참 후에 점점 놈이 나에게서 멀어져 가고, 난 아쉽다는 생각이 들었다. 진정 난 변녀였다!! 그래도 여자는 자고로 내숭이 있어야 여자라고 안 했던가! 큭큭큭.

"너… 너 누가 키스하래!"

"난 네가 입 쭉 내밀고 있길래 키스 해달라는 의미인 줄 알았지."

"흥!! 누가 니 마음대로 생각하래!!"

"그래서 앞으로 하지 말라구?"

"어? 아니… 그게, 그게……."

"하하하, 김수아, 넌 나한테 안 된다니까. 난 이미 니 맘속이 보인다니까."

젠에장! 아무래도 오늘밤에 녀석을 제거해야 할 것 같다. 나에 대해서 너무나 잘 알고 있는 녀석. 너무 위험해. 이렇게 황당하고도 부질없는 생각을 해본 나였다.

녀석은 호텔 방에 들어서자마자 나에게 요상스런 보따리 하나를 내놓았다.

"이게 뭐야?"

"오늘 파티한다고 했잖아. 입어. 중요한 파티인 거 알지? 이쁜 것은 바라지도 않고, 그냥 깔끔하게만 보여라. 입고 나와라."

그래, 깔… 가만 이거 내 욕 하는 거 같은데. 이쁜 거 바라지도 않고, 깔끔하게만 입으라구? 이런 재수없는 자식. 난 혼자서 궁시렁대면서 옷을 갈아입었다.

분홍빛 실크로 된 이브닝 드레스였다. 예쁘다. 그런데 왜 이렇게 등이 시원하냐? 헛! 거울에 비춰진 나의 모습은 정말 가관이었다!! 허연 등이 고스란히 아주 고스란히 드러나 있는 것이었다. 이 자식, 무슨 마음으로 이런 드레스를! 난 어쩔 수 없이 나의 기나긴 머리를 풀어헤치고 나왔다. 엄청난 쑥스러움과 민망함으로 호텔 방문을 열고 나오자 녀석은 어느새 옷을 갈아입었는지 말끔한 정장 차림으로 기다리고 있었다.

"빨리 입고 나왔… 근데 머리는 왜 풀렀냐?"

"죽을래! 내가 누구 때문에 이러는데! 이거 안 보이냐!"

난 풀어헤친 머리는 들추어내고 허연 등을 놈에게 보여주었다. 순간 놈은 잠시 당황하는 듯하더니 얼굴이 빨개졌다. 저 자식이 무슨 생각을…….

"야야! 너 왜 얼굴이 빨개져?! 무슨 생각 했어?! 또 야한 생각 했지?!"

"흠흠!! 가자, 김수아. 머리는 계속 풀고 있어라. 흠흠!!"

짜식!! 헛기침은. 그렇지만 내가 봐도 이 옷은 너무 오버다. 이런 생각을 하며 드레스를 살펴보는 사이에 우리는 파티장에 도착해 있었고 나는 어떻게 호텔 지하에 이런 게 있는지 놀라울 뿐이었다.

"입 다물어라. 침 떨어진다."

"내가… 내가 언제 침을 흘렸다고 그래? 쓰읍."

"하여간 더러워서."

계속 나에게 투덜대고 있는 녀석을 한번 째려주고 파티장 안으로 당당하게 들어갔다. 그런데 난 그 장소에서 내 눈을 의심할 수밖에 없었다. 그리고 심장이 내려앉는 소리를 들었다, '쿵' 하고.

"야, 왜 그래? 뭘 보고 그…… 예영아?"

그랬다. 미국에 있어야 할… 지금쯤 연극 연습에 한참이어야 할 언니가 저 멀리서 독고준이라는 사람과 함께 와인을 마시며 있었다. 그리고 나를 발견하고 웃었다. 여전히 밝은 미소를 지어 보였다.

"어머, 서진아, 어? 수아야?"

"웬일이야?"

"웬일이긴. 이런 행사가 있었으면 나에게 연락을 했어야지."

"최예영."

"나 이제 일본에 남을 거야. 미국으로 돌아가지 않아. 연극보다는 네가 더 소중하니까."

"따라나와!"

서진이는 예영 언니의 손목을 이끌고 파티장 밖으로 나갔다. 그런 서진이와 언니의 모습을 본 사람들로 인해서 순식간에 파티장은 웅성대기 시작했다.

"어때, 기분이?"

씁! 이 얄미운 목소리는 독.고.준. 꼭 사람 기분 망치는 자식!

"무슨 뜻이죠?"

"예영이를 만난 기분 어떠냐구? 내가 오라고 했어. 이 모임 이서진과 예영이의 파티니까."

"아, 아무 느낌 없어요."

나쁜 자식!! 내 기분이 어떨지는 네가 알잖아. 무너져 내리는 내 마음 알잖아! 불안한 마음 알잖아! 죄책감뿐이라는 거 알면서. 나는 나에게 미소를 지으면서 말하는 이놈의 면상에 들고 있는 와인을 뿌려주고 싶었다. 그 생각을 참으면서 와인 잔을 꼭 쥐었다. 그런데 점점 나에게 다가오는 놈. 뭐, 뭐지?

"오늘 정말 섹시한데? 드레스가 마음에 드는지 모르겠군."

뭐라구? 그럼 혹시 이 드레스?!

“내가 사람들을 시켜서 드레스를 바꿨거든. 이서진이 준비한 건 예영이의 드레스잖아.”

“나, 나한테 왜 이래요!”

“말했지? 무슨 수를 써도 난 내가 가지고 싶은 건 가져, 널 짓밟아서라도.”

순간 등에 소름이 끼치는 것 같았다. 그리고 점점 나에게 다가오는 놈을 피해서 나는 뒷걸음치고 있었다.

“다, 다가오지 말아요!!”

“두려운가 보지? 훗, 그런 심장을 가지고 어떻게 언니의 남자를 가로챌 생각을 했지?”

더 이상 나는 뒷걸음을 칠 수 없었다. 내 등 뒤에 차가운 벽이 닿았다. 그리고 내가 질끈 눈을 감는 순간 점점 내 얼굴을 행해서 다가오는 놈의 얼굴만 보였을 뿐이었다.

퍽!

‘퍽’ 이라는 소리와 함께 눈을 뜬 순간 나는 예전에 한국에서 봤던 장면을 한 번 더 볼 수 있었다. 그 장면이란 서진이는 씩씩대고 있고, 독고준 놈은 널브러져 있었다. 메롱!! 쌤통이당!!

“괜찮아?”

“으… 응.”

널브러져 있던 독고준은 아무렇지도 않은 채 옷을 털고 일어났다. 그리고 자신을 왜 때렸냐는 듯이 서진이를 바라보았다. 뻔뻔스러운 자식!!

"이서진 씨, 전 제가 왜 맞아야 하는지 모르겠는데요."

"이 자식!!"

"혹시 착각하신 건가요? 이 여자 분은 예영이가 아니라 당신의 처제인 수아 씨인데요."

순간 서진의 얼굴이 싹 굳는 동시에 또다시 주먹에 힘이 들어가는 것을 알 수 있었다. 그리고 어느새 달려왔는지 기자들은 사진을 찍고 있었다.

[씨발! 카메라 다 치워!]

서진이가 일본어로 뭐라고 하자 경호원들이 들어와서 카메라를 뺏고 기자들을 내쫓기 시작했다.

"독고준, 더 이상은 봐주지 않아. 날 화나게 해서 좋을 일은 없어."

"훗, 이서진 씨 전 당신의 위치를 알려준 것뿐입니다. 전 당신 때문에 예영이와 수아 씨가 아픈 걸 보고 싶지 않을 뿐입니다."

"거기에 수아는 왜 끼지? 당신이 사랑하는 건 최예영인데."

역시 내 예감이 맞았어! 독고준 자식이 좋아하는 건 언니였던 게야. 푸하하하! 이 날카로운 직감!! 그런데 왜 나한테 집적대는 거지??

"과거일 뿐입니다. 지금 내가 원하는 건 최예영이 아니라 김수아입니다."

"내가 너한테 주기 싫다면?"

"모든 걸 다 가질 수 있다고 생각하면 너무 지나친 오만 아닌가?"

"더 이상 날 화나게 하지……."

"까악!"

순간 나를 사이에 두고 있던 독고준과 서진이의 시선이 소리가 나는 곳으로 향했다. 왜 웅성대는 거지? 설마… 내 시선은 자연스럽게 서진이의 눈동자를 살피게 되었다. 심하게 흔들리고 있었다. 그리고 점점 나에게서 멀어져 가고 있었다.

"예영아!"

나는 보았다. 초점없이 흐려진 언니의 눈동자와 피가 흘러내리는 손목을… 그리고 또 서진이가 언니를 부둥켜안고 눈물을 흘리는 모습을.

"바보야,이게 무슨 짓이야!"

"서진아, 서진아."

[이봐! 응급차 불러! 어서!]

그동안 느껴왔던 불안감이 다시 나에게 다가왔다. 그가 날 떠난다… 그가 날 버린다. 그런 내 불안이 현실이 되는 것 같았다. 그 순간 내 귀를 파고드는 차가운 한마디…….

"내가 말했지? 이서진은 절대 최예영한테서 벗어날 수 없어. 이서진은 지금 이 순간 네가 아닌 최예영을 선택한 거야. 넌 버림받은 거라구."

"그래서 나보고 어쩌라구!!"

"포기해. 네가… 너만 포기하면 다 행복해지잖아."

그래, 어쩌면 내가 포기하는 것이 다 행복해지는 것일지도 모른다. 그런 생각으로 뒤돌아선 순간 눈앞이 핑 돌면서 아무것도 기억나지 않는다. 다만 기억나는 건… 언니를 들고 안아서 밖으로 빠져나가는 서진이의 모습이었다. 그게 마지막 내 눈에 담긴 서진이의 모습이었다.

눈을 떴을 때는 낯선 느낌에 놀라 눈을 뜰 수밖에 없었다. 그리고 차가운 촉감의 이불이 내 피부에 와 닿았다. 서… 설마! 혹시란 생각에 옆을 살짝 돌아봤을 때 Oh! my god! 웬 남정네의 미끈한 등이 보였다. 독고준이라는 남정네의 얼굴을… 뭐, 뭐?! 독.고.준?!

"까악—!!"

나도 모르게 내 입에서 터져 나오는 비명소리에 독고준 놈은 부스럭대더니 일어났다. 헉스! 왜 남자들은 자고 일어나면… 원래 이렇게 섹시한 걸까? 침 넘어간당!! 변녀 본색!! 아, 이럴 때가 아니지!! 김수아, 정신 차려! 그런데 당신도 서진 군과 만만치 않게 섹쉬하구려.

"뭐야. 잠자는데 왜 고함 지르고 그래."

"이게 무슨 짓이에요!"

"뭐가?"

"이게 지금… 무슨 상황이냐구요!!"

"너랑 내가 지금 한이불 속에 있는 거? 이게 뭐."

"이… 이쒸! 이 변태. 호색한 자식!"

난 놈을 계속 째려주었다. 그 순간 놈은 황당한 듯이 나를 바라보았다.

"설마 내가 널 건드렸다고 생각하는 거냐?"

"그… 그럼 아니에요?!"

"풉! 풉!! 하하하하!!"

갑자기 녀석은 미친 듯이 웃어대기 시작했다. 왜 웃는 거지? 이 자식이! 죄를 회피하려고 미친 척을! 겉은 멀쩡하게 생긴 놈이 참 잔머리도 잘 굴려요!! 하지만 넘어갈 수 없다!!

"이씨!! 왜 웃어요!!"

"김수아, 너 너무 오버다. 넌 옷도 안 벗고 남녀끼리 관계를 맺냐?"

"엥?? 그게 무슨……."

난 내 모습에 경악을 했다. 나는 너무 완벽하게 옷을 입고 있었다. 그럼 아까 그 차가운 감촉은 등 파인 드레스를 입은 탓에 등에 닿은 그 이불 감촉에 혼자서 오버한 것이었다. 쪽팔려! 어, 어쩌지. 이런! 머리가 안 굴러간다. 제길!!

"미, 미안해요. 오해해서."

"훗. 와~ 이거 너무 섭섭한데? 나는 누구 간호하느라고 새벽에 간신히 잠들었는데."

설마 이 남자가 나를 간호했다는 소리인가? 에이~ 이 자식이 그렇게 싸가지가 있을……! 그 순간 내 눈에 들어온 것은 침대 옆 테이블 위에 있는 물수건과 대야를 보고 알 수 있었다. 정말 나를 간호해줬구나. 은근히 감동이다.

"고, 고마워요. 그럼 전 이만."

"훗. 그래, 지금 가야겠네. 4시군. 다음에 신세 꼭 갚으라구."

너무 순순히 보내주다니 정말 이상하군. 사람이 하루아침에 달라지다니 더 무섭다. 이런저런 생각으로 복잡해하면서 호텔 방으로 들어왔을 때 내 눈에 들어온 것은… 침대 모퉁이에 걸터앉아 있는 서진이의 모습이었다.

"어, 언니는 괜찮아."

"……."

"서진아, 왜 그래? 응?"

"수아야, 어떡하냐… 미안해서……."

"왜… 왜 미안해? 응?"

"나… 나 말야. 예영이한테 가야 할 것 같아. 미안해. 약속 지키지 못해서 정말 미안해. 크흑. 용서하지 마. 나 같은 놈… 용서하지 마. 크흑."

하나님, 저와 그가 언약을 맺은 지 이제 하루가 지났습니다. 그런데 이렇게 데려가시는 건가요? 늘 알 수 없는 불안감에 떨게 하셨던 게… 이것 때문이었나요? 안 돼! 그럴 수 없습니다. 서진이가 나를 떠나게 할 수는 없어요! 싫어요. 나도 언니처럼 서진이가 없으면 살 수 없다구요! 살 수 없다구요!!

내 마음속에서 이런 말들이 울려 퍼졌지만 난 한마디도 할 수 없었다. 힘들어할 테니까. 내가 붙잡으면 분명히 강한 척하는 이 녀석의 약한 모습을 봐야 할 테니까. 웃었다. 또다시 나의 그놈을 위해서 애써 밝은 척하면서 웃었다.

"언니한테 가."

"수아야……."

"힘들어하지 말구… 난 괜찮아. 헤헤. 나 강하잖아. 너 없이도 잘 살 수 있어."

"미안. 버리지 않겠다고 했는데 미안… 미안해, 수아야."

나에게 다가오는 서진이에게 알싸한 알코올 냄새가 났다. 아무래도 나의 서진이, 아니, 언니의 남편 서진 형부가 술을 마신 것 같다. 점점 나에게 다가오는 서진이의 얼굴과 익숙하게 입술에 닿는 느낌과 함께 내 몸을 감싸고 있었던… 내 드레스가 작은 웅덩이를 만들면서 아래로 떨어졌다. 그리고 그 뒤에는 어떻게 되었는지 기억나지 않는다.

그저 동쪽 하늘에서 해가 뜰 때까지 서진이는 일어나지 않았고 나는 마지막으로 서진이의 이마에 키스를 하고 방에서 빠져나왔다. 그런데 사람의 미련이란 게 왜 이토록 비참하게 만드는 건지… 문을 열고 나갈 때까지도 난 서진이에게서 눈을 떼지 못했다. 그렇지만 돌아서야 한다. 그게 더 이상 녀석을 힘들게 하지 않는 거니까…….

"안녕… 서진아……."

늘 불안했어, 서진이 널 보면. 그 예쁘고 까만 눈동자가 날 봐라보고 있어도 난 늘 불안했어, 그래서 늘 기도했어. 이 불안한 내 마음이 현실이 되지 않게 해달라고……. 그런데 현실이 되어버렸네. 이제 넌 나를 떠났고, 너는 이제 날 보내줄 수 있어도 난 그렇게 하지 못해. 한 사람밖에는 없으니까… 나에게 사랑은 너 하나뿐이니까. 사랑해… 서진아, 사랑해.

그렇게 서진이에게 작별 인사를 하고 호텔방을 나선 나의 눈에 들어온 건 희미하게 웃고 있는 독고준이었다. 그 사람은 서서히 나에게 다가오기 시작한다. 알고 있겠지, 저 사람은? 그래, 당신 말이 옳았어. 서진이는 언니를 버리지 못해. 아니, 어쩌면 나를 사랑한다고 착각한 걸지도 몰라. 언니의 빈자리를 나를 이용해서 채운 걸지도 몰라. 내가 언니와 닮았으니까…….

"여긴 무슨 일이에요?"

"위로해 주려고 왔지. 어때? 내 말이 맞았지? 내가 이긴 거야, 김수아."

그래, 당신이 이겼어. 나의 완패야. 그런데 사람 위로해 주려고 왔다면서 왜 남의 속을 뒤집는 거야! 정말… 힘든데. 당신이 그러지 않아도 나 충분히 힘든데. 그 자리에서 주저앉아 버렸다. 더 이상은 서 있을 힘이 없었다.

"나한테 와. 난 너한테 그런 불안한 사랑 따위는 심어주지 않아."

"당신이라는 사람 정말 웃기는군요. 불안한 사랑? 그래, 당신 말이 맞아. 언제나 불안했지. 서진이가 날 떠나 버릴지도 모른다는 생각 속에서 언제나… 언니가 언제 돌아올지 모른다는 그 불안감에……. 그렇지만 그런 불안한 사랑이었지만 행복했다면 믿을래요? 당신에게 줄 마음 같은 건 없어! 이만 가볼게요. 그럼."

난 벽을 의지해서 간신히 일어났다. 그리고 조금씩 서진이가 있는 그 방에서 멀어졌다.

"김수아, 넌 나한테 오게 되어 있어. 말했잖아, 난 가지고 싶은 건 갖는다구. 예영이처럼… 빼앗기지 않아. 각오해, 널 짓밟아서라도 내

것으로 만들 테니까! 그럼 한국에서 보자구."

뒤돌아서 가는 나의 뒤에서 독고준은 계속해서 무언가를 말했지만 내 귀엔 아무것도 들리지 않았다. 간신히 눈물을 참고 무작정 호텔 로비로 나왔다. 그리고 그곳에서 기사 아저씨는 찾아 공항까지 데려다 달라고 했다. 내 어색한 미소에 이상한 표정을 지으셨지만 이내 말없이 나를 공항에 데려다 주셨다. 나는 그런 아저씨에게 마지막 인사를 했다. 무, 물론! 한국말로.

"그동안 고마웠어요. 그럼."

그리고 공항으로 들어가 한국행 비행기 표를 끊었다. 내 짐은 어떡하지? 까짓것, 나중에 붙여달라고 하지. 근데 이 반지는 어떻게 하지? 아직도 내 손에서 반짝이고 있는 언약의 증거인 반지. 손에서 빼고 싶지 않았다. 이 반지는 내가 서진이를 느낄 수 있는 마지막 물건이기에……. 나는 차마 그 반지를 손에서 빼지 못한 채 매만질 뿐이었다.

서진아, 나 이거 하나만 가져갈게. 다른 건 필요없어. 이거 하나만 가져갈게. 난 반지가 끼워진 내 손을 가슴에 품고 비행기에 몸을 실었다. 나는 그렇게 서진이가 있는 미치도록 사랑하는, 아니, 했던 나의 그놈이 있는 그곳을 뒤로하고 한국으로 돌아갔다.

그러나 한국이라는 내 고향은 나를 반겨주지 않았다. 성북동에 있는 외삼촌 집에 갔을 때는 이미 집이 뒤집혀 있었다. 내가 집에 들어서자 외숙모는 나의 옷깃을 잡고 흔드셨다.

"네가 어떻게 우리한테 이럴 수 있니!"

"죄송해요. 외숙……."

짝—!!

내 볼에 뜨거운 마찰과 함께 아픔을 느꼈다. 나를 때린 건 외삼촌이었다. 내 머리를 쓰다듬어 주시던 그 손이 오늘은 내 뺨에 와 닿았다.

"난 널 그렇게 키운 적 없다! 어떻게 네가 나한테 이럴 수 있는 거냐!!"

"죄송해요, 삼촌."

"나가라!! 꼴도 보기 싫다!"

"죄송합니다. 죄송합니다."

오늘 나는 10살 이후로 늘 우리 집이라고 생각한 그곳에서 나왔다. 날 차갑고 더럽게 쳐다보는 외숙모의 시선과 날 때렸지만 안타깝게 쳐다보시는 외삼촌의 시선을 뒤로하고…….

"와~ 근데 어디로 가지?"

애써 미소를 지으려고 했지만 오늘은 그렇게 할 수가 없다. 왜 이럴까? 눈물이 났다. 서진이를 보내줄 때도 이러지 않았는데……. 왜 갑자기 이렇게 슬픔이 한꺼번에 밀려오는 거지? 왜… 왜?

사람들이 나를 힐끔힐끔 바라보면서 지나간다. 에휴~ 하나한테나 가봐야겠다.

"김수아! 이 기집애!! 오랜만이당."

"그래."

"근데 너 얼굴이 왜 그렇게 부었어?"

"아니, 아무것도 아냐."

"너 무슨 일 있었지. 이 짐은 또 뭐야! 빨리 말해, 김수아!"

"아무 일도 없었어. 나 지방으로 내려……."

"난 너한테 친구 아니냐?"

미안, 하나야. 너한테 말할 수 없어. 너도 나 나쁜 년이라고, 미친 년이라고 욕할까 봐 두려워. 미안해. 언젠가 내가 서진이의 이야기를 추억처럼 되새기면서 웃을 수 있는 날… 그때 너에게 말해 줄게. 그때 말해 줄게.

"미안. 나중에… 나중에 용기나면… 말해 줄게."

"하여간!! 그래, 약속이다. 꼭! 알았지?"

"그래. 아, 나 기차 시간 다 됐다. 가볼게."

"기집애, 만난 지 몇 분이나 됐다고 벌써 헤어져?"

"미안. 내가 전화할게."

결국 내가 온 곳은 엄마, 아빠의 고향이었다. 김수아 너도 어쩔 수 없구나. 사실 서진이가 알고 있는 곳으로 가고 싶었다. 혹시나 하는 마음에, 혹시나 하는 미련 때문에 바보처럼.

"아이구! 아가씨, 여긴 또 웬일로 오셨어요?"

"할아버지!!"

"허허허, 춥습니다. 어서 안으로 들어오세요."

그때 왔을 때와 변함이 없었다. 여전히 커다란 피아노가 있었고 또 큰 창에서는 빛이 들어오고 있었다.

"그런데 왜 또……."

"아, 저 이제… 여기서 살 거예요. 엄마, 아빠랑."

"아가씨, 설마 그분이랑……."

"에이~ 할아버지, 절 어떻게 보시고! 제가 남자 하나 때문에 이러겠어요? 그냥 엄마, 아빠랑 같이 살았던 곳에서 살고 싶을 뿐이에요. 정말 그뿐이에요. 정말 그뿐……."

"힘들 때만 내려오시지 않았습니까. 이 늙은이는 왜 이렇게 아가씨가 안타까운지 모르겠습니다."

제가 할아버지 눈에는 그렇게 보이나요? 역시 할아버지 눈은 속일 수가 없네요. 그렇지만… 모른 척해주세요. 제가 정리할 수 있게 서진이에게서 벗어날 동안만, 이 반지 뺄 수 있을 때까지만 기다려 주세요. 언젠가는 환하게 웃으면서 서진이를 이야기할 수 있을 때… 그때 모두에게 말할게요. 웃으면서 농담처럼……. 하지만 두려워요. 과연 그런 날이 올지… 내가 이서진이라는 남자를 잊을 수 있을지 두려워요. 너무… 너무…….

웃고 있었다. 수아는 그녀는 웃고 있었다. 헤어지자고… 내 죄책감을 떨쳐 버리기 위해 예영이에게 돌아가겠다고 말했을 때도……. 얼마나 아팠을지 아는데 가슴이 무너져 내렸을 거라는 거 아는데… 그 바보는 웃으면서 날 보내줬다. 김수아는 바보다. 그런 널 사랑하는 나 역시 바보다. 그런 널 나 역시 바보처럼 붙잡지 못했다. 나 역시……. 벌써 일주일이 됐다. 수아가 떠난 지 아직도 '안녕' 이라고 인사하던 그 목소리가 아직도 귓가에 맴도는 서진. 분명히 울음이 섞인 목소리였다, 그녀의 목소리는…….

"서진아… 서진아, 나 좀 봐."

"비켜!"

"서진아."

"꺼지라구!! 나가, 이 방에서 당장!"

예영이는 아무 말도 하지 못하고 서진이를 뒤로한 채 방을 나올 수밖에 없었다. 수아와 자신이 쓰던 방에서 일주일 동안 꼼짝도 안 하고 있는 서진이었다. 수아를 너무 쉽게 보내 버린 자신도 자신을 너무 쉽게 떠나 버렸던 수아도 지금은 너무나도 원망스러웠다. 서진은 조심스레 침대에 누워본다. 그리고 그의 볼을 타고 눈물이 흐른다.

"가버렸어. 김수아, 아니, 내가 널 버렸어. 미안… 미안. 수아야, 미치도록 보고 싶다. 니 곁으로 가고 싶어. 너랑 같이 숨 쉬고 싶어. 사랑해… 사랑해, 수아야."

아직도 그의 귀에는 자신에게 사랑한다는 말을 속삭이는 수아의 목소리만이 가득할 뿐이었다. 그리고 서진이는 알고 있었다. 점점 더 자신은 죽어갈 거라는 것을… 다시는 심장이 뛰지 않을 것을.

방에서 나온 예영은 아직도 서진이가 있는 방문 앞에서 떠나지 못하고 서성대고 있다. 그러다 자신의 팔목에 감싸 있는 하얀 붕대를 바라보았다. 자신과 헤어져 달라는 그 말을 듣는 순간 예영의 마음은 무너져 내리는 것만 같았다. 설마 하는 생각으로 현실을 부정하려고 했지만 그녀에게 현실은 너무나 가혹했다. 그를 사랑한다. 보내줘야 하는 걸 알지만 그러기 싫기에……. 그녀는 자신의 손목을 그었다.

이렇게 해서라도 그를 붙잡고 싶었다. 그가 자신을 사랑하지 않는다고 해도 앞으로도 영원히 수아를 사랑한다 해도 그녀는 서진이에게서 버림은 받고 싶지 않았다.

"서진아, 미안… 미안……. 인정하기는 싫지만 네가 수아를 사랑하는 만큼 나도 널 사랑한다는 사실을 알아줘. 이런 이유로 널 붙잡는 날… 용서해 줘. 하지만 난 너 없이는 하루도 견딜 수가 없어. 단 하루도……."

서진이가 있는 방문 앞에서 이렇게 조용히 속삭여 보는 예영이였다. 서진의 귀에는 들리지 않을 속삭임을, 그리고 서진 역시 수아에게는 들리지 않을 말을 나지막하게 되뇌어보았다.

"사랑해. 수아야……."

"사랑해, 서진아……."

오늘도 조용히 사랑한다는 말을 해본다. 들을 수는 없겠지만 서진이는 나의 말을 들을 수 없지만. 이곳에 온 지 하루가 지나고, 이틀이 지나고… 사흘이 지났지만 녀석은 오지 않았다. 설마 설마 하는 내 미련이 나를 또다시 슬프게 했다.

"김수아… 바보 같이. 정말 바보 다 됐다. 너… 정말 바보 다 됐어."

나는 일어나서 욕실로 향했다. 정신을 차리려면 뭐니 뭐니 해도 세수를 하는 게 제일이다!! 이렇게 세면대에 물을 가득 담고 고개를 숙인 후 푸하~ 푸하~ 그리고 비누를 묻혀야 하는데… 거울 속에 비친 나는 울고 있었다. 왜 울고 있는 거야, 김수아. 네가 보내줬으면서… 네가 보내줬으면서 왜 울고 있는 거냐구! 다시는 오지 않아, 이서진! 네가 사랑하는 남자 이서진은 오지 않는다구! 그대로 주저앉을 수밖에 없었다. 내 자신이 너무 초라해져서. 날 버리지 않겠다고 약속한 서진이가… 녀석이 너무 미웠다.

일주일 만에 대문 밖으로 발걸음을 옮겼다. 그리고 조용히 동네를 한 바퀴 돌아보았다. 그런데 정말 웃기게도 내가 도착한 곳은 서진이와 내가 근사한 저녁 식사를 한 곳이었다. 그때 처음으로 와본 곳이었는데 어떻게 이럴 수 있을까? 정말 너와 함께한 모든 것들이 다 습관이 됐나 봐. 서진아, 나 어떡하니. 널 보내준다고 했는데… 어떡하니. 나… 어떡하면 좋니.

나는 엄마, 아빠에게 가기로 했다. 이곳에 온 지 나흘이나 지났는데 산소에도 한번 못 들른것 같다. 휴… 엄마, 아빠가 뭐라고 하실까? 잘했다고 하실까? 이런저런 생각으로 산소 근처로 갔다. 그런데 내 눈에 들어온 것이 맞는지 나는 의심했다. 가까이 가서 살펴보았을 때도 내 눈에 들어온 것은 분명 하얀 국화바구니였다. 누구지? 누가? 나는 그 근처를 정신없이 뛰어다녔다. 찾고 있었다, 이 국화를 놓고 간 사람을, 아니, 그 녀석을……. 나를 늘 불안하게 만드는 한 사람, 그 사람을 찾고 있었다. 그런데 아무 데도 없다. 근처를 둘러봤지만 없다. 착각한 걸까? 그런 걸까?

"이서진, 어디 있어! 이 나쁜 새끼야! 어디 있냐구! 나쁜……."

난 얼굴을 손에 묻은 채 주저앉아서 서럽게 또 울었다. 아쉬움으로 나는 계속 울었다.

"서진아, 서진아, 보고 싶어!! 서진아, 보고 싶어서 미쳐 버릴 것 같아."

"김수아……."

이 목소리는 분명히… 분명히…… 익숙한 목소리가 내 귀에 들렸다. 나는 고개를 들어 소리나는 곳을 바라보았다. 설마 설마 하는 마음으로 바라본 그곳에는 내가 그리워하던 서진이는 없었다. 서진이가 아니었다. 나의 이름을 불러준 건… 독고준이었다. 독.고.준.

"당신이 여긴 어떻게 알고 온 거죠?"

"나야 너에 대해서 모르는 게 없지. 이런 곳에서 청승 떨 줄 알았지."

"상관 말아요!! 당신하고는 상관없으니까 돌아가 줘요!!"

그 목소리의 주인공이 서진이가 아닌 이상 나는 더 이상 그곳에 있을 이유가 없었다. 그래서 그곳에서 돌아서려고 했지만 그럴 수가 없었다. 독고준이 나의 어깨를 붙잡고 놓아주지 않았기 때문에.

"이거 놔요!! 놔!! 놓으란 말야!"

"김수아, 진정하라구. 진정해."

"당신도… 당신도 언니 때문에 날 좋아하는 거잖아! 보상받으려고 하는 것뿐이잖아!!"

"아니야, 수아야. 아니야."

어느새 나를 자신의 품 안으로 끌어안은 독고준. 민트 향기가 내 코에 닿았고 그러자 내 머리 속이 시원해지는 것 같다. 하지만 나는 빠져나오기 위해 발버둥 쳤다. 그의 품 안에서 나오기 위해. 서진이 외에는 다른 사람 품에 안기고 싶지 않다. 아무리 혼자 버티기 힘들어도 울고 싶어도 서진이 품 안에서만 기대고… 울고 싶어……. 그런데 이 남자는 아무리 발버둥 쳐도 놓아줄 생각을 하지 않는다.

"놓아줘요, 진정됐으니까."

"싫어."

"성희롱 죄로 고소하기 전에 놔요!!"

"다시는 예영이 때문에 널 사랑한다는 소리는 하지 마. 너는 나한테 너일 뿐이야. 예영이를 닮은 네가 아니라 김수아… 너 자체라구."

그 말을 듣는 순간 왜 이렇게 마음이 편안해지는 걸까. 나는 발버둥 치는 것을 그만두었다. 그러자 천천히 나를 자신의 품 안에서 떼어놓는 독고준.

"김수아, 그만 힘들어하고 나한테 와라. 너 힘들게 하지 않아… 나는."

"미안해요. 정말 나는……."

"예영이 임신했더라."

"……!"

"벌써 3개월이라고 하더라. 그렇다면 네가 서진이와 결혼하기 전이란 소리인데… 미련 같은 것 버려. 이서진은 너에게 돌아올 수 없어, 이젠. 설사 너한테 온다고 해도 예영이와 자기 자식에 대한 죄책감으로 평생 괴로워하는 모습… 지켜보고 살 수 있어? 그리고 이서진은 널 사랑한 게 아냐. 언니의 모습을 닮은 김수아를 사랑한 거지!

하지만 난 달라. 난 다르다구! 이서진은 잊어! 잊고 나하고 미국에 가자. 거기 가서 새로 시작하자."

임신이라니! 언니가… 언니가? 서진아, 정말 그런 거야? 이젠 정말 나한테 못 오는 거야? 난 혹시나 하고 너 기다렸는데 이젠 이 기다림마저 버려야 하는 거니? 서진아, 이젠 정말 너 떠나야 하는 거니?

"생각할… 시간을 주세요. 지금 당장은 대답 못해줘요."

"좋아. 시간을 일주일. 그때 데리러 올게. 같이 갔으면 좋겠다."

그렇게 말하고 나서 나에게 살짝 윙크를 한 후 사라지는 독고준. 여전히~ 느끼하다. 그런데 정말 사실일까? 머리 속이 텅 비어버렸다. 정말일까? 그렇다면 너를 다시는 볼 수 없는 거니? 나는 더 이상 아무런 생각도 할 수가 없었다.

집에 돌아온 나는 조심스럽게 전화기를 들었다.

—[여보세요.]

이 목소리. 내 눈에서 또 눈물이 흐르기 시작한다. 서진이… 정말 서진이의 목소리였다. 이번에는 그토록 그리워했던 서진이의 목소리가 맞다. 대답! 대답을 해야 하는데, 말해야 하는데 입이 떨어지지 않는다. 심호흡을 하고 입을 열려고 할 때 전화기 너머로 들리는 언니의 목소리…….

—서진아, 뭐 해~ 밥 먹어!

—[여보세요? 전화를 하셨으면…] 수아니?

딸깍!!

서진이의 입에서 내 이름이 흘러나왔다. 아직은… 날 잊지 않는 게 분명했다. 고마워, 서진아. 아직 날 잊어버리지 않고 기억해 줘서 고마워. 이런 니 사랑… 잊지 않을게. 네가 언니를 닮은 날 사랑한 거라고 해도 나 너 잊지 않을게. 원망하지 않을게. 니 곁에… 내가 존재하지 않아도 네가 날 기억하듯이… 나도 그럴 거야. 다시는 니 곁으로 갈 수 없겠지만 마음은 언제나 너와 함께야. 이젠 정말 보낼게. 너를… 안녕… 내 사랑… 안녕…….

#8 —가슴에 남길 추억 만들기

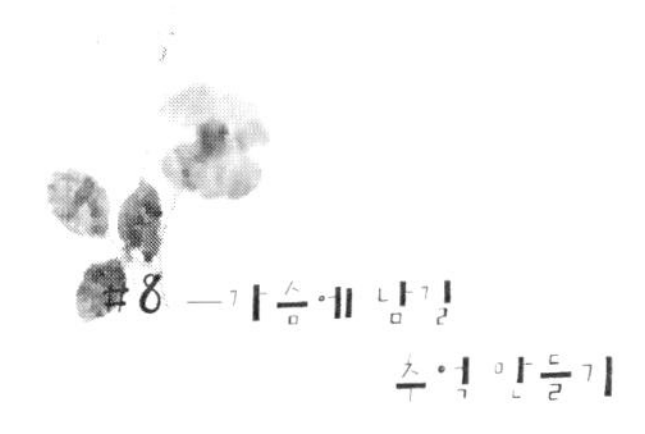

#8 —가슴에 남길 추억 만들기

전화를 끊고 나서 난 더욱더 심란해진 나의 마음을 어떻게 해야 할지 몰랐다. 이젠 정말… 정말 영원히 널 떠나보내야겠지? 김수아… 너 눈물이 너무 많아진 거 아냐. 또 내 볼을 타고 흘러내리는 눈물. 그리고 익숙한… 심장의 아픔. 엄마, 아빠가 돌아가시던 날도 이렇게까지 울지는 않았다. 그랬는데… 너 때문에 나 불효녀 됐다. 너 때문에… 너라는 남자 때문에…….

그렇게 몇 시간을 울다가 지쳐서 잠이 든 거 같다. 거실 창문 쪽에서 그렇게 울면서 잠든 적이 두 번째다. 한 번은 아빠, 엄마가 이 세상에 없다는 것을 알았던 밤, 그리고 두 번째는 이제 다시는 서진이에게 갈 수 없다는 것을 깨달은 지금 이 순간. 아프다… 왜 내가 사랑하는 사람들은 내 곁에 있어서는 안 되는 걸까? 그런데 문득 눈을 감고 있는 지금 이 순간 낯익은 손길이 내 머리카락을 만지는 느낌이 들었다. 누구지? 나는 감고 있던 눈을 떠서 내 앞에 있는 검은 그림자를 봤다. 설마 도둑……! 난 다시 한 번 눈을 비비면서 내 앞에 있는 검은 그림자를 확인했다. 설마… 아닐 거야……. 분명 나는 지금 꿈을 꾸고 있는 걸 거야. 틀림없어. 아니면 그런 게 아니라면…… 어떻게 일본에 있을 서진이가 내 눈앞에 있을 수 있겠어…….

"서… 진이?"

"그래, 나야… 서진이."

"서… 서진아!!"

난 서진이의 품으로 안겨들었다. 정말 서진이다. 언제나 꿈에서만 보았던 서진이다.

"보고 싶었다, 수아야."

"서진아… 정말 서진이 맞는 거지? 이거 꿈 아니지?"

"그래, 꿈 아냐……."

그렇게 한참 동안 서진이의 품 안에서 운 것 같다. 아무런 생각 없이… 그냥 울었다. 마지막이 될지도 모르니까… 서진이와 함께하는 게…….

"근데 왜 이렇게… 더 말랐어? 밥도 안 먹고 다닌 거지?"

"아니, 아니야. 그러는 너야말로… 얼굴이 그게 뭐야, 수염도 까맣게 나구."

"아무것도 못하겠어. 너 없이는 밥도 못 먹겠구, 잠을 자지도 못하겠어."

"나도… 나도…… 서진아."

나와 서진이는 아무 말 없이 그저 서로의 얼굴을 빤히 바라보았다. 우리에게 달라진 건 아무것도 없었다. 다만 달라진 게 있다면… 조금 야윈 얼굴과 슬픔으로 가득 찬 눈뿐이었다. 점점 가까워지는 서진이의 입술. 그리고 난 그 입술에 내 입술을 가져갔다. 예전의 촉촉하고 달콤했던 입술과는 달리 지금은 거칠고 쓰디쓴 약 같았다.

"슬퍼하지 마, 서진아."

"수아야, 우리 아무도 없는 곳으로 도망갈까? 나 안 될 것 같아, 너 없이는……."

"서진아, 약속해 줘. 더 이상은 힘들어하지 않겠다구. 네가 버린 게 아냐. 내가 널 떠난 거지. 그러니까 내가 약속을 어긴 거야. 네가 어긴 게 아냐. 알았지? 그러니까 아파하지 마. 네가 아픈 만큼… 내가 아파할게. 슬퍼하지 마. 네가 눈물 흘리는 만큼… 나 혼자서만 울게."

"김수아, 넌 왜 이렇게 날 아프게만 하는 거야!! 왜 너 혼자서만 감당하려고 하는 거야!!"

"사랑하니까. 널… 내가 사랑하는 사람이 아픈 건 싫어. 그러니까 나 혼자만 할게. 그리워하는 것도, 아파하는 것도, 눈물을 흘리는 것도 내가 할게. 응?"

서진이는 아무 말도 하지 않은 채 나를 더욱더 세게 껴안아주었다. 지금 서진이가 무슨 생각을 하는지 알고 있다. 이대로… 이대로……

눈감고 싶어. 그냥 이대로 영원히. 시간이 멈춰서 너도, 나도 다른 사람들에게 미안해하지 않고, 죄책감 때문에 도망치지 않고 사랑했으면 좋겠어. 그렇지만 안 되는 일이잖아. 그렇지? 서진아 이렇게… 사랑해도 우린 안 되는 거잖아, 우린…….

"사랑한다, 영원히… 수아야, 사랑해……."

"서진아, 나도 사랑해. 너만 내가 눈감은 후에도 너만 사랑할게."

시계는 4시를 가리키고 있었다. 저녁인지 아침인지 구분할 수 없는 시간. 이 시간은 사람에게 평안을 안겨준다. 난 내 옆에 누워서 편안하게 잠을 자고 있는 서진이의 얼굴을 보았다. 피곤이 가득한지 서진이는 베개에 얼굴을 묻고 자고 있다. 나는 서진이의 얼굴을 내 손가락으로 조심스레 만져 보았다. 거칠어진 피부, 메마른 입술에 나는 그 입술에 살짝 키스했다. 똑같다. 지금이나… 내가 호텔 방에서 그의 곁을 떠났을 때나.

"서진아, 이젠 정말 안녕. 아파하지 마. 힘들어하지도 말고 사랑해… 영원히……."

난 서진이에게 이불을 덮어주고 방 안에서 나왔다. 그리고 방문 옆에 얌전히 놓인 가방을 들고 대문을 열었다. 밖으로 나왔을 때 익숙한 목소리가 들렸다. 소리나는 곳을 바라보니 그곳에서 담배를 피우고 있는 독고준이 보였다. 저 사람이 여길 왜……?

"또 도망가는 건가?"

"다, 당신이 이 시간에 왜 우리 집 앞에……."

"말했지? 난 너에 대해서 모르는 게 없다구 말야."

“도대체 내 주위에서 이렇게 맴도는 이유가 뭐예요!!”

“말했잖아, 널 가지고 싶다고.”

“하, 가지고 싶다구요? 난 내 모든 걸 서진이에게 줬기에 주고 싶어도 주지 못해요.”

난 담배 연기를 내뿜고 있는 독고준을 지나쳐 발걸음을 옮겼다. 그 순간 언제나 당당했던 목소리와는 달리 떨리는 목소리로… 독고준이 말했다.

“다 주지 않아도 좋아. 그냥 내 옆에만 있어줘. 껍데기뿐이라도 좋아. 내가… 내가 널 지켜볼 수만 있게 해줘. 날 사랑해 달라는 말… 나만 봐달란 말은 안 할게. 그냥… 내 눈앞에서 사라지지만 말아줘. 김수아… 제발… 제발 내 눈앞에서 사라지지 마.”

언제나 차갑고 딱딱하기만 했던 그의 목소리가 떨고 있었다. 왜 그 목소리에서 서진이를 느꼈는지 모르겠다. 그의 울먹이는 듯한 목소리에 나도 모르게 뒤돌아섰다.

“제발… 내 곁에 있어줘. 나에게 찾아온 사랑을 이젠 놓치고 싶지 않아… 보내주고 싶지 않아. 사랑하지만… 예영이가 원하니까 보내줬어. 그렇지만 너만은… 보내고 싶지 않아. 너만은… 제발 내 눈앞에서 사라지지 마.”

이 사람 울고 있다. 목소리만 슬픈 게 아니라 눈물을 흘리고 있어. 새벽빛에 가려져 잘 보이지는 않았지만 울고 있었다. 담배를 피우는 손으로 가끔씩 눈물을 닦아내고 있었다. 조금은 이해할 수 있을 것 같았다. 그의 마음도 나와 같을 테니까. 사랑하면서… 함께하지 못하는 마음을… 아니까…….

"정말 사람 맘 흔들어놓네요. 남자가 이렇게 눈물 흘려도 되는 거예요?"

"훗, 모르겠어. 왜 너만 보면 내 마음이 이렇게 약해지는지."

"…미국 같이 갈래요?"

"뭐, 뭐라구?"

"미국 가자구요. 그치만 난… 당신을 사랑할 수는 없어요. 알죠?"

"그래, 알아. 하지만 나 노력할 거야."

"그래요, 잘 부탁해요. 몇 년이 될지는 모르겠지만 신세 좀 질게요."

내가 내민 손을 독고준은 어색하게 웃으면서 잡았다. 이 손… 놓지 않을 거야. 내가 서진이에게서 멀어질 때까지… 서진이가 나를 잊을 수 있을 때까지 잡고 있을 거야.

"조금만 나에게 시간을 줄래요?"

"시간?"

"네. 마지막으로 서진이와 함께할 수 있는 시간을… 줘요."

"좋아, 약속한 대로 일주일을 줄게. 그 후에… 데리러 올게."

어색한 웃음을 나에게 지어 보이고선 그렇게 돌아선다. 이젠 일주일 후면 정말 서진이를 떠나보내야 한다. 그리고 저 사람을 따라서 미국이라는 나라에 가야 한다. 당신을 사랑해 보겠다고 약속할 수 없어요. 아무리 노력해도 안 돼요. 내 마음은 서진이가 전부 다 가져가 버렸으니까. 앞으로 당신을 아프게 할지도 몰라요. 날 사랑하는 당신의 마음을 아프게 할지도 몰라요. 당신을 아프게 해서 미안해요. 당신에게 사랑을 주지 못해서 정말 미안해요.

독고준이 돌아간 후 나는 다시 가방을 들고 집 안으로 들어갔다. 조심스럽게 방문을 열고 방 안으로 들어갔을 때 서진이가 일어나서 나를 바라보고 있었다.

"어디 다녀와?"

"어? 아, 그냥. 머리가 어지러워서 잠은 잘 잤어?"

"어. 오랜만에 너무 잘 잤어."

나는 환하게 웃으면서 침대에 풀썩 주저앉았다. 그리고 고개를 푹 숙인 채 앉아 있는 서진이를 바라보았다.

"왜 그래, 서진아?"

"또… 또 사라져 버린 줄 알았어. 그때처럼."

"그래서 걱정했구나?"

"응, 걱정했어."

"짜식, 귀엽다니까."

나는 서진이의 머리를 나의 손으로 헝클어놓았다. 그런데 왜 눈물이 흐르는 건지. 울지 않겠다고 했는데 왜……. 서진아, 이게 우리의 마지막일지도 몰라. 어떡하지? 나 우리 서진이 없으면 살 수 없는데… 이렇게 함께 있어도 그리운데… 보고 싶은데… 안 보면 어떻게 살지?

나는 서진이가 나의 눈물을 볼까 봐 소매로 닦았다. 그러자 서진이가 나의 손을 치우고 자신의 손으로 내 얼굴을 감싼다.

"왜… 왜 그래?"

"울지 마. 힘들면 가지 않을 거야. 일본으로, 아니, 가지 않아. 너와 함께 있을 거야."

"하하, 힘들기는 안 힘들어. 나……."

"그런데 왜 울어?"

"…안 믿겨서. 너랑 이렇게 같이 있는 게… 안 믿겨서……."

그렇게 말하면서 나는 서진이를 두 팔로 안았다.

"서진아… 서진아."

"왜?"

"우리… 나 어떡하니, 이제."

"수아야, 나 너 안 버릴 거야. 아무리 힘들어도 버리지 않아. 죄책감으로 너를 버리고 싶지 않아. 너랑 이제 헤어지지 않아."

"그래, 서진아. 그래, 우리 영원히 함께하자."

"너랑 이제 다시는 헤어지지 않아, 수아야."

서진아, 우리 마음만 함께하자. 영원히, 아니, 내가 떠난 후에… 넌 나를 잊어. 나만 널 기억할게. 잊어, 너는 나를 잊어. 서진아, 나를… 잊어…….

다음날 새벽녘에 눈이 떠진 나는 침대에 앉아서 옷을 입고 있었다. 그런 나를 서진이 멀뚱멀뚱 바라보고 있었다.

귀여운 자식!! 나는 그런 서진이에게 다가가 '쪽' 소리가 나게 볼에 뽀뽀를 해주었다. 그러자 얼굴이 잘 익은 토마토처럼 붉게 물든 녀석의 얼굴이라니. 정말 귀엽다. 내가 킥킥대면서 웃자 녀석의 표정이 갑자기 표정이 굳어졌다. 헉!! 놀랐다. 저런 표정으로 바라보면 위험하다는 신호인데 나는 슬금슬금 뒷걸음질치기 시작했다. 그러나 어느새 나의 등에 닿는 것은… 아이구!! 벽이라는 분 아니십니까!! 반갑습니다. 아차, 이러고 있을 때가 아니지. 벽과 반갑게 인사를 하고 있는데 서진이의 얼굴이 어느새 내 코앞까지 다가왔다.

"하하하(;;;), 서진아?"

"조용히 하고 집중해."

이러면 안 되는데… 안 되는데…… 하면서 살포시 감기는 내 눈. 아우~ 오늘이 되어서야 확실히 깨닫는 거지만 나는 변녀임이 틀림없다!! 이런 게 좋다니. 그런데 이상하다? 벌써 나한테 다가와 있어야 할 녀석이 다가오지 않았다. 이상한 생각에 눈을 뜬 순간,

"잡았다!!"

"뭐?"

"벽에 벌레가 있잖아. 야, 집을 비운 지 오래돼서 그런지 벌레가 많다. 어제도 내가 얼마나 잡았는지. 아아, 배고프다. 밥 줘라."

버, 벌레? 녀석은 멍하니 서 있는 나를 그 자리에 그대로 두고 벌레를 휴지로 싸서 휴지통에 버리고 나가 버렸다. 하긴 내 주제에 무슨 무드냐, 무드는. 하지만 무지 섭섭한 느낌이 들었다. 안 돼, 김수아. 진짜 미쳤어, 미쳤어.

그렇게 혼자 방 안에서 우두커니 나의 머리를 치고 있는데 끼익 하고 문이 열리더니 서진이란 놈이 하는 말.

"김수아, 미쳤냐? 왜 혼자서 발광해. 밥이나 줘."

저놈의 자식이!! 내가 무슨 니 식모냐!! 그렇게 외치고 싶었지만 천하의 소심쟁이 김수아가 어찌 그렇게 하겠는가. 그냥 조용히 나가서 밥을 해줬다. 아까 놈이 잡은 벌레를 넣어버리고 싶은 충동을 억제하면서 밥을 하느라 내 목숨 10년이 단축된 거 같다.

그렇게 힘들게 한 아침밥을 먹고 소파에 앉아서 텔레비전 채널을 이리 돌리고 저리 돌리고 하던 놈이 설거지를 하고 있는 나에게 말했다.

"수아야, 심심하다."

"그래서 나보고 어쩌라구."

"이리 와서 놀아줘~ 응?"

"나 설거지 하는 거 안 보이냐? 심심하면 좀 돕던지."

"아이구, 비가 오려나~ 허리가 왜 이리 아프지."

그러면서 소파에 드러누워 버리는 녀석이었다. 내참, 기가 막혀서. 하여간 지 손에 물 묻이기는 죽어도 싫지! 그렇게 투덜대면서 설거지를 마치고 나는 심심해하는 서진이에게 말을 했다.

"야, 그렇게 심심하면 오늘 시장에 갈래?"

"응? 어디?"

"이 근처에 5일장 하잖아."

"5일장?"

"어. 5일에 한 번씩 열리는 건데 가면 재미있을 거야. 사람들도 많구."

나의 말에 놈은 잠시 생각하는 척하더니 이내 고개를 끄덕였다. 짜식, 고민하는 척하기는.

"일어나. 지금 가야 버스 타고 갈 수 있어."

"버스? 그래, 가자."

나와 서진이는 대충 옷을 챙겨 입고 파란색 플라스틱 장바구니를 들고 버스 정류장으로 나갔다. 십여 분이 지난 다음에야 저 멀리서 버스가 먼지를 휘날리면서 왔다. 우리는 차비를 내고 뒷자리에 자리를 잡았다.

"와~!! 버스에 탄 사람이 우리하고 저 할머니뿐이네."

"응. 원래 사람이 없어."

"와. 난 그때 서울에서 탔던 것처럼 복잡하면 어쩌나 걱정했는데."

"네가 버스를 언제 타봤어?"

"예전에 예영이랑… 아, 미안."

예영 언니의 이야기를 꺼내는 서진이의 얼굴이 어두워졌다. 하긴 그렇겠지. 아무리 신경 쓰지 않으려고 해도 신경 쓰이겠지. 나도 인간이기에 가슴 한구석이 아려오나 보다. 아직은… 널 사랑하는 인간이기에.

"괜찮아, 미안해하기는. 바람 좋지?"

"어. 오늘은 날씨도 좋네."

그게 다였다. 우리는 더 이상 아무 말도 하지 않았다.

이씨, 내가 원한 건 이런 게 아닌데. 드라마에 나오는 연인처럼~ 모르겠다!! 그렇게 어색하게 침묵으로 일관하면서 우리는 장터에 도착했다. 이미 사람들이 좌판을 벌이고 물건값을 흥정하고 있었다.

"와우!! 야, 사람들 진짜 많다."

"응. 오 일에 한 번씩만 열리거든. 처음 봤지?"

"어. 와~ 저거 강아지 아니야?"

모든 게 신기하다는 듯이 서진이는 시장을 둘러보기 시작했다. 그 모습에 나도 모르게 자연스럽게 웃음이 나왔다. 그래, 서진아, 그렇게만 웃어줘. 내가 떠난 후에도 그렇게만.

"수아야!! 김수아!!"

"응?"

"이 풀도 먹는 거야?"

서진이는 한 할머니의 가판대에 펼쳐진 나물들을 보고 나에게 물었다. 그런데 풀이라니! 나도 모르게 서진이의 아이 같은 질문에 웃음이 나왔다.

"풋!!"

"왜 웃어, 할머니!! 이게 웃기는 질문이에요?"

나의 웃음에 기분이 상한 서진이가 할머니께 물었다. 하지만 깊게 주름이 패인 할머니는 아무 말씀도 하지 않으신 채 미소만 띠고 계셨다. 정말 저럴 때는 어린애 같다니까.

"냉이라고 하는 거야. 너 오늘 아침에 맛있다고 먹은 게 저거야."

"아, 그렇구나. 그럼 이거 사가자. 할머니, 이거 주세요."

검은 봉지에 냉이를 담아주시는 할머니에게 서진이는 만 원짜리 한 장을 할머니 손에 쥐어주고는 돌아섰다. 그러자 할머니는 거스름돈을 받아가라며 서진이를 불렀지만 서진이는 괜찮다고 하곤 나의 손을 붙잡고 갔다.

"왜 거스름돈 안 받았어?"

"그냥. 이걸로 맛있는 거 해줘야 해."

그렇게 웃으면서 나의 손을 자신의 팔에 끼우는 서진이. 그래, 너는 이런 애야. 겉모습은 차가운 듯 남한테 무심한 듯 대하지만 누구보다도 다른 사람들을 따뜻하게 대해준다는 사람이라는 거. 그래서 네가 언니를 버릴 수 없다는 것을… 나는 알아.

그렇게 슬프게 서진이를 바라보았다. 그런 나의 눈빛을 알아챘는지 서진이가 나의 손을 꼭 쥐고 나의 귀에 속삭였다.

"걱정하지 마. 지금 여기에 있는 건 너하고 나니까. 우리만 생각하자."

"어… 어, 그래."

나는 웃었다. 서진이가 힘들어하지 않게. 나만이라도 서진이를 힘들지 않게 해주고 싶었다.

"배고프지? 저기서 점심 먹고 가자."

"그래."

나와 서진이는 한 국수집 안으로 들어갔다. 낡은 나무 탁자와 의자를 보니 이 가게의 세월이 느껴지는 것 같았다. 내가 가만히 탁자를 매만지자 서진이가 나의 손을 잡았다. 어머, 이 자식이! 사람도 많은데 어머~ 어머! 이러면 안 되는데……. 그래도 좋다.

"왜… 왜?"

"이거 사줄까?"

"뭐?"

"이거 가지고 싶으면 말해. 사줄게. 어디서 샀냐고 아줌마한테 물어보면 되지."

"무슨 소리야?"

"그런 거 아니면 왜 이렇게 탁자를 만져? 가지고 싶어서 그런 거 아니야?"

이런 무드없는 놈. 이런 놈에게 한순간 설레이다니. 놈을 째리고 있는데 김이 모락모락나는 국수가 나왔다.

"먹어!"

"어, 그래. 맛있겠다. 그치?"

"그래!!"

나는 일부러 크게 소리를 내면서 국수를 내 입 가득히 넣었다. 그러자 국수를 먹다 말고 나를 한심하다는 듯이 바라보는 놈.

"왜!!"

"드러워 죽겠어, 진짜! 그렇게 먹고 싶냐."

"이씨!! 죽을래!!"

"알았어, 알았어. 천천히 먹어. 체하겠다."

그렇게 말하면서 노란 주전자에서 보리차를 따라주는 녀석의 모습을 보고 나는 더 이상 삐쳐 있을 수가 없었다. 이래서 미워할 수 없다. 이렇게 사람한테 은근한 감동을 주다니. 내가 감동에 젖어 국수를 먹지 못하고 있는데 어느 순간 녀석이 벌떡 일어나더니 국수 집에서 나가는 것이 아닌가! 나는 당황해하면서 내 그릇으로 눈을 돌린 순간!! 나는 감동이고 나발이고 저만치 뛰기 시작한 놈의 뒤를 쫓기 시작했다.

"이서진! 너 잡히면 죽었어!"

내가 왜 이렇게 날뛰냐구? 그 이유는 녀석이 내가 감동에 젖어서 한눈 파는 사이에 내 국수를 다 먹고 튀고 있었기 때문이다! 먹을것과 잠에 대해서만 집념이 강한 나에게 도전장을 내밀다니 기꺼이 받아주마!! 나는 열심히 뛰어서 놈을 잡았다. 그러자,

"하하하. 너 달리기 빠르다. 미안, 잘못했어!!"

"하하하? 그럴 수야 없지. 너 오늘 죽었어!!"

나는 그날 시장 한복판에서 서진이의 머리를 내 옆구리에 끼고 수백 번 돌린 후에야 녀석을 놓아주었다. 나는 후련한 마음에 손을 탁탁 털고 유유히 버스 정류장을 향해서 걸어갔지만 녀석은 그 자리에서 자신의 머리를 수천 번 도리질을 한 다음에야 간신히 걸음을 걸었다. 나를 따라온 녀석이 나를 째려보면서 하는 말,

"내가 앞으로 니 음식 빼앗아 먹으면 인간이 아니다."

"그래, 잘 생각했다."

나는 서진이에게 승리의 웃음을 날려주고 팔짱을 끼고 서 있었다. 그러자 '쓰윽' 하고 서진이의 팔이 내 어깨에 둘러졌다.

"뭐냐?"

"오늘 재미있었다."

"쿡. 그래?"

"어. 이렇게 신나게 놀아본 적은 없었던 거 같아. 어렸을 때도 늘

집에서 경영수업이라는 것만 받고 중, 고등학교 때는 유학 가고. 그래서 이렇게 뛰어본 거 처음이야. 고맙다."

그렇게 말하면서 놈은 나의 이마에 살짝 키스를 해주었다. 아잉, 부끄럽게~ 나의 마음은 행복으로 가득 차고 있었다. 이렇게만 행복했으면 좋겠다. 이렇게만 행복했으면…….

나는 돌아가는 버스 안에서 드라마에서 꿈꾸던 데이트를 했다. 그렇게 우리의 첫 번째 날이 저물고 있었다. 이별을 앞둔 날 중 하루가 지나갔다. 그렇게…….

어제 논 것이 피곤해서였을까? 녀석과 나는 점심때가 되도록 일어날 수가 없었다. 서로의 품에서 한참을 잘 자고 있는데 누군가가 대문을 쾅쾅 두드리는 것이 아닌가. 나는 졸린 눈을 비비면서 대문을 열었다.

"어, 할아버지?"

"아이구, 지금이 몇 시인데 아직도 주무시고 계세요?"

"아… 어. 그런데 무슨 자전거예요?"

대문을 두드린 사람은 별장지기 할아버지였다. 할아버지는 한 손에 자전거를 끌고 한 손에는 연장 가방을 가지고 계셨다.

"오늘은 집을 좀 수리해 보려구요."

"아… 괜찮은데."

"아닙니다. 늘 하던 일이니 해야죠."

"수아야, 누가 온 거야?"

서진이가 현관문을 열고 나오자 할아버지가 미소를 지으셨다.

"잘 잤어요?"

"아… 안녕하세요."

"좋아 보이네요. 혹시 낚시 좋아해요?"

"낚시요? 네. 예전에 아버지 따라가서 바다 낚시는 해봤는데."

"아이구, 잘됐네요. 집 손보는 동안에 낚시라도 다녀오세요. 어딘지 아시죠? 자전거 타고 가시면 빠르실 거예요. 어서요."

"싫어요, 가기."

"왜 그래. 어차피 여기 있어봤자 심심하잖아. 가자."

서진이는 그렇게 말하고는 안으로 들어갔다. 바보!! 아무것도 모르면서…….

"아직도 그러시는 겁니까?"

"네?"

"거기 가면… 아직도 부모님 생각 나세요?"

"하핫! 아니에요. 거기 가려면 빨리 씻고 가야겠다."

나는 더 이상 대답하지 못하고 집 안으로 들어가 버렸다. 어떻게 잊어요. 거기가 어떤 곳인데…….

그렇게 현관문에 한참을 기대어 있는데 서진이 녀석이 목에 수건을 두르고 욕실에서 나오고 있었다.

"안 씻어?"

"씻어야지. 밥 먹구."

"야, 기대된다. 나도 낚시 안 한 지 오래됐거든. 물고기 큰 거 잡아서 매운탕 끓여 먹자."

서진이의 기대에 찬 표정에 도저히 가고 싶지 않다는 말을 할 수가 없었다. 녀석에게 실망감을 주고 싶지는 않았다. 하지만 아직은 그곳에 가고 싶지 않다. 정말 그렇게 망설이면서 자전거를 타고 도착한 호수. 여전했다. 잔잔한 수면과 그 수면을 날아다니는 물새들… 너무 오랜만이었다.

"와~ 좋은데?"

"그렇지?"

"어, 진짜 좋다. 자, 자리 잡자."

서진이는 호수 근처에 가는 것을 망설이는 나의 손을 붙잡고 호숫가에 자리를 잡았다. 그런데 왜 이렇게 서진이의 뒷모습과 아빠의 뒷모습이 겹쳐 보이는 걸까? 왜?

"수아야, 뭐 해?"

"어? 어."

나는 서진이의 곁에 앉았다. 낚싯대를 드리우는 서진이의 표정이 사뭇 진지했다. 한동안 우리의 주변에는 침묵만이 흐르고 있었다. 그렇게 침묵이 지겨워질 때쯤 서진이의 고함 소리와 함께 침묵이 깨졌다.

"와!! 월척이다!! 김수아, 이것 좀 봐!! 수아야!!"

또르르.

왜 그 순간 참고 참았던 눈물이 흐르는 건지 모르겠다. 바보처럼. 나는 흘러내리는 눈물을 닦으려고 고개를 돌린 순간 서진이가 나의 어깨를 잡았다.

"왜 울어? 고기가 불쌍해서 그러는 거야? 그러면 놓아줄까?"

"아… 아니, 아니."

"그런데 왜 울어? 불안하게 왜 울어?"

그러면서 서진이는 나를 안아주었다. 녀석의 품은 몸이 녹을 정도로 따뜻했다. 미안해, 서진아. 갑자기 니 모습이 아빠의 모습하고 겹쳐 보였어. 내 인생에서 제일 행복했던 순간하고 겹쳐 보였어.

"아빠… 아빠, 모습이 보였어."

"뭐?"

"이 호수 아빠랑 주말마다 낚시 온 곳이거든. 아빠도 늘 이곳에서 물고기를 잡으시곤 했거든. 꼭 나를 데리고 오셨어."

"아……."

"10살 때 엄마, 아빠가 돌아가시고 이 근처에는 오지도 않았어. 아니, 올 수가 없었어. 여기 오면 내가 혼자라는 게 너무 뼈저리게… 느껴졌거든. 그래서 싫었어."

나는 처음으로 서진이에게 부모님이야기를 했다. 아무에게도 하지 않았던 그리움을 처음으로 입 밖으로 꺼내놓았다. 그러자 서진이는 말없이 나의 머리를 쓰다듬어 주었다.

"그래… 불안해하지 마. 이젠 혼자가 아니잖아. 내가 있잖아. 그거 알아? 널 처음 봤을 때 지켜주고 싶다는 생각이… 아니다, 사실 맨 처음엔 놀려주고 싶다는 생각을 했는데 점점 널 지켜주고 싶다는 생각을 했어. 정말 내가 이젠 널 지켜줄게. 영원히 니 옆에서……."

그랬으면 좋겠어. 서진아, 이젠 정말 그랬으면 좋겠어. 하지만 난 이제 예전처럼 혼자가 되어야 해. 그래야 모두가 행복해지니까. 이제 이 호수에 다시는 오지 않을 거야. 그러면 너에 대한 그리움까지 나를 괴롭게 할 테니까. 다시는 오지 않을 거야. 그런 나의 마음을 너는 알까? 너를 떠나보내려고 준비하는 나의 마음을.

"내일은 니네 부모님 산소에 가자. 나 소개시켜 줄 거지?"

나는 살며시 미소를 지으면서 고개를 끄덕였다. 그런데 갑자기 나를 와락 밀치는 놈. 그 바람에 나는 바닥에 엎어지고 말았다.

"이서진, 너 죽을래!! 이게 무슨 짓거리야!!"

"흠… 흠."

"이 자식이 헛기침만 하면 다야!!"

"아씨, 그러길래 누가 그렇게 갑자기 웃으래! 하마터면 여기서 덮칠 뻔했잖아!!"

귀까지 새빨개진 녀석이 그렇게 나에게 말했다. 그 바람에 나 역시 얼굴이 달아오름을 느꼈다. 저 자식이 쑥스럽게. 그런데 나는 웃음이 나왔다. 새빨개진 얼굴로 뒤돌아서 서 있는 녀석의 모습이 어찌나 귀엽던지. 나는 살며시 서진이의 허리를 감싸 안았다.

"뭐, 뭐야!!"

"서진아."

"왜?"

"사랑해… 사랑해."

"훗. 김수아, 너 왜 귀여운 짓 해. 그래, 나도 사랑해."

그러면서 서진이는 자신을 감싼 나의 손을 자신의 입술로 가져갔다. 그리고는 나지막하게 속삭였다.

"영원히 이렇게 함께하자. 나한테 사랑만 줘. 그러면 니 외로움은 내가 채워줄 테니까."

그렇게 말하는 서진이의 말에 나도 모르게 또다시 눈물이 쏟아졌다. 그나마 다행스러운 건 내가 서진이의 뒤에서 놈을 껴안고 있어서 내 우는 얼굴이 보이지 않는다는 것이었다. 미안해. 서진아, 미안해. 더 이상 나는 니 곁에 머물 수가 없어. 서진아, 정말 미안. 그런데 생각해 보니까 아까 엄청난 물고기를 잡았던 거 같은데.

"근데 서진아, 너 물고기 어쨌어?"

"무슨 물고… 젠장!!"

내 말에 서진이가 나의 손을 놓은 후에 자신이 내팽개친 낚싯대를 집었다. 그러나 서진이가 집은 낚싯대에는 물고기는 없이 바늘만이 빙그르 돌아가고 있었다.

"하, 도망가 버렸네. 어쩌냐?"

"훗, 다시 잡아야지 뭐."

우리는 다시 낚싯대를 내렸지만 해가 지도록 한마리도 잡지 못해 결국 빈손으로 집에 돌아오고 말았다. 그 덕분에 나는 집으로 오는 내내 서진이에게 잔소리를 들어야만 했다.

그렇게 자전거를 타고 집에 돌아왔을 때 전화가 미친 듯이 울려대기 시작했다. 나는 자전거를 세우는 서진이를 뒤로하고 집 안으로 뛰어들어 가서 전화를 받았다.

"여보세요?"

—수, 수아야.

쿵하고 심장이 내려앉는 소리가 들렸다. 예영 언니였다.

—잘… 지내지?

"어… 어."

—서진이… 거기 갔지?

"어."

—거기 있어서 다행이다. 없어져서 놀랐거든.

"서진이 바꿔줄까?"

—아, 아니… 아니. 너에게 할 말이 있어서 전화했어.

언니의 말에 나의 심장이 빠르게 뛰기 시작했다. 언니가 무슨 말을 하려고 하는지. 알고 있다. 언니의 말을 듣는 순간 내 가슴이 아플 거라는 것을. 하지만 나는 들어야만 했다.

—수아야. 나 임신했어. 알지? 나 이 아이 낳고 싶어. 네가 도와줘. 서진이 옆에서 아이 낳을 수 있게… 응? 나야 서진이랑 이혼하면 끝이지만 아이는 아니잖아. 애가 무슨 죄가 있다고……. 돌려줄 거지? 그럴 거지, 수아야? 응?

언니의 말에 결국 나의 심장은 빠르게 뛰다가 멈추고 말았다. 김수아… 예상했던 거잖아. 왜 이래! 대답하는 거야. 그러겠다구. 응? 대답해, 언니한테. 내 머리 속에서는 계속해서 외쳐 댔지만 입은 떨어지지 않았다. 그때 서진이가 현관문을 열고 들어왔다. 그와 동시에 내 입이 열렸다.

"응. 일주일 후에 돌아갈 거야. 그래, 끊어."

그렇게 대답하고 전화기를 끊자 서진이가 궁금하다는 듯이 나를 바라보았다.

"어. 하나가 언제 서울 올라올 거냐고 전화를 했네."

"아, 난 또 무슨 일 있는 줄 알고 걱정했잖아. 배고프다. 오늘은 내가 저녁할까?"

서진이는 자신의 배를 쓱쓱 문지르면서 부엌으로 들어갔다. 나는 그런 서진이의 모습을 그저 빤히 바라보았다. 그러자 나의 시선을 느꼈는지 서진이가 뒤돌아섰다.

"왜?"

"어, 아니. 야, 네가 무슨 음식이야. 하하, 뭐 해줄 건데?"

"오~ 김수아. 나를 무시하는 거야? 내가 안 해서 그러지, 하면 잘해."

그렇게 웃으면서 뒤돌아선 서진이는 냉장고와 싱크대를 분주하게 움직이면서 무언가를 만드는 것 같았다. 즐거운지 콧노래까지 흥얼거리고 있었다. 서진아, 너는 그렇게 행복한 거 같은데 나는 왜 그런 너의 모습이 이렇게 슬프지? 나… 또 눈물이 나려고 해. 나…….

한참을 부엌에서 분주히 오가던 서진이가 두 손에 접시를 들고 거실로 나왔다. 서진이가 가지고 나온 것은 김이 모락모락나는 오므라이스였다. 내 앞에 그릇을 놓은 서진이는 어깨를 으쓱하면서 나를 바라보았다. 마치 칭찬을 기다리는 아이처럼.

"와~ 잘 만들었네."

"그렇지?"

"모르지. 한번 먹어봐야… 알겠지?"

나의 말에 금세 입을 삐죽 내민 서진이를 뒤로하고 나는 오므라이스를 떠서 먹어보았다. 맛있었다. 정말 너무 맛있었다. 그래서일까? 기어이… 내 눈에서 아까 참아온 눈물이 흐르고 말았다.

"어? 또 왜 울어? 그렇게 맛이 없어?"

"아, 아니. 너무 맛있어서… 너무 맛있어서 그래. 진짜 잘 만들었어."

"하, 놀랐잖아. 오늘 김수아 내 심장 여러 번 뛰었다 멈추었다 하게 만드네."

그렇게 말하면서 서진이는 자신의 가슴을 손으로 쓸어 내렸다. 그리고는 나의 볼을 살며시 꼬집으며 큰 소리로 웃었다. 정말 맛있어. 서진아, 고마워. 나한테 세상에서 제일 맛있는 오므라이스를 만들어 줘서 고마워. 잊지 않을게. 나 정말 잊어버리지 않을게, 서진아.

다음날 아침 서진이가 걸음을 재촉하기 시작했다.

"뭐가 그리 그렇게 바빠서 아침 일찍부터 서둘러?"

"당연히 서둘러야지. 오늘 처음으로 니네 부모님 뵙는 건데."

그렇게 말하면서 거울 앞에서 서진이는 옷차림을 매만지고 있었다. 하마터면 그 모습에 눈물이 흐를 뻔했다. 하지만 더 이상 눈물을 흘려서는 안 된다, 더 이상은.

"그래. 빨리 가자."

그렇게 서진이의 손을 잡고 집을 나와 엄마, 아빠가 계시는 산으로 걸어 올라갔다. 이슬에 나무도 풀들도 반짝이고 있었다. 그렇게 한참을 올라가던 나는 걸음을 멈춰 섰다.

"왜?"

"여기… 기억나?"

서진이는 내 손가락이 가리킨 곳으로 눈을 고정시켰다. 그리고 이내 서진의 입가에서 웃음이 피어올랐다.

"당연하지. 네가 산불날까 봐 걱정했던 곳이잖아."

"기억하는구나."

"야, 그걸 잊어버리겠냐. 내 생애 처음으로 누군가와 이런 곳에서 단둘이 식사를 했는데. 그때 분위기 진짜 좋았는데. 그치?"

"어."

"나중에 또 해줄게. 가자."

나중에? 서진아, 우리에게 나중이라는 말… 내일이라는 말은 없어. 이게 마지막이 될 거야. 너하고 내가 이렇게 산에 오르는 게… 이곳에 오는 게… 평생 이렇게 둘이 함께할 시간은 아마 없을 거야. 생기지 않을 거야. 나는 나의 손을 잡은 채 길을 재촉하는 서진이의 뒷모습을 보고 또다시 눈물을 참아냈다.

우리의 이마에 송골송골 땀이 맺힐 때쯤 엄마, 아빠의 산소가 눈에 보였다. 서진이는 엄마, 아빠의 산소를 보더니 넙죽 절부터 했다. 그리고 일어나서 하는 말.

"안녕하세요, 저는 세상에서 수아를 제일 사랑하는 사람입니다. 수아가 외로움도 많고, 무서움 많이 타셔서 걱정 많이 하셨죠? 사실수아가 저보다 나이가 많은데도 무척이나 걱정이 돼요. 눈물도 많고, 다른 사람 아픔도 자기가 다 대신하려고 할 만큼 착해서요. 그래서 늘 걱정이 돼요. 하지만 제가 앞으로 수아를 지킬게요. 더 이상 혼자서 외롭지 않게… 더 이상 혼자서 아파하지 않게 제가 지킬게요."

녀석의 말에 내 가슴에서 파장이 일어났다. 고요한 바다 같던 내 가슴이 녀석의 말 한마디에 파도가 일렁이고 있었다. 그래, 거기까지만 했다면 난 녀석에게 무지 감동해서 울었을지도 모른다. 하지만…….

"그런데 부탁이 있습니다. 수아가 낳은 제 자식들은 수아를 닮지 않게 해주세요."

저놈의 새끼… 잘 나가다가!! 나는 슬슬 내 눈치를 보면서 도망치는 녀석은 붙잡아 잔디밭에 쓰러뜨리고 놈의 몸 위로 올라갔다. 그리고 주먹을 쥐어서 얼굴을 때리려는 순간 내 손을 잡아끄는 바람에 나의 몸이 서진이의 몸 위로 쓰러지듯이 풀썩 하고 쓰러졌다. 그리고 내 귀에 들리는 놈의 심장 소리. 쿵.쾅.쿵.쾅. 참 듣기 좋은 소리… 이젠 나의 귀에 익숙해진 소리…….

"김수아… 이렇게 누워서 보니까 하늘이 이렇게 맑은지 처음 알았다. 그리고 이렇게 하늘을 너하고 볼 수 있는 게… 너무 행복하다."

"그래. 근데 나는 안 보이거든."

"…조용히 해. 분위기 깨고 있어. 우리 다음에 네가 낳은 나 닮은 애들이랑 여기서 살자. 알았지? 그래서 낚시도 다니고, 시장도 다니고 그러자. 알았지?"

"……."

"야, 왜 대답 안 해? 지금 싫다는 거야? 어서 대답해!"

"어… 난 말야, 아이 낳으면 이름을 하람이라고 짓고 싶어. 이하람."

"왜?"

"예전에 우리 엄마가 내 이름을 그렇게 짓고 싶었대. 하늘이 내리신 소중한 사람이라는 뜻이래. 어때? 죽이지? 우리 꼭 나중에 우리 아기가 태어나면 그렇게 짓자. 너와 내 아기라면 그 정도 이름은 가져도 되지 않겠어?"

그렇게 말하면서 크게 웃는 서진이. 그 모습에 왜 눈물이 나는 걸까. 하람… 하람… 너무 이쁜 이름인데 말야. 응? 가만히 녀석의 가슴팍에 내 머리를 기대고 있는데 녀석이 날 꾹꾹 찌르기 시작했다.

"왜?"

"나 배 터질 것 같아. 너도 내 옆에 누워서 하늘 감상 좀 해라."

아이구!! 내가 못살아!! 그러면 그렇지. 내 주제에 무슨 분위기야. 으이구! 나는 서진이의 몸에서 내려앉아 놈의 배를 주먹으로 '퍽' 하고 내려쳤다. 그리고 나서 들리는 녀석의 비명 소리. 쌤통이다. 메롱!

짝짝짝!!

나의 말에 웃으면서 박수를 치는 서진이. 벌써 6일째다. 이제 내일이면 나는 서진이를 떠나야 한다. 6일 동안 우린 행복했을까? 우린 행복하지 않았다. 아니, 적어도 나는 행복할 수 없었다. 나와 함께 웃고 있는 그 순간에도… 서진이는 무언가 다른 생각을 하는 것처럼 보였다. 난 느낄 수 있었다. 왜 그가 그런 표정을 지었는지.

어제 언니에게 또다시 전화가 왔다. 심하게 떨려오던 언니의 목소리… 아마 불안해서겠지. 나에게 보내주기는 했지만 서진이가 돌아가지 않을까 봐. 언니와 뱃속에 있는 아이가 버림받을 거 같으니까. 언니, 걱정하지 마. 내게 허락된 시간은 일주일이니까. 그 시간만… 행복할게. 그런데 나 자꾸 욕심이 나. 어떡하면 좋지.

"수아야… 김수아."

"아… 서진아, 왜?"

"무슨 생각을 그렇게 해? 얼마나 대단한 걸 만들려고 이렇게 요란을 떠냐."

"서진아, 떡볶이 먹어봤어?"

"응, 예전에 예영이랑… 아, 미안."

"어? 아니야. 미안하긴."

무의식 중에 언니의 이름이 나오면 서진이는 어색하게 웃으면서 나에게 미안하다고 한다. 미안해할 거 없는데 왜 미안해하기만 하는 거야. 난 정말 괜찮은데.

"내가 만든 게 분명히 더 맛있을 거야! 맛없다고 하면. 알아서 해!"

잠시 후 내가 만든 떡볶이가 완성되고 나는 무슨 심판을 받듯이 녀석의 반응을 기다렸다. 그런데 녀석은 떡볶이를 먹은 후 알듯 말 듯한 표정을 지으면서 가만히 있었다. 뭐야, 맛없는 건가? 나는 떡볶이 하나를 날름 집어 먹어보았다. 어? 맛있는데 왜 이러지?

"서진아, 맛없어?"

"……."

"이서진, 맛없으면 없다고 해!"

"훗. 너무 맛있어서 할 말을 잃었다. 와, 김수아, 너 요리 잘한다. 나중에 또 해줘."

이렇게 말하면서 떡볶이를 다시 먹기 시작하는 서진이. 나중에 다시 우리에게 그런 시간까지 주실까? 신이 그렇게 너그러울까? 아니, 그렇지 않겠지? 너무 나쁜 사람이니까. 그러니까 신은 나에게 자비를 베풀지 않을 거야.

"맛있어? 정말? 와~ 다행이다."

"정말 맛있어."

나는 서진이가 먹는 모습을 꼼꼼히 바라보았다. 내가 만든 음식을 먹고 즐거워하는 모습. 웃는 모습을 기억 속에 새겨넣었다. 아무리 오랜 시간이 지나도 잊어버리지 않도록… 내 기억 속에 담아놓았다. 서진이의 모습 하나하나를…….

"서진아, 만약에… 만약에 말야, 내가 다른 사람을 사랑하게 된다면… 어떡할래?"

"싫어, 그런 건. 그리고 그런 일 있지도 않는데 대답할 가치가 없어."

"그러니까 만약에 말야."

"휴~ 미워할 거다, 사랑하니까. 그리고 잊을 거다, 사랑했으니까."

"그래."

꼭… 그렇게 해줘. 날 잊어. 나 너 버릴 거니까 잊어. 니 기억 속에 있는 나를… 나와 함께했던 시간, 내 얼굴, 내 목소리… 다 잊어. 아파하지 마, 나 같은 사람 때문에. 나만 기억할게, 니 모든 것을. 나 혼자만 그리워할게, 너를…….

"약속해 줘, 수아야. 다신 그렇게 떠나 버리지 않겠다구. 내가 떠나달라고 말해도, 그때처럼 그렇게 말해도 나를 떠나지 않겠다고."

"그래, 그래."

"또다시 내 곁을 떠나 버리면 다시는 찾지 않아. 너 잊어버릴 거야. 너 때문에 힘들어하지 않을 거야. 아니, 어쩌면 괴로워서 죽을지도 몰라. 그러니까 떠나지 마. 영원히 내 기억 속에 내가 사랑하는 사람으로 남아줘. 죽을 때까지."

"그래, 그래."

나를 자신의 품 안에 끌어안고 떠나지 말라는 말만 계속하는 서진이. 서진아, 어떡하지. 나 그 약속 못 지켜. 나… 그 약속 못 지켜. 보내줄 거야. 나는… 나 혼자만… 버림받으면 되지만 언니는 아니잖아. 그러니까 나 그 약속 못 지켜. 미안해, 서진아. 나… 잠시만 널 아프게 할게. 미안해, 서진아. 미안해…….

마지막 날이 밝았다. 여전히 내 옆에서 잘 자고 있는 서진이. 서진이의 자는 모습을 볼 수 있는 게, 이게 마지막이다. 정말 마지막… 마지막… 순간 왈칵 눈물이 흘러내렸다. 보내주기 싫어. 떠나기 싫어. 그때 전화벨이 울렸다. 나는 서둘러서 눈물을 닦고 전화를 받았다.

"여, 여보세요?"

—오늘 데리러 갈게.

"오늘… 요?"

—그래. 난 시간 충분히 줬어.

"저… 저……."

—생각이 바뀌었나? 이서진을 가지기로 마음먹은 거야? 그런 거라면 바꿔! 넌 절대 행복해 질 수 없어, 이서진 곁에서는!! 오전 10시에 데리러 갈게. 끊는다.

딸깍.

이 사람, 독고준은 나의 마음을 훤히 보고 있는 것 같다. 내가 흔들리고 있다는 걸 다 알고 있다. 나는 전화기를 내려놓고 서진이를 바라보았다. 아직도 잠에 취해 일어나지 않는 서진이를 보면서 나는 쓰디쓴 눈물을 삼켜야 했다. 그래, 김수아, 약해지지 말자. 보내주는 거야. 아니, 떠나는 거야. 더 이상 서진이가 힘들어하는 거 보고 싶지 않잖아. 보내주는 거야. 김수아, 넌 혼자 있는 게 익숙하잖아… 익숙하잖아.

10시가 될수록 내 심장은 빠르게 뛰었다. 그런 내가 이상한지 서진이는 소파에 앉아 나를 바라보았다.

"김수아, 너 왜 그래? 무슨 일 있어?"

"어? 그게… 그게……."

"김수아, 가자!"

이런 현관문에서 독고준의 목소리가 들리고, 나와 서진이는 동시에 현관문으로 시선을 돌렸다. 서진이는 나에게 알 수 없다는 표정을 지었고 독고준은 그냥 가만히 나를 바라볼 뿐이었다.

"준이 씨, 잠깐만 나가서 기다려 줄래요? 아직 서진이랑 이야기를 안 했어요."

제발 시간을 줘요. 30분, 아니, 10분 만이라도 마지막으로 내 눈에 서진이를… 이 사람을 기억할 수 있게… 나중에 금방 생각날 수 있게… 제발…….

"흠, 좋아. 시간은 많으니까 기다릴게. 이야기 끝나면 나와."

독고준이 현관문에서 사라지자 서진이는 나를 끌고 방 안으로 들어갔다. 그리고 나를 침대에 앉히고 이해할 수 없다는 듯이 나를 바라보았다.

"왜 독고준이 여기로 온 거야?"

"서진아, 나 말야, 사랑하는 사람이 생겼어."

"뭐, 뭐라구? 김수아!"

"나 준이 씨를 사랑하게 됐어. 그래서 같이 미국에 갈 거야. 미안. 미리 말하지 못해서 정말 미안해."

"김수아… 지금 그 말을 나보고 믿으라고?!"

"네, 네가 안 믿어도 할 수 없어. 그, 그치만 지, 진짜야. 너, 널 사랑한 게 아니었던 거 같아. 그냥… 언니에 대한 열등감 때문에… 맞아, 그것 때문에 널 사랑했다고 생각한 거 였어. 맞아, 맞아. 예전부터 난 늘 언니가 좋아했던 것들만 좋아했거든. 그래서 착각한 거야. 그, 그런 거야. 널 혼란스럽게 해서 정말 미안해. 저 사람을 사랑하게 된 후로 알아버렸어. 널 사랑한 게… 사랑한 게 아니라는 걸. 미안… 나 갈게. 준이 씨가 기다릴 거야."

서진아, 미안해. 그치만 이게 모두가 다 행복해지는 길이야. 미안해. 서진아, 정말 미안해. 널 아프게 해서 정말 미안하다. 그렇게 일어서는데 서진이가 나의 팔을 붙잡았다.

"거짓말하지 마, 김수아!! 그럼 나한테 보여준 그 모습들이 다 거짓이란 말이야?! 그런 거야?! 그럼 나랑 일주일 동안 같이 있어준 건 뭐야! 동정이야?! 거짓말이라고 말해! 어서! 김수아, 제발 날 떠나지 마! 동정이라고 해도 좋아… 제발… 제발……."

서진이는 나를 붙잡고 울고 있다. 서진아, 미안해. 나… 정말 나쁜 사람이야. 서진이 마음을 아프게 하고… 거짓말이야. 서진아, 그래… 니 말대로 거짓말이야. 그치만 난 너를 붙잡을 수 없어. 내 사랑이… 널 점점 힘들게 할 테니까.

"이서진, 그만 하자. 귀찮아… 너란 사람. 그래, 동정이야!! 그렇게 생각해. 미안해. 거짓말 아니야. 진심이야. 그러니까 너도 언니한테 돌아가… 갈게. 다음에 또 봐요… 형부."

뒤돌아섰다. 그리고 들었다, 서진이의 목소리를. 처음 만났던 그때의 목소리를. 얼음처럼 차갑고 날카로운 그의 목소리를. 그 목소리가 나의 심장에 박혔다. 지독히도 아프게.

"그래, 가!! 김수아… 사랑이라고 생각했는데 훗, 사랑이 아니었다? 그래, 사랑? 그런 거 집어치워!! 다시는 보고 싶지 않아!! 다시는 그리워하지 않아!! 다시는… 너 때문에 아파하지 않아! 다시는!"

그래, 나를 미워해. 니 가슴에 상처만 주고 가는 나를 잊어. 다시는… 보고파 하지 마. 다시는… 그리워하지도 마. 다시는… 나 때문에 아파하지 마. 잊어, 나란 여자. 김수아라는 여자를 잊어. 네가 잊어도 나만 기억하면 되니까. 나만 기억하면 되니까. 너를…….

독고준의 차에 오를 때까지 나는 뒤를 돌아보지 않았다. 뒤를 돌아보면 다시 서진이의 품 안으로 뛰어들 것만 같았다.

"잘 결정한 거야."

"……."

"네가 니 행복을 찾아서 설사 이서진을 선택했다고 해도 넌 행복해질 수 없어. 나는 김수아라는 사람을 잘 알거든. 절대 다른 사람을 망쳐 가면서 자신의 행복을 찾지 않지. 더욱이 그 다른 사람이 니네 언니인 이상은."

"출발하죠."

"그래, 좋아."

차가 출발하자 사이드 미러로 서진이의 모습이 보였다. 지독하게 슬픈 눈으로 날 바라보고 있었다. 그러나 나는 그 눈을 외면해야만 한다. 그게 행복해지는 일이니까. 우리 둘만 잠시만 아프면 되는 거야. 서진아, 이 아픔이 지나고 나면 틀림없이 괜찮아질 거야. 예전처럼 될 수 있을 거야. 그리고 그 상처가 치유되면 잊는 거야. 김수아라는 여자를, 아니, 처음부터 네 인생에 나는 존재하지 않은 거야. 알았지? 날 잊어. 나만 기억할 테니까…….

"아마 일주일만 준비하면 갈 수 있을 거야."

"네. 그런데 왜 하필 날 택한 거죠?"

"너니까. 다른 누구도 아닌 김수아… 너니까."

그 말이 끝이었다. 더 이상 독고준은 아무 말도 하지 않았다.

서울에 도착하고 나서 나는 그가 잡아준 호텔에서 머물렀다. 그곳에서 전화기를 몇 번이나 내려놓고 들었는지 모르겠다.

어느 날 용기를 내서 전화를 걸었을 때 내 귀에 들어온 목소리는 언니였다.

“언니?”

—어, 수아구나.

“서, 서진이… 아니, 형부 왔어?”

—…응.

“그렇구나. 다행이다.”

—수아야, 그런데 이런 전화 안 해줬으면 좋겠어. 서진이가 조금씩 널 잊어가고 있는 거 같거든. 그런데 네가 이렇게 전화해서 혹시라도 받게 되면 서진이만 더 혼란스럽게 할 뿐이잖아. 그렇지?

“아, 미안.”

—서진이도… 착각한 거 같더라고 하더라. 호기심에서 그런 거 같대.

나는 그래도 전화기를 내려놓았다. 언니의 말은 내 가슴에 비수가 되어 꽂혀졌다. 서진아 너도 이런 기분이었겠구나. 그 말 들었을 때 이렇게 가슴이 찢어질 듯이 아팠니? 이렇게… 가슴 한구석이 비어버리는 느낌 받았니? 그렇게 멍하니 앉아 있는데 누군가가 방으로 들어왔다.

“내일 아침 10시 비행기야.”

"…아."

"데리러 올게. 그리고 니 짐은 예영이가 보내줬어. 간다."

'탁' 하고 문이 닫히자 나는 독고준이 주고 간 비행기 티켓을 움켜쥐었다. 정말 내일이면 떠나야 한다. 그 생각에 나도 모르게 내 가슴 한구석이 아파오기 시작했다. 그런데 신기하게… 웃음이 나왔다. 가슴 한구석은 아려왔는데 웃음이 나왔다.

"하하하하… 하하하하… 하하하… 하. 흐흑… 흑. 서진아, 내가 널 잊을 수 있을까. 지금 이 순간에도 네가 보고 싶은데… 너에 대한 그리움으로 미칠 것만 같은데… 외로워서 견딜 수가 없는데… 내가 이런 내가 널 잊을 수 잊을까. 사랑해. 서진아, 사랑해."

그러나 나의 목소리는 내 방 안에서만 울릴 뿐이었다.

#9 — 헤어짐

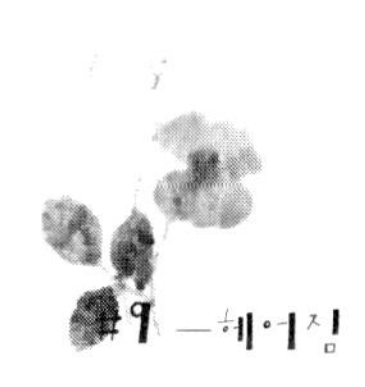

#9 — 헤어짐

다음날 나는 10시 비행기를 타기 위해서 호텔을 나섰다. 하늘을 바라보니 다른 날들과 다름없이 몇 개의 조각구름과 눈부신 해가 반짝이고 있었다. 달라진 건 없는데… 나는 고개를 돌려 내 옆에 앉아서 신문을 읽는 사람을 바라보았다. 서진이와 다른 사람… 서진이를 처음 본 순간 느낌이 차가움이라면 이 사람의 느낌은 따스함.

"왜 그렇게 봐? 내 얼굴에 뭐 묻었어?"

"아, 아니요."

"훗, 좋다, 같이 가니까. 난 혼자 갈 줄 알았거든. 같이 가줘서 고맙다."

나에게 고맙다고 말하는 이 사람, 나는 그런 말 들을 자격이 없는데. 난 당신을 이용해서 도망가려는 것인데. 갑자기 독고준에게 미안해지기 시작했다. 그런 생각으로 그를 바라보고 있는데 독고준이 싱긋 웃으면서 나에게 손을 내밀었다.

"내리자."

"아… 네."

아마 내가 멍하게 독고준을 바라보고 있는 동안 공항에 도착했나 보다. 공항 안으로 들어가니 내 머리 속에서 서진이에 대한 기억이 떠올랐다. 언제나 공항은 서진이하고 같이 왔었는데 지금은… 나는 고개를 돌려 내 옆에 서 있는 남자를 바라보았다. 당당함이 묻어나는 태도, 그리고 건드리지 마시오 하는 듯한 표정. 이제 이 사람과 같이 미국으로 가야 한다. 서진이가 아닌 이 사람과…….

"가면 다 잊어. 한국에서 있었던 일… 일본에서 있었던 일… 이서진도 잊어."

그러면서 다정스럽게 내 손을 잡는 독고준. 그의 손은 차갑다. 따뜻한 서진의 손과는 반대로 차갑다. 게이트 쪽으로 가는데 나를 잡은 손에 힘이 들어간다. 왜, 왜 그런 거지? 고개를 돌려 그의 시선의 끝을 바라보았다.

언니였다. 그리고 옆에는… 서진이가 있었다. 조금은 야윈 듯했지만… 웃고 있었다. 다정스럽게 언니와 손을 잡은 채 나와 독고준을 향해서 웃고 있었다.

"준아~"

"어, 예영이구나. 왜 나왔어? 나오지 말라니까."

"어떻게 그래? 그래도 내 동생이랑 같이 가는 건데. 수아야, 오랜만이다."

"어, 그래, 언니."

"준이가 잘해주지? 못해주면 언니한테 말해. 혼내줄게."

"어? 아니야."

"잘 다녀와. 너 못했던 공부도 하구. 알았지?"

"응, 그럴게."

언니와 잠깐의 대화인데 왜 이렇게 등에서 식은땀이 흐르는 건지 모르겠다. 나는 최대한 밝은 표정을 지으려고 노력했고, 그런 나의 모습이 마음에 안 들었는지 서진이는 나의 모습에 비웃음만을 날리고 있었다.

"하하. 언니, 형부가 잘해줘?"

"어? 서진이야 뭐 그렇지. 아, 언제 나올 생각이야?"

"나는 잘 몰라. 준이 씨?"

"글쎄, 한 2, 3년쯤 있으려구. 왜?"

"안 돼. 내년 이맘 때쯤 나와. 우리 아기 보여줄게. 응? 수아야, 꼭 그때 와."

"최예영, 쓸데없는 소리 하지 마. 처제, 그만 들어가 봐야지. 잘 다녀와. 다음번에는 좋은 모습으로 보자구."

서진아, 많이 차가워졌다. 이젠 서진이의 입에서 처제라는 말이 망설임없이 나왔다. 벌써 날 잊은 거니? 정말 다행이야. 근데 왜 이렇게 마음이 아프지? 나 너무 아프다. 너에게 내가 날 잊어달라고 했는데 왜 이렇게 아픈 거니? 너무 아파.

"그만 들어갈게, 예영아. 그럼 이서진 씨, 다음에 뵙죠."

"네. 다음번에는 처제 결혼식에서 뵙으면 합니다."

"하하하, 고맙습니다. 가자, 수아야."

"네. 언니, 갈게. 형부… 언니한테 잘해주세요."

"그런 건 걱정 마. 잘… 다녀와라."

다음번에는 내 결혼식에서 보자구? 그럴 일은 없어. 난 이 사람을 사랑하지 않으니까. 내가 사랑하는 사람은 너니까. 잊어 버려줘서 고마워. 다시 아파하지 않을 모습 보여줘서 고마워. 다시 그리워하지 않을 모습 보여줘서 고마워. 다시는… 다시는 보지 못할 거야… 나를…….

"이젠 정말 우리 둘만 남았네. 들어가자."

"네."

"정말 새로 시작하자. 다 잊어. 잊는 거야."

잊을 수 없어요. 나는… 약속했는걸요. 평생 가슴에 새기면서 그리워하며 살겠다고. 그러니 잊을 수 없어요. 서진이를… 그와 함께했던 모든 것을. 그렇지만 돌아오지는 않을 거야. 한국은 내게 아픔만을 주는 곳이니깐. 엄마, 아빠를 떠나보낸 곳. 그리고 널 떠나보낸 곳. 다시는 오고 싶지 않아. 이게 내 마지막 모습이야. 안녕. 서진아, 안녕… 내 사랑…….

19☆○년 1월 15일 미국 LA에 있는 한 대학병원. 한 산모가 초조

하게 하얀 침대 위에 누워 있다. 8시간의 진통. 모든 것이 그녀를 힘들고 고통스럽게 했다.

"수아야, 수술하자."

"아니, 싫어요. 나… 나 이 아이 낳을 거예요."

"조산이야!! 너도 위험하다구!!"

"아니, 낳아야 해. 나 이 아이……."

그렇게 한마디 남기고 수아는 또다시 진통이 오기 시작했다. 갑자기 빨라진 아이와 수아의 심장 박동 소리. 그렇게 수아는 분만실로 들어갔고 끝까지 미소를 잃지 않았다.

한 시간 후, 분만실 밖으로 아기의 울음소리가 들리고 수아가 탈진한 채 나왔다. 그러자 준이 달려와 그녀의 손을 꼭 잡는다.

"수고했어. 그리고… 고마워."

"아니, 내가 더 고마워요."

그렇게 병실로 옮겨진 수아의 품 안에 간호사가 아기를 안겨주었다.

"이거 봐요. 아기가 날 알아보는 거 같아요."

수아가 흐뭇한 듯이 준에게 아기를 보였다. 그러나 준은 머뭇거리면서 다가가지 못한 채 그대로 서 있었다. 아이는 짙은 검은색 머리의 건강한 사내아이였다. 그러자 수아가 싱긋 웃으면서 준에게 아기를 안겨주었다.

"그렇게 있으면 아이가 놀라요. 웃어줘요."

"이름은 어떻게 지을 거야? 내가 지을까?"

"아, 아니요. 하람이요, 하람."

"하람?"

"네. 하늘이 내리신 소중한 사람이라는 뜻이에요. 그렇게 지을래요."

수아는 하람이라는 이름을 계속해서 되뇌이면서 준에게 말했다. 자신의 기억 속에 아련히 떠오르는 기억과 함께.

〈2권에 계속… 〉

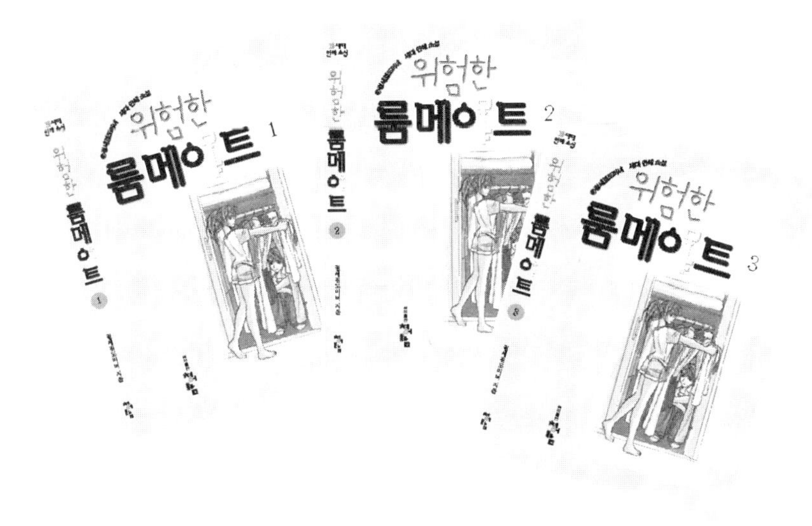

절세검도미녀 N세대 연애 소설

『위험한 룸메이트』

자신을 지극히 평범하게 생각하여 매력을 인정하지 않는 소극적인 성격의 소아랑.
그런 그녀의 주변에 등장한 최고의 킹카와 퀸카들.
공교롭게도 그녀는 킹카들과 룸메이트가 되는데…
과연 그녀는 마냥 평범한 걸까?

"넌 니가 안 예쁘다고 생각하는 거야?"
"솔직히 예쁘지 않잖아요……."
"누가 그래, 니가 안 예쁘다고?"
"네?? 누가 그랬다기보다는 그냥 일상적으로 생각할 때……."
"사람은 누구나 다 자신의 모습에 완벽히 만족할 수는 없어.
니가 매력이 없다면 천하의 킹카 신보혁과 성천우가 너한테 빠졌겠어?
특히 어리버리한 그 눈망울은 굉장히 매력적이야.
네가 모르고 있었던 것뿐이야."

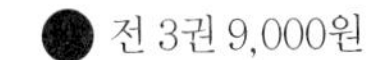
전 3권 9,000원

도서출판 **청어람**
부천시 원미구 심곡1동 350-1 남성빌딩 3층 우420-011
E-mail : eoram99@chol.com
☎ 032-656-4452 FAX 032-656-4453